L’Or gris

Du même auteur

Transport aérien : le dossier noir, Éditions Privé, 2006.
Crashs aériens ce qu'on vous cache, Éditions Privé, 2007.
Tous les droits du consommateur, Que Choisir Édition, 2009.

François Nénin
Avec Sophie Lapart

L'Or gris

Flammarion

ISBN : 978-2-0812-5428-2

« Seul un pays authentiquement moderne était capable de traiter les vieillards comme de purs déchets. »

Michel Houellebecq, *La Possibilité d'une île*,
Fayard, 2005.

À Timothée, Abigaël, Ethan et Emma.

François Nénin.

À Sabrina, Chloé, Aude, Cassandre, Aliénor, Andréa et à tous ceux qui me sont restés fidèles. Mes remerciements vont à François Nénin, qui n'a jamais douté de ma parole, qui m'a permis de témoigner au-delà de mon espérance, et qui, surtout, a pris la peine de s'arrêter et de s'investir dans un sujet qui repousse tant d'autres.

Sophie Lapart.

Préface

Cela fait dix ans que nous nous battons seuls contre la maltraitance des personnes âgées. Nous revendiquons le fait d'avoir sauvé des vies, d'avoir mis hors d'état de nuire des maltraitants. Dans ce secteur, la réalité dépasse souvent la fiction. En France, trop de personnes meurent prématurément, dans la souffrance et le délaissement, sans que personne ne s'en soucie !

Pour comprendre ce phénomène sociétal, il faut regarder en face la situation d'un pays qui ne veut pas ou ne sait pas lutter contre la maltraitance. Un pays qui néglige les anciens et abandonne les plus fragiles. L'État français ne fait que favoriser l'économie de marché et l'industrialisation des vieux et instaure un fonctionnement lié à la recherche de l'économie et de la rentabilité dans le secteur public. Pire : il porte atteinte aux personnes âgées en les évoquant comme un fardeau pour la société et en opposant les générations entre elles par le biais de son discours sur la contribution financière solidaire des Français, présentée comme une contrainte. L'État ne prend pas en compte l'existence et le combat d'associations comme l'AFPAP (qui n'a aucune écoute, aucun soutien ni aucune valorisation malgré nos réussites dans nos combats et malgré notre utilité). Il orchestre des apparences pour faire croire que la situation est sous contrôle et minimise les chiffres de la maltraitance.

Car, dans notre société, les personnes âgées dépendantes ne sont plus considérées. Elles sont trop souvent abandonnées dans les maisons de retraite sans que personne ne défende leurs droits. L'image dégradée qu'ont les Français de la maison de retraite n'est pas un hasard : cette réalité a été montrée de façon crue et parfois insoutenable par des journalistes et des écrivains sans que l'on puisse remettre en cause la véracité de leur travail. Mais lorsque, régulièrement, de sordides affaires de maltraitance dans les maisons de retraite sont mises en lumière, l'opinion publique ne réagit pas : aucune mobilisation n'a lieu pour obliger le pouvoir à sanctionner ces actes.

Face à cette situation, pouvons-nous réellement compter sur les rares lobbies de familles de résidents, souvent infiltrés par des représentants de maisons de retraite qui les utilisent comme porte-voix de leurs revendications patronales ?

Alors que nous devrions œuvrer ensemble, nos pires adversaires dans la lutte contre la maltraitance restent certains représentants patronaux du secteur.

Nous connaissons le positionnement de la profession : elle est dans le déni, ne voulant pas reconnaître l'ampleur du phénomène.

L'absence de politique de lutte du gouvernement, le manque d'arbitrage et de courage des autorités et des professionnels, la résignation des familles, sont des freins à notre combat et participent à la chape de plomb qui pèse sur ce phénomène bien réel.

On ne peut évoquer le grand chantier de la dépendance sans avoir au préalable assaini la situation et s'être assuré de l'honnêteté des acteurs et de leur volonté réelle à vouloir œuvrer véritablement et prioritairement au profit des personnes âgées dépendantes. Comment être rassuré sur l'utilisation des fonds publics injectés dans un secteur qui échappe à tout contrôle ? On ne peut construire un monde solidaire plus humain sur les ruines du déni et du mépris des personnes âgées.

Au nom des personnes âgées fragiles et vulnérables, victimes silencieuses que nous nous efforçons de défendre, je ne peux que me réjouir qu'un journaliste s'empare du sujet, se plonge pendant des mois dans cette enquête difficile et qu'une aide-soignante ait décidé de dénoncer la maltraitance qui s'offrait à ses yeux de façon insupportable.

Christophe Fernandez
Président de l'Association française de protection
et d'assistance des personnes âgées (AFPAP).

Prologue

L'enjeu est de taille : en 2050, un Français sur trois aura plus de 60 ans, contre un sur cinq en 2005 ! Un million et demi de personnes se trouvent en perte d'autonomie, avec un contingent de 80 000 personnes âgées dépendantes de plus chaque année. Ces perspectives démographiques et économiques laissent entrevoir avec effroi l'explosion du secteur. C'est aussi un tsunami-Alzheimer qui nous attend puisque 22 % des plus de 90 ans sont atteints par cette maladie.

Aujourd'hui, certains départements ne parviennent plus à faire face à la nécessité de financer la fin de vie de leurs aînés. Le secteur de la dépendance est exsangue : la maltraitance institutionnelle a pris ses racines dans un cruel manque de moyens, notamment humains, et dans l'indifférence des pouvoirs publics. Alors que, de son côté, le secteur privé, aux bénéfices insolents, a imposé sa loi industrielle implacable. Il est temps de lancer un grand chantier de la dépendance. Roselyne Bachelot l'a défini comme « sa lettre au Père Noël ». Faut-il y croire, quand les promesses n'engagent que ceux qui y croient ? De tous bords, les gouvernements successifs ont été déficients. Le vieillissement de la population est une bombe à retardement. L'implosion lente couve. Pour mettre en route ce chantier, la société française devra faire des choix et répondre à une question qui dépasse le clivage droite-gauche : la logique industrielle, commerciale, celle de la rentabilité et de la productivité, que l'on a aussi injectée dans le secteur public, peut-elle cohabiter avec celle du soin à prodiguer aux personnes vulnérables ?

La non-mise à disposition de moyens dans le secteur de la dépendance a un corollaire : le phénomène de la maltraitance, bien ancré en France, et qui bénéficie d'une certaine tolérance. En effet, comme le disait avec à-propos la présidente d'une association de familles de résidents : « On ferait vivre au secteur de la petite enfance ce que l'on fait endurer aux aînés, ce serait la révolution dans la rue. » Le temps de survie en maison de retraite des personnes de plus de 75 ans est court : deux ans pour les hommes et trois pour les femmes [1] ! Les vieux sont-ils une catégorie à part, des « presque-morts » à cacher, des citoyens sans projet, sans douleur, sans amour et sans dignité ?

Ce livre a été difficile à écrire, laborieux et douloureux. Mais il fallait le faire pour démontrer l'ampleur du phénomène, l'indifférence de la société, et la complaisance des pouvoirs publics face à ce génocide silencieux.

Il fallait le faire dans l'espoir de provoquer un sursaut, une prise de conscience.

Tant que les lois économiques prendront le pas sur l'humain, nous nous condamnerons à aborder l'autre en termes d'utilité, et à le maltraiter quand il devient inutile.

1. Enquête sur les EHPA en 2003/DRASS/exploitation DRASS-CR : http://www.annuaire-maison-retraite.org/statistiques-maison-retraite.htm

Les vieux sont devenus des marchandises : les établissements parlent des sociétés intermédiaires chargées de leur placement comme des « fournisseurs ».

C'était un devoir de décrire les conditions terribles dans lesquelles nos aînés peuvent terminer leurs vies. Nous avons voulu faire ce livre pour provoquer un appel à la désobéissance face à un fonctionnement aberrant et des conditions de travail qui détournent les professionnels de leur mission première : « le prendre soin ».

Comment nous avons travaillé

Ce livre démarre par une enquête journalistique qui cerne les contours de la maltraitance. Est-ce un mal typiquement français ? Quels sont les ressorts et les causes de ce fléau qui entraîne vers une mort prématurée un contingent de personnes âgées ? Pourquoi ces vieux ne peuvent-ils pas finir leurs vies dans un relatif confort, dans la sécurité et dans la dignité ? Quel est ce lien, ténu, existant entre l'argent et la maltraitance, l'un étant le moteur de l'autre, dans un secteur économique qui marge à 25 % ?

D'autres exemples nourrissent le récit. On s'attardera notamment sur un « cas d'école » de la maltraitance qui conjugue les pires ingrédients que l'on puisse trouver : l'histoire de Château-Lamothe, une maison de retraite plantée dans la magnifique région bordelaise. Avec l'aide de Christophe Fernandez, nous avons pu avoir un accès exclusif au dossier juridique de Château-Lamothe, qui lève le voile sur des pratiques d'un autre temps, des actes couverts par l'administration, l'autorité de tutelle, et un personnel qui a collaboré dans l'effroi. Éléments indissociables de la maltraitance, la désinformation et la communication sont de puissants leviers dans ce secteur. Cet envers du décor permet de comprendre les difficultés que les journalistes ont à informer face à un lobby puissant. (À ce propos, nous saluons les efforts effectués par certains interlocuteurs institutionnels pour tenter de connaître le nom de notre éditeur...)

On abordera ensuite le quotidien d'une aide-soignante, démissionnaire d'une structure jugée maltraitante. C'est une plongée au cœur de ce métier difficile qui nous montre aussi la façon dont vivent et meurent nos aînés dans notre pays. Souhaitant dénoncer les conditions de vie de l'établissement dans lequel elle travaillait, Sophie Lapart a cherché l'appui d'un journaliste afin d'être entendue par la DDASS. Il est rare qu'une aide-soignante ose témoigner à visage découvert. Cette référente bientraitance, qui a dû affronter de nombreuses pressions, revient aussi sur le plaisir qu'elle a eu à travailler au contact des personnes âgées. Recueillant son témoignage étayé par de nombreux documents, j'ai donc réalisé un premier signalement en février 2010. Sans succès. J'ai alors publié, au mois de juin de la même année, un article dans le magazine *VSD*, dans lequel Nora Berra, alors secrétaire d'État aux aînés, appelle clairement à la dénonciation de ces situations de maltraitance. Thierry Ardisson, très sensible à cette question, s'est emparé du sujet et a invité Sophie Lapart à se confier dans son émission *Salut les Terriens.* Un mois plus tard, un contrôle de la DDASS a finalement été diligenté !

J'aurais évidemment aimé ne pas avoir à écrire ce livre. Je ne voulais pas accumuler les descriptions et les faits divers sordides, relatant des actes de barbarie, ni sombrer dans un sensationnalisme déplacé. Je ne connaissais pas grand-chose au secteur de la vieillesse. J'ai découvert, au cours de cette enquête effroyable, un monde déprimant qui m'a appris une autre définition du terme OVNI. Ces objets vivants non identifiés sont ces vieux qui déambulent dans les couloirs, hagards, shootés. Ils sont transparents, on ne les voit plus, on ne leur parle plus… on ne les nourrit plus ! Heureusement, il reste, malgré tout, une note positive : il existe des endroits où ils sont choyés et respectés.

Il fallait raconter cette réalité, dire la vérité sur ces mauvais traitements, regarder la maltraitance pour sortir de ce déni. Il ne s'agit pas de livrer à la vindicte des noms ou des catégories d'individus. Notre analyse est systémique : la maltraitance est un problème sociétal qui nous concerne tous ou nous concernera tous directement un jour. Ce livre est évidemment dérangeant, culpabilisant, mais nous avons l'espoir que de ce constat naîtra une prise de conscience, et, peut-être, des changements.

Formons ce vœu…

François Nénin.

Partie I

MALTRAITANCE INSTITUTIONNELLE

1

La maltraitance, qu'est-ce que c'est ?

Des aides-soignantes qui ont donné à manger des croquettes pour animaux à des personnes âgées ou d'autres qui ont pris des photos de résidents dans des situations portant atteinte à leur dignité. Une aide-soignante qui écrit sur les fesses d'un résident un petit mot pour sa copine de l'équipe du soir. Une petite vieille que l'on plonge par erreur dans un bain bouillant et qui décède en arrivant à l'hôpital. Des touchers rectaux sans gant, le supplice du gavage, une cuillère enfournée dans la bouche qui casse des dents, une petite mamie qui dormait attachée dans une cave. D'autres sur des lits de camp. Des injures, coups, manipulations brutales occasionnant des hématomes.

Dans ce triste inventaire en forme de musée de l'horreur, tous ces exemples, malheureusement bien réels, constituent une maltraitance. Mais la maltraitance ce n'est pas que cela. Elle est aussi constituée du délaissement et de l'absence de soins. L'indifférence : tu me parles mais je ne te vois pas, je ne t'entends pas car tu n'existes pas, tu n'es déjà plus là...

« Il ne faut pas exagérer : tout est maintenant considéré comme de la maltraitance. On rentre dans une chambre, on fait tomber un objet par inadvertance et on crie par réflexe “merde !”, c'est maintenant considéré comme de la maltraitance », s'emporte une aide-soignante. Alors la maltraitance, qu'est-ce que c'est ? « C'est tout ce qui est le contraire de la bientraitance », nous lance un intervenant du secteur. Nous sommes bien avancés…

Dans l'esprit du grand public, la maltraitance, ce sont des coups et des injures, mais, en réalité, le champ de ce fléau est beaucoup plus vaste. Le Conseil de l'Europe a défini, en 1987, le champ de la maltraitance en définissant les contours de toutes les violences perpétrées sur les aînés. Au sens strict du mot, le terme de maltraitance recouvre les actes volontaires de malveillance et les sévices. Mais l'Europe en donne une définition plus large : « La violence se caractérise par tout acte ou omission commis par une personne ou un groupe s'il porte atteinte à la vie, à l'intégrité corporelle ou psychique, à la liberté d'une autre personne ou d'un autre groupe ou compromet gravement le développement de cette personnalité ou nuit à sa sécurité financière. »

On distingue donc deux types de maltraitances : les maltraitances volontaires et les actes de maltraitance ou les négligences par omission. Ces maltraitances peuvent être physiques (sévices corporels, brutalités, blessures) ou psychologiques (infantilisation, dénigrement, menaces), sexuelles, financières, civiques ou encore médicales, que ce soit par manque de prise en charge, en particulier de la douleur, ou, au contraire, par surmédicalisation.

La maltraitance par inadvertance, celle qui n'est pas volontaire, dont on ne se rend pas compte, qui est une négligence par habitude, par ignorance ou par corporatisme, représente la plus grande part des actes de maltraitance.

Dans la majorité des cas, la maltraitance est multiple, associant, par exemple, maltraitances psychologiques, financières et physiques. Contrairement à certaines pathologies, il n'existe pas une étiologie spécifique permettant de déterminer précisément une conséquence maltraitante. Mais il existe des « facteurs de risque » liés à la victime (dépendances physiques et psychiques lourdes à supporter pour l'entourage et les soignants), à la personne qui commet l'acte de maltraitance (fragilité, alcoolisme, drogue, chômage, etc.) et à l'environnement (locaux mal adaptés, insuffisance de personnel).

Il existe une typologie des maltraitances perpétrées à l'encontre des aînés. Différents types de violences ont été mis en évidence et peuvent être présentés en fonction de leurs caractéristiques. Soulignons que les listes présentées sous forme d'énumération brute, ne sont pas exhaustives. Nos lecteurs nous pardonnerons cet aspect « scolaire », mais les résidents et leurs familles pourront y découvrir des formes de maltraitance auxquelles elles n'avaient pas forcément songé de prime abord.

Violence physique

Cette catégorie, la plus visible, la plus marquante, mais la moins courante, regroupe l'ensemble des atteintes corporelles. On y retrouve, en autres : les coups, les brûlures, les chutes provoquées, les méthodes de contention, les lanières pour attacher, les entraves à la liberté de mouvement, les abus sexuels, etc.

Ces exemples sont les principaux rencontrés mais d'autres actes peuvent également être considérés comme des actes de violence physique.

Violence psychologique

Essentiellement verbal et parmi les plus courants, ce type d'agressions porte principalement sur l'existence même de la personne, sur son aspect ou son état mental. Sont notamment repris parmi ces agressions verbales : le chantage (« si vous n'allez pas à la douche, vos enfants ne viendront pas vous voir »), l'infantilisation (« alors la mamie, elle va bien gentiment se lever »), les menaces (« ça va très mal se passer entre nous si vous ne faites pas ce que je vous dis »), les brimades (« elle aura pas de dessert, mamie si elle est pas sage »), les insultes (« qu'est ce qu'elle pue cette vieille pute »), les contraintes, l'interdiction, l'humiliation, le tutoiement, le refus manifeste de communiquer (ignorer l'appel d'une personne âgée, ne pas lui répondre), etc.

Violence financière

Également parmi les plus courantes, il s'agit de tous les actes empêchant la personne de maîtriser ses ressources. On parle alors principalement de spoliation d'argent, de vol d'objets, de détournement partiel ou total de pension, d'héritage anticipé, de mise sous tutelle abusive, etc.

Violence civique

Cette catégorie concerne la violation des droits élémentaires du citoyen et les abus d'autorité ou de pouvoir : le placement forcé en institution, le détournement de procuration, la privation de papiers d'identité, le fait de répondre à la place de l'aîné, le fait de préférer déclarer quelqu'un incapable de voter plutôt que d'organiser son déplacement jusqu'au bureau de vote, la restriction ou l'interdiction de visite (à domicile comme en institution), etc.

Violence médicamenteuse

Il peut s'agir d'excès de neuroleptiques, un moyen d'obtenir la paix en maison de repos et parfois à domicile, ou, à l'inverse, de la privation de médicaments prescrits. La polymédication excessive est une forme de maltraitance.

Les négligences

Pouvant être actives ou passives, c'est-à-dire de caractère intentionnel ou non, les négligences regroupent tout manque d'aide à la vie quotidienne tel que : l'abandon d'une personne incapable de s'occuper d'elle-même, la privation de liberté, la privation de soins ou d'hygiène, la privation de nourriture, le manque de stimuli, l'incontinence indue par manque de « temps » pour accompagner l'aîné, etc.

Le plus souvent, ces actes ne sont pas isolés, ils sont associés les uns aux autres et se retrouvent en « cascade », plusieurs types de violence se retrouvant dans une même situation. Fréquemment, ces actes de violence sont répétés à de nombreuses reprises. Les situations d'abus sont régulièrement le fruit d'interactions complexes entre la personne âgée et son entourage et peuvent provoquer la négation progressive de la personnalité de l'aîné.

On définit également des facteurs de risques des victimes de maltraitance.

Les dépendances : qu'elles soient d'ordre physique ou psychologique, les dépendances apportent stress, et demandent attention, soins et patience de la part des aidants. Elles rendent le senior plus à risque de subir des négligences.

L'incontinence, la diarrhée, les vomissements : de tels troubles occasionnent une surcharge de travail et ces symptômes, souvent mal tolérés par l'aidant, peuvent être responsables du rejet, de l'isolement, voire même de l'abandon de la personne âgée.

Les troubles du caractère : certains seniors peuvent se montrer agressifs, avoir un caractère plus « difficile » ou plus irritable. Cette agressivité de l'aîné engendre l'agressivité des aidants par effet miroir.

Les démences : elles peuvent donner lieu à un comportement incohérent risquant d'entraîner la maltraitance.

Le regard des Français sur les maisons de retraite

Dans une grande enquête TNS-SOFRES pour la Fédération hospitalière de France [1], parue en 2007, il apparaît que les Français ont un regard plutôt négatif sur les maisons de retraite : 49 % en ont une mauvaise opinion (11 % d'opinion négative de plus qu'en 2005). Cette perception est socialement homogène mais varie selon les classes d'âge. Les plus critiques sont les 35-49 ans et, à l'inverse, les 65 ans et plus sont une majorité à émettre une bonne opinion. Cette opinion est meilleure parmi les Français qui

1. Réalisée les 11 et 12 avril 2007 auprès de 1 000 personnes représentatives de la population française âgée de 18 ans et plus, interrogées en face à face, à leurs domiciles, par les réseaux des enquêteurs de TNS-SOFRES.

déclarent avoir dans leur entourage une personne âgée dépendante. Mais, contre toute attente et malgré les reportages qui montrent parfois la maltraitance au quotidien, la mauvaise image des maisons de retraite ne s'articule pas autour de cette crainte mais autour des préoccupations de tarifs trop élevés (96 %), de places disponibles insuffisantes (86 %), ou de coût d'hébergement impossible à assumer (69 %).

« La maison de retraite est une solution par défaut pour les Français. Quel que soit leur âge, les Français partagent la même réticence à l'égard de cette solution d'hébergement », expliquent les rédacteurs de l'enquête.

La maltraitance vue par des professionnels

Début décembre, à Paris, des professionnels des maisons de retraite, des hôpitaux et des foyers ont confronté leurs expériences lors d'une session de travail qui n'était pas ouverte aux familles de résidents.

Le docteur Bernard Duportet, président de l'AFBAH, l'Association française pour la bientraitance des aînés et/ou handicapés, a donné une définition de ce fléau : « La maltraitance, ce ne sont pas uniquement des coups, mais des gestes et des paroles qui portent préjudice à une personne vulnérable. » Les langues se sont ensuite déliées : « C'était en 1995, en gériatrie. Un agent m'alerte du mauvais comportement de deux aides-soignants envers des patients : bousculades, tutoiement, blagues grivoises, courses avec les fauteuils roulants, rapide jet d'eau froide pendant la douche… J'en parle à leurs supérieurs. Le cadre infirmier est dans le déni total : l'un des aides-soignants est bien noté, apprécié de ses collègues. Alors, avec la directrice des soins infirmiers, on se met à enquêter. Des agents – notamment des stagiaires scandalisés – ont parlé. On a engagé une procédure disciplinaire, six mois d'exclusion, puis décision de ne plus affecter ces deux personnes dans un service de soins [1]. »

« Cette affaire a suscité un clivage entre défenseurs et détracteurs des sanctionnés. Grand débat dans l'hôpital : en terme de maltraitance, où commence l'inacceptable ? », s'interroge Michel Bilis, directeur d'hôpital.

« Déclarer une affaire de maltraitance reste difficile », constate un directeur d'EHPAD. Des voix fusent : « Oui, il faut passer outre des "caïds" qui terrorisent ou charment leurs collègues. Oser franchir le pas. Culpabiliser parce que l'on a parlé ou parce que l'on s'était tu avant. Savoir que l'on recroisera peut-être le maltraitant dans les couloirs. Avertir la famille du maltraité, répondre à ses questions et ses reproches. Et sanctionner le maltraitant. Selon la gravité des faits : rappel à la loi, conseil de discipline, alerte au procureur, plaintes, procès… »

Ces propos montrent que le phénomène existe mais qu'il est inutile d'accabler systématiquement le directeur d'établissement, qui fait trop souvent figure de coupable idéal. Les difficultés évoquées par l'un d'entre eux sont bien réelles et ils sont parfois seuls, en première ligne, à tenter de faire avancer leurs établissements avec des moyens insuffisants.

Omerta et déni

La maltraitance envers nos aînés est très souvent enfermée dans le déni. Cette attitude consistant à ne pas regarder

1. Ces propos ont été rapportés par le quotidien *Ouest France* daté du mercredi 29 décembre 2010.

la réalité en face, à pratiquer « la politique de l'autruche » est un mal bien Français, semble-t-il.

« On ne cherche pas à combattre la maltraitance mais à la cacher », assène Christophe Fernandez, président de l'AFPAP (l'Association française de protection et d'assistance des personnes âgées).

Au fil de cette enquête, l'argumentation des responsables de structures et des représentants du secteur tournait autour d'une tentative visant à démontrer que les cas de maltraitance passive ou active étaient isolés. Cette préoccupation venait néanmoins derrière une autre : est-ce que notre groupe, notre structure, va être cité et dans quels termes ? Plusieurs de nos informateurs seront même « approchés » pour savoir si leurs groupes allaient être cités dans le livre. Surtout ceux cotés en bourse !

Pour écrire ce livre, nous avons discuté avec une multitude d'aides-soignantes, nous avons privilégié le contact avec cette profession en prise directe avec les réalités de la bientraitance et de la maltraitance. Nous avons aussi pris le parti de ne pas aborder les endroits où les choses se passent bien pour ne retenir que les cas de maltraitance afin de tenter d'approcher cette réalité, d'en comprendre les ressorts et les contours. Le problème est-il si répandu et pourquoi ? Pour chaque cas de maltraitance, nous pourrons toujours – encore heureux ! – trouver le contre-exemple relevant de la bientraitance : la structure qui a mis en place des garde-fous, avec une direction qui a le sens des responsabilités, un personnel correctement formé et rémunéré. Après les émissions de Daniel Mermet, sur France Inter, intitulées avec sobriété *Les vieux*, la rédaction a reçu des appels de responsables de maisons de retraite. Ces derniers paraissaient choqués ou agacés que l'on puisse évoquer le phénomène de la maltraitance. Ils invitaient chacun à vérifier que leur structure abritait et soignait correctement les personnes âgées résidentes. Bien entendu, ces structures existent. Le secteur commence à se poser de sérieuses questions. Malheureusement, ce ne sont pas les bonnes. Il ne réagit qu'à travers le prisme de la communication et du marketing. Par exemple, les 8, 9 et 10 juin derniers, le SYNERPA, premier syndicat des directeurs de maisons de retraite privées, fêtait ses 10 ans à l'Acropolis de Nice. Dès le deuxième jour, des moyens importants étaient consacrés à l'image des maisons de retraite en France. Avec un constat accablant : « L'image des maisons de retraite, dans les médias et auprès du grand public, est toujours aussi négative et les professionnels peinent à retrouver la confiance des Français et à montrer la réalité de leur travail. » La profession se jugeant parfois diabolisée, il était question du rôle des médias dans cette situation, et d'éventuelles solutions pour rétablir un climat de confiance et de clarté. Des intervenants particuliers étaient alors appelés à la rescousse : « Animée par Philippe Gildas, journaliste-présentateur, fondateur de Vivolta, chaîne TV destinée aux seniors, l'après-midi du mercredi 9 juin réunira des journalistes du *Parisien, Aujourd'hui en France, France Info, Marianne, Nice-Matin*, qui feront part de leur ressenti lorsqu'ils enquêtent sur les maisons de retraite, ainsi qu'un sociologue et un directeur de la Sofres sondages qui viendront apporter le regard du grand public aux 600 dirigeants de maisons de retraite réunis à l'Acropolis. Puis ce sont deux spécialistes de la communication de crise et des relations publiques qui interviendront pour proposer des pistes de réflexion et de travail pour faire évoluer une situation qui décourage les professionnels et inquiète les usagers. »

Comme en écho, au mois d'octobre dernier, sortait un livre publié aux éditions Les Cahiers de l'Info intitulé *Je vous trouve si belles*, écrit par la journaliste Véronique Châtel, avec de très beaux clichés du photographe Serge Verglas. Sur le site de l'éditeur, voici comment est présenté cet ouvrage : « Ce titre traduit une vérité. Les professionnels qui travaillent dans des maisons de retraite trouvent très belles les personnes âgées dont ils s'occupent. Quant aux résidents de ces lieux de vie, ils trouvent très belles aussi toutes ces personnes qui les soignent, les stimulent, les aident à affronter le dernier acte de leur existence, en les regardant en face. Dans les yeux. Sans jamais détourner le regard. Construit comme un reportage, autour d'interviews et de photos prises sur le vif, cet ouvrage a pour ambition de refléter ce qui se passe vraiment dans ces résidences qui ont si mauvaise réputation. Non, s'occuper de personnes âgées n'est pas le métier le plus démoralisant du monde. Pas plus que cela ne relève de la vocation. C'est un travail qui s'apprend, et qui demeure capital dans une société d'humains civilisés, censée veiller sur tous ses membres, jusqu'aux plus âgés et aux plus vulnérables. »

Nous ne contestons évidemment pas les bonnes intentions des auteurs (Véronique Châtel travaille depuis longtemps dans le secteur de la vieillesse) mais ce livre ne peut refléter qu'une partie de la réalité : celle des quelques structures du groupe Domus Vi et de l'autre groupe qui a accueilli les auteurs. C'est donc bien, comme l'explique l'auteure, une vérité. Une vérité, au sens de l'unicité, qui est belle à regarder : celle de soignants dévoués, acquis à la cause du bien-être de leurs résidents, attentifs à leur confort de fin de vie. Cependant, à l'intérieur du livre, Véronique Châtel montre une réalité plus nuancée que dans sa présentation. De plus, ce livre a ensuite été « récupéré » par le groupe Domus Vi pour être envoyé aux acteurs du secteur et à leurs contacts. L'auteure, que nous avons contactée, assure n'avoir été en aucune façon partie prenante dans cette opération de communication.

Pendant notre enquête, nous aurions aimé rencontrer des aides-soignantes heureuses de pratiquer leur métier, encore motivées, respectées par leur direction. Nous aurions évidemment aimé voir cela. Malheureusement, ce n'est pas le cas. Toutes celles que nous avons rencontrées étaient plongées dans ce que nous appelons communément « la souffrance au travail ».

Il est vrai que la réalité de la bientraitance est difficile à cerner. Lorsque nous avons enquêté sur certaines résidences, les responsables nous ont parfois proposé une visite de la structure. Mais tout comme les visites de l'agence régionale de santé, celles du service de l'État qui a pris la succession de la DDASS, sont annoncées, préparées et ne permettent pas, à notre sens, de percevoir la réalité de la situation de maltraitance passive, une visite de journaliste, surtout effectuée en dehors des temps de « nursing » ou de nuit, ne pourra pas déboucher, sauf situation particulièrement criante, sur un constat de maltraitance. Contrairement à ce que dit Pascal Champvert, le responsable de l'ADPA, un syndicat de directeurs de maisons de retraites, les EPHAD ne sont pas des lieux ouverts où tout se sait. Il y règne une loi de silence et la réalité ne se donne pas à être vue au grand jour. Pour ce livre, nous avons aussi visité des établissements en « clients mystères », prétextant le « placement » d'un parent. Accompagnés d'une assistante ou de la directrice, on nous faisait visiter l'établissement. Nous avons souvent été favorablement impressionnés par l'aspect des lieux, qui relevaient parfois d'hôtels quatre étoiles : balnéothérapie, superbes restaurants, chambres individuelles personnalisées pour reproduire une sorte de « chez-soi », etc. Vu de l'extérieur donc, il s'agissait de résidences parfaites. Mais, en approfondissant un peu, en grattant le vernis, en discutant avec le personnel, et en enquêtant, nous nous sommes rendu compte que derrière l'apparence, certaines structures souffraient d'insuffisances débouchant sur des situations de maltraitance dites « passives ». Dans l'une d'elles, nous avons appris que la centaine de résidents, répartis sur quatre ailes est surveillée la nuit par une seule aide-soignante accompagnée d'une veilleuse de nuit. Que se passe-t-il si un résident fait une détresse respiratoire en pleine nuit et, qu'à l'autre bout de la propriété, un autre chute et se fracture le col du fémur ? Réponse un brin embarrassée de notre hôtesse : « C'est une résidence médicalisée, vous savez, tout est sous contrôle. » Visite rapide d'une « chambre témoin ». De même, lors d'une visite, nous constatons que les fiches d'hydratation ne sont pas correctement remplies. Elles sont pourtant très importantes : elles permettent de s'assurer que la personne âgée boit correctement et reçoit chaque jour une ration suffisante d'eau. Autre « détail » : les fauteuils roulants ne sont pas pourvus de freins de blocage. Mais cela, seul un professionnel du secteur peut s'en rendre compte. Une famille en phase de choix sortira de l'endroit conquise…

Une structure en apparence tout à fait correcte peut donc cacher une situation potentiellement catastrophique pour les personnes âgées. L'inverse n'est pas vrai.

Avec ce livre, nous voudrions libérer la parole des soignants, briser la loi du silence, et appeler à une forme de désobéissance. Refuser d'infliger aux personnes âgées une fin de vie indigne, des traitements dégradants. Mais pour que les responsables politiques se sentent investis de cette mission visant à protéger nos aînés, pour qu'ils jouent la carte de la persévérance, il est nécessaire que l'opinion publique s'empare du sujet et se mobilise. La prise de conscience sera longue car c'est tout notre système de valeurs et notre capacité à nous indigner qui sont remis en cause. Le calvaire des personnes âgées quotidiennement maltraitées, au point qu'elles en décèdent prématurément, n'émeut personne. Peut-être parce qu'elles sont silencieuses. Tout le monde connaît la *Déclaration universelle des droits de l'homme*, qui connaît celle des droits et des libertés de la personne âgée dépendante [1].

1. Annexe I, la Fondation nationale de gérontologie a proposé au public, aux décideurs et aux professionnels, une première Charte des droits et libertés de la personne âgée dépendante, en 1987.

2

La maltraitance : une exception française ?

La situation des personnes âgées en France n'est pas digne de celle d'un grand pays industrialisé. Elle est même, à bien des égards, déplorable et choquante.

Il faut bien l'avouer : il n'existe pas d'indicateur statistique unique et fiable ou de données irréfutables concernant le phénomène de la maltraitance. Des études ont bien vu le jour, des professionnels ont dénoncé, des familles ont porté plainte, des spécialistes se sont exprimés, des politiques ont promis, mais de consensus statistique sur le phénomène, point. La maltraitance est donc difficile à quantifier. Ce flou régnant autour de sa quantification permet à certains, au gré de leurs préoccupations, de le surestimer, ou de le sous-estimer, voire de le nier. Mais on peut malgré tout en percevoir les contours et estimer l'ampleur du phénomène.

De plus, comme l'indiquaient les travaux du Congrès mondial de gérontologie et de gériatrie, réuni en 2009 par l'IAGG (*International association of gerontology & geriatry*), le phénomène de société de la maltraitance des personnes âgées a été trop longtemps occulté : « La lutte contre ce fléau est un combat relativement récent. » On ne dispose pas d'études de population, mais on estime à environ 6 à 8 % le nombre de personnes âgées de plus de 65 ans victimes de maltraitance.

En France, le numéro d'appel – le 39 77 – mis en place par l'AFBAH [1] dans le cadre du programme de lutte nationale, a permis de recenser, depuis le 5 février 2008, date de son lancement, près de 100 000 appels. L'âge moyen des victimes est de 80-90 ans, alors qu'il était, il y a quelques années encore, avant la mise en place des campagnes de sensibilisation, de 70 ans.

Les victimes, qui contactent elles-mêmes ce numéro, représentent aujourd'hui 20 à 25 % des appels, un chiffre en constante augmentation. À chaque nouvelle campagne d'information, 85 % des signalements correspondent à des situations nouvelles. « Ce pourcentage laisse penser qu'il existe un nombre considérable de situations de maltraitance avérées mais aussi de situations à risque de maltraitance qui émergent lorsqu'il y a conjonction d'une situation de crise pour les personnes maltraitées ou les témoins et d'une information sur l'existence de dispositifs de recueil des plaintes », explique l'AFBAH.

40 000 appels par an !

Les seuls indicateurs existants permettent donc de se rendre compte de l'ampleur du phénomène. Présidé lors de son lancement par le docteur Bernard Duportet, le dispositif du 39 77 remporte immédiatement un vif succès. En effet, pour sa première année de mise en service, il reçoit 43 699 appels. Le nombre moyen d'appels est de 130 par jour avec

1. Association française pour la bientraitance des aînés et/ou handicapés.

des pics à 900 lors de campagnes de communication ou après les révélations des médias d'affaires de maltraitance. En 2009, l'AFBAH a enregistré 41 765 appels. Dans leur rapport d'activité, les responsables notent que l'on enregistre, en 2009, environ 2 000 appels de moins que sur 2008. Cependant, compte tenu du peu d'actions de communication réalisées sur la période de l'exercice, et au regard de l'afflux d'appels généré par le lancement du dispositif en février 2008 (7 411 appels sur ce seul mois), nous pouvons en déduire que l'activité de la plateforme s'est en fait développée. La répartition des appels a été beaucoup plus homogène avec un ou deux pics dans l'année dus à l'actualité. Selon l'AFBAH, 70 % des signalements concernent le domicile. Signalons un paramètre de taille : 80 % des personnes âgées de plus de 80 ans vivent à domicile, et, pour 85 % d'entre eux, dans le leur ! Les 30 % restants concernent donc les institutions privées, publiques ou associatives. Si l'on fait une moyenne des deux années de déclarations depuis la mise en place de cette plateforme d'appels, on aboutit au chiffre de 42 582 signalements annuels, dont 12 819 concernent l'hébergement en institution. Un chiffre considérable qui permet d'appréhender l'ampleur du phénomène. « Sur ces 40 000 appels, l'AFBAH, (devenue HABEO), ouvre 12 000 dossiers de maltraitance dont 2 400 pour les maisons de retraite », souligne le professeur Moulias, président d'Allô Maltraitance. Mais il ne faut pas se limiter à ces chiffres pour appréhender l'ampleur du phénomène. « Il est bien établi, souligne le spécialiste, que ni le numéro national, ni les appels locaux que nous recevons en nombre équivalent ne représentent la totalité des appels. Établissements, conseils généraux, mairies, ARS, etc., reçoivent aussi des appels. Beaucoup de cas ne sont jamais signalés – probablement la grande majorité. D'autres sont signalés plusieurs fois à tout le monde. Il est difficile de chiffrer les maltraitances, si ce n'est en disant qu'il y en a trop et qu'on peut en faire baisser le chiffre, en particulier en EHPAD, par la répétition des actions de sensibilisation. »

Il existe aussi un « biais » statistique qui remet en cause la répartition de la maltraitance entre le domicile et l'institution : un signalement de maltraitance à domicile concerne uniquement la victime déclarante. Dans la majorité des cas, le maltraitant est un membre de la famille. Mais il n'en va pas de même pour un signalement en institution : une situation de maltraitance sur un résident laisse supposer le fait que tous les autres résidents sont potentiellement en danger. Une structure maltraitante ne cible pas ses victimes. Tous les résidents sont soumis à ce fléau. En réalité, si l'on voulait être rigoureux au plan statistique et ne pas sous-estimer l'ampleur du phénomène en institution, il faudrait alors multiplier la déclaration de maltraitance par le nombre de résidents. Et si l'on multiplie ce chiffre par le nombre de lits moyens d'une structure, qui tourne autour de 50, on arrive à 641 000 personnes susceptibles de vivre une situation de maltraitance. L'argumentation du lobby des professionnels de la vieillesse consiste à rejeter la responsabilité de la maltraitance sur les familles, dans le cadre du maintien à domicile. Il s'agit d'en faire une affaire privée. Une façon habile de se dédouaner.

Mais, on ne peut pas raisonnablement conclure que la maltraitance se joue principalement à domicile, comme le fait par exemple Pascal Champvert, président de l'ADPA [1], un syndicat de directeurs de maisons de retraite. Car si une personne âgée résidant à son domicile est généralement plus autonome et dispose d'espaces de liberté lui permettant cette démarche, de nombreux cas de maltraitance en institution échappe, eux, à toute déclaration : qui peut donner

1. Association départementale personnalisée d'autonomie.

l'alerte pour tous ces vieux abandonnés par leurs familles ? Certainement pas les maltraitants eux-mêmes. Par ailleurs, il ne faut pas sous-estimer le caractère dissuasif du chantage au renvoi exercé parfois sur les résidents et les familles plaignantes.

Dans une question d'actualité adressée au gouvernement publiée dans le *Journal Officiel* du 23 octobre 2009, le sénateur UMP de l'Aisne, Antoine Lefèvre, énonce : « Chaque année, des milliers de cas de maltraitance rythment encore la vie des maisons de retraite françaises. Officiellement, 5 % seulement des 10 500 établissements feraient l'objet de signalements. Cela concernerait tout de même plus de 32 000 pensionnaires… »

En 2009, 420 situations de maltraitance ont été recensées en France dans des établissements pour personnes âgées (43 %), pour enfants handicapés (21 %) et pour adultes handicapés (15 %). En octobre 2010, Nora Berra, alors secrétaire d'État chargée des aînés, avait déclaré que la maltraitance restait une réalité inacceptable sous toutes ses formes, qu'il s'agisse de violences physiques, psychologiques ou morales, de négligences graves ou de maltraitance passive.

Un an avant, en octobre 2009, les directions départementales des affaires sanitaires et sociales avaient recensé les établissements d'hébergement non médicalisés pour personnes âgées. Ce recensement a permis d'établir une liste de 270 établissements non conformes, soit près de 10 % de l'ensemble des petites unités de vie et logements-foyers. Ils ont été mis en demeure de respecter la loi et le règlement, sous peine de fermeture administrative ou totale, et cela à partir du 31 mars dernier. Sur ces 270 établissements, seuls trois ont été fermés et 155 sont en cours de régularisation ! Les autres seraient déjà en conformité…

Dans un article du *Monde* du 17 octobre 2008, Guy Mariaud, président d'ALMA Paris – Allô Maltraitance –, évoquait « une omerta » sur ce sujet. Les raisons sont nombreuses : « Les personnes âgées qui ne se plaignent pas par crainte de représailles, le personnel qui ne va pas alerter la direction par corporatisme, les familles qui ont peur de perdre leur place ou les directeurs qui craignent pour l'image de leur établissement. » Sans compter le problème des personnes âgées dépendantes, qui sont souvent des victimes silencieuses, incapables de se plaindre ou de dénoncer, et le personnel qui est surtout soumis au chantage au chômage ; cela fait beaucoup de facteurs possibles pour entretenir une omerta.

Un autre indicateur vient renforcer ce sentiment que la maltraitance est un phénomène installé. Précurseur en 2001, l'association AFPAP était créée par Chrystèle Fernandez, une conseillère sociale en gérontologie, choquée par les conditions de vie déplorables des personnes âgées hébergées dans certaines structures qu'elle était amenée à visiter dans un cadre professionnel. Cette association fonctionne de façon autonome et indépendante, sur la base de l'engagement citoyen. Chaque année, le numéro vert mis en place par ces bénévoles reçoit plus de 6 000 appels.

En France, plus de 700 000 personnes sont hébergées en maisons de retraite. Il y a neuf ans, lorsque Hubert Falco a été nommé ministre délégué aux personnes âgées, il a avancé le chiffre de 800 000 personnes âgées maltraitées en France et, selon lui, de 200 000 lits indignes d'accueillir des personnes dépendantes, soit un tiers des lits en maison de retraite. Très rapidement, il a revu ses chiffres à la baisse. En avril 2003, il n'en comptabilisait plus que 20 %. Et les établissements qui mériteraient d'être fermés, ne représentaient plus que 5 % de l'ensemble. Alors que rien ne permet d'indiquer que la situation sur le terrain s'est améliorée. « Bien au contraire », raconte Christophe Fernandez. Questionné sur l'origine des chiffres qu'il avance, Hubert Falco indiquait naturellement qu'ils provenaient des professionnels du secteur.

Selon le lobby du secteur, le phénomène de la maltraitance serait à la marge, il relèverait de phénomènes ponctuels occasionnés par la cupidité et la perversité de certains, mais ne saurait être, en aucune façon, un phénomène sociétal.

Pour trouver trace d'un débat sur l'évaluation du phénomène de la maltraitance, il faut remonter au milieu des années 2000. Après cette période, rien. La profession a-t-elle compris qu'elle n'avait rien à gagner à s'engager dans des polémiques sur les contours de la maltraitance ? Car en débattre, c'est reconnaître que le phénomène existe. En *off*, c'est-à-dire en nous priant de ne pas lui attribuer ses propos, une responsable du secteur nous confie que dix ans après son arrivée dans le secteur de la vieillesse, elle n'a toujours pas pu se faire une idée de l'ampleur du fléau. Dans *L'Express* du 29 septembre 2003, Luc Broussy [1], ancien délégué général du SYNERPA, première fédération des établissements privés en France, tourne autour du pot sans répondre à la question qui lui est posée : « Nous n'avons rien pour dire 5 %. Cela dépend où l'on met la barre. S'il s'agit des établissements où l'on bat les personnes âgées, il y en a 1 %. S'il s'agit de ceux où l'on ne les respecte pas et où il n'y a pas de personnel, c'est 5 %. Si l'on considère

1. Luc Broussy est étiqueté PS. Entres autres fonctions, il est conseiller général du Val d'Oise délégué aux personnes âgées et aux personnes handicapées et maire adjoint de Goussainville en charge du logement, de la communication et de l'intercommunalité.

comme indignes les établissements où il faut gravir une marche pour aller de la chambre à la douche, alors c'est 20 %. »

En fait, et nous allons le démontrer dans cet ouvrage, la maltraitance dite « institutionnelle » est fortement corrélée au manque de personnel et donc, au financement. En la matière, la France est le parent pauvre de l'Europe. Si l'on observe les taux d'encadrements et les ratios, on se rend compte qu'ils y sont, contrairement à d'autres pays, nettement insuffisants. Le taux d'encadrement moyen – à temps plein – est actuellement de 4, 5 agents pour 10 lits installés (soins, administratif et logistique compris). C'est naturellement une moyenne et il existe une grande disparité en fonction de la nature même des lieux d'accueil. Par exemple, les foyers, qui sont des solutions intermédiaires dans lesquelles résident des personnes âgées encore autonomes, ne présentent un ratio que de 3 agents pour 10 résidents. À l'inverse, les unités de soins longue durée bénéficient, en raison de leur nature médicale, de 7 agents pour 10. Comme le souligne le syndicat Force ouvrière, le taux d'encadrement dépend de l'histoire de l'établissement et des prix pratiqués dans la structure. Mais, au contact direct du résident, le ratio moyen des aides-soignantes et des infirmières tourne généralement autour de 2 à 3.

À titre de comparaison, en Allemagne, le taux d'encadrement total est de 8-9 agents pour 10 lits. En Suède, au Danemark et en Suisse, il est de 10-12 agents pour 10 lits. Nous avons interrogé des journalistes de ces pays en leur décrivant la situation de la France. Tous nous ont affirmé que si les situations étaient perfectibles, la prise en charge des aînés était assez correcte, et que, contrairement à la France, des affaires de maltraitance où des actes de barbarie perpétrés à la connaissance de tous n'avaient pas cours.

« Concernant la maltraitance des aînés dans les EHPAD, il y a sporadiquement des dénonciations qui font bondir les médias mais le soufflé retombe à chaque fois aussi vite qu'il est monté. Pour avoir eu ma mère dans ce type de structures entre 1998 et 2009, je crois pouvoir dire que la situation est plutôt bonne en Suisse. C'est heureux d'ailleurs car au-delà des questions de droits et de respect humain, le prix des services frise l'indécence : pour ma mère, atteinte de la maladie d'Alzheimer mais qui ne nécessitait pas de soins très pointus, la facture dépassait les 4 000 euros par mois », raconte Christian Rappaz, journaliste à Lausanne.

Un sociologue allemand nous explique que le poids de l'associatif est important dans ce secteur, qui est valorisé auprès des jeunes générations, permettant ainsi de réduire la coupure intergénérationnelle. « Toutes ces questions, qui vont au-delà des finances, évoquent la place laissée à la personne âgée dans la société et renvoient à son propre rapport aux grands-parents, à ce lien qui a existé ou non. »

Dans ce livre, nous défendons une thèse : c'est dans ces ratios insuffisants que l'on trouve les racines de la maltraitance. C'est le sous-effectif chronique, ajouté au manque de compétence, qui crée ces situations de maltraitance. Les Français ont-ils un problème avec leurs personnes âgées ? La question mérite d'être posée.

Un vieillissement inéluctable

Selon l'INSEE, pour faire face à cet « afflux » massif de personnes âgées, il faudra créer des moyens humains, recruter massivement. Au 1er janvier 2050, en supposant que les tendances démographiques se maintiennent, la France métropolitaine compterait 70 millions d'habitants, soit

9,3 millions de plus qu'en 2005. La population augmenterait sur toute la période, mais à un rythme de moins en moins rapide. La part des jeunes diminuerait, ainsi que celle des personnes d'âge actif. En 2050, 69 habitants seraient âgés de 60 ans ou plus pour 100 habitants de 20 à 59 ans, soit deux fois plus qu'en 2005.

En 2020, entre 90 900 et 101 400 emplois induits par la dépendance seront nécessaires. Les aides-soignants représenteraient alors un emploi induit par la dépendance sur 4. Il faudra aussi créer 19 400 emplois supplémentaires d'aide à domicile entre 2004 et 2020. (D'ici 2020, entre 18 000 et 28 500 emplois supplémentaires en institution en Île-de-France.)

En EHPAD ou en maison de retraite, 6 emplois sur 10 seraient occupés par le personnel soignant. Le nombre d'emplois en personnel soignant pour 100 résidents devra augmenter de 5,2 % par an en Île-de-France entre 2004 et 2020. Florence Arnaiz-Maumé, déléguée générale du SYNERPA, évalue à 400 000 le nombre de postes nécessaires comprenant 200 000 créations ex-nihilo : « La raréfaction du personnel est telle que lorsqu'une aide-soignante lance son CV en l'air, les responsables d'établissements se battent pour l'attraper », explique un lobbyiste du secteur. « Peut-être faudra-t-il revaloriser les grilles de salaire », lui suggérons-nous. Notre interlocuteur écarquille les yeux : « Trop compliqué car mécaniquement, les autres métiers du secteur seraient aussi remontés. » Traduction : à l'arrivée, la facture sera lourde. Ce n'est pas gagné…

3

MALTRAITANCE À TOUS LES ÉTAGES ?

« On voulait lui faire changer sa garde-robe, lui mettre des jupes car c'était plus facile. Un jour, on lui a dit : "Vous irez aux toilettes quand vous mettrez des jupes" », explique Joëlle Legall en levant les bras au ciel. La présidente de la FNAPAEF, la Fédération nationale des associations de personnes âgées et de leurs familles, cite cet exemple comme un parmi tant d'autres ! Elle évoque une tendance de plus en plus fréquente dans les maisons de retraite : les résiliations de contrat abusives. Sur le papier, cela s'écrit dans un langage administrativo-juridique : « Résiliation pour incompatibilité avec la vie en collectivité. » Sous cet habillage légal, il s'agit d'une clause d'impunité que se sont concoctés certains établissements. « En clair, en cas de critique, régulière, écrite par un résident ou un membre de sa famille, et après réponse écrite de la direction, le contrat pourra être rompu. » Le message est clair pour les familles : il convient de ne pas être trop regardant sur les conditions d'hébergement ou de soins car, sinon, vous pourrez vous retrouver à rechercher un autre établissement. « Nos adhérents qui sont amenés à faire état de certains dysfonctionnements dans leurs établissements s'entendent trop souvent dire : “Si vous n'êtes pas satisfaits, vous pouvez aller voir ailleurs.” Certains, de plus en plus nombreux, ont même reçu une notification de renvoi sans considération pour la personne âgée qui va être déracinée », accuse Mme Legall.

« Ce sera d'autant plus difficile de trouver une place ailleurs, explique Christophe Fernandez [1], qu'à l'occasion d'une nouvelle tentative d'inscription dans le secteur géographique, et même si les établissements sont en concurrence, ils communiqueront entre eux via la transmission du dossier médical. La nouvelle maison de retraite apprendra les raisons de votre départ. Elle ne sera pas forcément favorable à l'arrivée de votre parent si la famille est considérée comme récalcitrante et susceptible d'entraver le fonctionnement de l'établissement. » Voici comment certains responsables d'établissements achètent la paix.

Mais ce qui inquiète le plus Joëlle Legall aujourd'hui, ce sont les grandes tensions régnant dans le secteur : « Tout le monde est dans la souffrance. Directeurs, familles, personnels : tout le monde est dans la même barque, au bord de la crise de nerfs, avec ce sous-effectif et ce manque de moyens. Chacun fait ce qu'il peut et n'en peut plus. » Selon elle, tant que le gouvernement ne se sera pas réellement emparé du dossier, les choses n'avanceront pas : « On est dans un système inacceptable d'accusations portées contre les uns et les autres pour se sortir de situations difficiles. Mais la réalité est là : on n'a pas mis en place de moyens suffisants. » Elle fustige également les effets d'annonce du gouvernement : « La liste des 200 structures non conformes que la secrétaire d'État Nora Berra devait publier est une formidable hypocrisie. Un établissement qui doit fermer est

1. Entretien avec l'auteur.

un établissement à qui on n'a pas accordé de moyens suffisants. L'État ferme les yeux depuis des années alors qu'il est coupable. »

Forte de son expérience, l'organisation de Joëlle Legall a dressé, début décembre, une liste des dysfonctionnements constatés dans les établissements mais aussi dans les prises en charge à domicile. Envoyée au ministère des Solidarités et de la Cohésion sociale, elle n'a toujours pas reçu de réponses au moment où nous terminons ce livre. Cette liste dresse un panorama très complet des problèmes auxquels peuvent être confrontées les personnes âgées dépendantes dans les maisons de retraite mises en cause. Elle constate, d'abord, le manque d'attention aux besoins quotidiens les plus courants : la boisson, les lunettes, le téléphone à portée de main, etc. Des ongles coupés et entretenus, dents ou appareils dentaires lavés, appareils auditifs mis en place, toilette correctement faite, horaires de lever, de coucher. La FNAPAEF identifie aussi l'une des principales causes de la maltraitance : le sous-effectif chronique qui entraîne un rythme effréné sans tenir compte du propre rythme des personnes âgées, « mais uniquement du personnel en place », souligne la missive. Elle pointe également du doigt l'absence d'aide à la marche et le placement systématique dans un fauteuil roulant pour gagner du temps. Même chose pour l'incontinence : « Le recours aux protections est systématique, plutôt que d'aider les personnes âgées à aller aux toilettes. » Par ailleurs, dans cette logique industrielle qui s'est emparée du secteur, les changes sont limités dans certains cas pour des questions de budget ou de personnel. Et il y a parfois rupture de stock… La distribution des médicaments est souvent réalisée sans contrôle des prises ou respect des ordonnances, avec parfois une inversion des prescriptions entre les résidents. De même, l'organisation pointe du doigt les médicaments distribués par du personnel non autorisé. Les transmissions pourtant obligatoires, sont, elles, remplies de façon sporadique. Quand on ne se prend pas une décharge en appuyant sur les sonnettes d'appel, les systèmes d'appel sont parfois défectueux dans l'indifférence générale d'un personnel souvent occupé ailleurs ou en pause. Les référentes bientraitance sont des espèces rares dans les établissements. La FNAPAEF s'indigne encore de la manipulation sans ménagement des personnes âgées, qui sont parfois victimes d'accidents lors d'un court transfert entre leurs sièges et leurs lits. Quant aux fauteuils roulants, ils sont sales, rongés par l'urine et la transpiration. Les mobiliers à angles durs n'épargnent pas non plus les résidents en les blessant en cas de chute. Au chapitre des repas, les récriminations sont motivées par une absence d'aide, à tel point que certaines familles doivent être systématiquement présentes afin d'aider leur parent à s'alimenter. Le personnel, de son côté, se livre au gavage de repas mixés et peu appétissants : purée à répétition, sans échange de paroles.

L'organisation accuse aussi l'animation d'être infantilisante : « La maison de retraite n'est pas une simple garderie, une sorte de rebut. Les résidents doivent pouvoir entretenir et développer leurs talents », indique le courrier. La FNAPAEF déplore le manque d'écoute des résidents au quotidien, et de leurs familles. Une question inquiétante se fait jour : quelle formation reçoit le personnel pour tenter de rechercher les causes de l'agressivité et d'y apporter une réponse, autre que la camisole chimique ou la contention physique, sur certains résidents qui déambulent ou sont agressifs ?

Un personnel insuffisant, de jour comme de nuit, mal formé, trop de vacataires et de stagiaires conduisent à une orientation trop fréquente vers l'hôpital pour soulager le personnel de la résidence, notamment les week-ends. Quant à la fin de vie, elle est aussi mal accompagnée pour le résident que pour la famille, et pour les autres résidents qui constatent l'absence mais ne sont pas informés du décès.

Les agents de service font parfois les toilettes à la place des aides-soignants. Le *turnover* important du secteur entraîne des conséquences : les nouveaux personnels ne connaissent pas les résidents, leurs pathologies, leurs besoins d'aide, leurs habitudes, n'ont pas les formations nécessaires, etc. Le personnel compétent se lasse et n'en peut plus. On leur demande de former des nouveaux qui n'ont aucun diplôme dans ce secteur. Les difficultés s'accumulent, les arrêts maladie sont de plus en plus fréquents, les démissions également.

Les directions des établissements sont avant tout gestionnaires, et manquent d'humanité. « La paperasserie administrative est trop envahissante. Il n'y a plus de place pour le résident... À quoi servent les recommandations de l'ANESM si les moyens nécessaires pour les appliquer sont absents ? On impose aux établissements une maltraitance réglementaire », déplore Joëlle Le Gall.

De nombreuses familles se plaignent de n'avoir aucune visibilité sur la hausse constante du prix de journée, aucun dialogue, l'opacité semblant la règle. Le tarif hébergement représente 60 % du budget de fonctionnement d'un établissement. Les hausses intempestives contraignent parfois des résidents à quitter leur établissement pour retourner vivre auprès de leur conjoint ou de leurs proches. Ceux-ci doivent alors s'en occuper tant bien que mal à domicile en se trouvant face à de nombreux problèmes, ce qui provoque des situations de conflits, voire de maltraitance.

De plus, les propriétaires de maisons de retraite se permettent d'ajouter des clauses abusives dans des contrats de séjour comme des horaires de visite restreints qui sont cause de souffrance pour les résidents et leurs familles.

Ce constat est la résultante de nombreuses années de travail sur ce que vivent les familles. Naturellement, cela ne concerne pas tous les établissements. Roselyne Bachelot lance une grande consultation nationale sur le chantier de la dépendance. Ce courrier, qui contient aussi un volet sur les dysfonctionnements à domicile, lui a été envoyé début décembre 2010. À plusieurs reprises, nous avons demandé à ses services si la ministre avait pris connaissance de ce rapport, mais sans succès…

Partie II

LE BUSINESS DE L'OR GRIS

4

ENQUÊTE SUR LE JACKPOT GÉRONTOLOGIQUE

Mieux que la pierre, mieux que l'or, moins risqué que le *trading*, un placement d'avenir : le vieux. « Un secteur où on peut se gaver », nous annonce avec un naturel désarmant un étudiant en management d'établissement médicosocial. « C'est pour cela que vous y êtes ? » lui glissons-nous. Il nous répond par un sourire entendu... A-t-il des grands-parents ? « Oui, mais je ne vois pas le rapport ! » répond-il sur la défensive. Fin de l'interview.

L'homme d'affaires Zinedine Zidane, dont la deuxième passion après l'argent est le football, ne s'y est pas trompé. Il n'investit pas dans des business bancals. Il s'est donc tout naturellement acheté une maison de retraite située dans le Var. Le tarif mensuel démarre à 2 500 euros, ce qui est dans la moyenne des tarifs pratiqués dans le privé à but lucratif. « On retrouve trop souvent à la tête de certains établissements des affairistes douteux bénéficiant de protections. Les montages juridiques de certaines structures sont d'ailleurs très ambigus : là, il s'agit d'une association ayant pour objet l'animation. On retrouve dans le conseil d'administration un ancien agent des Renseignements Généraux, ici un inspecteur de police, un ancien militaire, et tout cela, sous perfusion de l'argent public », raconte Christophe Fernandez.

« À la Bourse, le grabataire est à la hausse [1]. » Un marché, qualifié de « jackpot gérontologique » par Jean-François Lacan [2], journaliste au *Monde*, avec un chiffre d'affaires qui devrait dépasser les trente milliards d'euros en 2020. Les trois plus grandes chaînes de maisons de retraite privées commerciales – Orpea, Medidep (rachetée) et Domus Vi (qui vient de fusionner avec GDP Vendôme) – ont réalisé, à partir du milieu des années 2000, des chiffres oscillant entre 200 et 500 millions d'euros chacune. Les trois barons de l'or gris à la tête de ces entreprises sont au palmarès des plus grosses fortunes de France [3]. Ces empires valent leur pesant d'or. Les analystes financiers conseillent ce marché très porteur, rentable et lisible, avec une tendance démographique forte et prévisible. Ils évaluent le taux de rentabilité à 15 %, mais « une fois les investissements immobiliers amortis, le taux de rentabilité dépasse facilement les 25 % [4] », indique Luc Broussy. Totalement décomplexé sur le sujet, il déclare dans *L'Express* en 2003 : « On fait de l'argent avec des petits vieux. Tant mieux ! Si c'est le résultat d'une bonne gestion. » Problème : les bénéfices insolents ne sont pas toujours réinvestis au profit des personnes âgées. Luc Broussy a-t-il le temps de s'embarrasser avec pareil détail ? Il cumule les casquettes : ce numéro 2

1. *Charlie Hebdo*, 28 avril 2004.
2. *Scandales dans les maisons de retraite*, Paris, Albin Michel, 2000.
3. En 2003, le magazine *Challenges* classe Jean-Claude Marian (ORPEA) 131e, avec une fortune professionnelle estimée à 123 millions d'euros ; Yves Journel (Domus Vi – et président du SYNERPA), 196e avec 80 millions d'euros et Philippe Austruy, (Medipep), 245e avec 68 millions d'euros. Ils ont été rattrapés par le « challengeur » Jean-François Gobertier de GDP Vendôme, 68e fortune.
4. *Charlie Hebdo*, 28 avril 2004.

de la fédération du Parti socialiste du Val d'Oise est d'abord conseiller général de ce département, délégué aux personnes âgées et aux handicapés. À ce titre, il signe les conventions tripartites entre le conseil, l'agence régionale de santé et les établissements. Mais il est aussi homme d'affaires : cogérant de la société EHPA Conseil & Formation et directeur de publication de plusieurs mensuels dont *Le Mensuel des maisons de retraite*. Il enseigne, par ailleurs, à Sciences Po la politique gérontologique et la gestion des EHPAD.

Comme l'expliquait Daniel Mermet dans son émission de France Inter *Là-bas, si j'y suis,* consacrée aux vieux, il n'y a pas un jour sans qu'un dossier de candidature à la création d'une maison de retraite ne soit déposé en préfecture. Florence Arnaiz-Maumé, le confirme. Un jour, une femme l'appelle et lui dit : « Je viens de vendre mon pressing, qu'est-ce qu'il faut faire pour ouvrir une maison de retraite ? » La responsable précise qu'elle n'a pas donné suite. Les tables de jeu sont ouvertes et les appétits parfois féroces.

D'autres raisons expliquent ce goût immodéré pour la personne âgée (et son magot). Les textes réglementaires sont très flous sur les qualifications. Il n'existe pas de ratio obligatoire d'encadrement et les glissements de tâche sont fréquents. Jusqu'à récemment, on pouvait être à la tête d'un établissement sans avoir de formation sanitaire et sociale. En gros, n'importe qui pouvait s'engouffrer dans le secteur pour y faire de l'argent. Depuis 2007, un décret [1] oblige les nouveaux directeurs d'établissement à présenter un niveau

1. Décret n° 2007-221 du 19 février 2007 pris en application de l'article L. 312-1 du Code de l'action sociale et des familles relatif aux modalités de délégation et au niveau de qualification des professionnels chargés de la direction d'un ou plusieurs établissements ou services sociaux ou médicosociaux.

Bac +5. « Quant au stock existant, ils ont jusqu'en 2017 pour acquérir ce niveau », commente Florence Arnaiz-Maumé, qui s'interroge sur le fait que le diplôme requis ne soit pas forcément en relation directe avec la gestion d'un établissement médico-social, tout en soulignant que, désormais, toutes les facultés ont intégré ce cursus dans leurs programmes.

Depuis de nombreuses années, le désengagement massif du secteur public ou des gouvernements a laissé le champ libre à l'arrivée massive du privé. Car il a bien fallu créer des lits pour absorber l'augmentation de nouvelles personnes âgées dépendantes. Historiquement, la prise en charge des personnes âgées relevait des congrégations religieuses et des hôpitaux, dans des lieux appelés « hospices ». Dans les années 60, voire 70, les personnes âgées dormaient dans des dortoirs et mangeaient dans des réfectoires. Au début des années 80, les maisons de retraite publiques et congrégationalistes proposaient encore des chambres à 6 lits. Puis, on a pu assister, en grande partie grâce au secteur privé, à une éradication de ces « dortoirs-mouroirs ». Avec l'arrivée des entreprises commerciales qui proposaient, sur la base d'un bâti neuf, des chambres doubles, puis individuelles, le secteur s'est progressivement dirigé vers un vrai confort hôtelier.

Florence Arnaiz-Maumé travaillait dans le groupe ORPEA dans les années 2000 : « Le groupe a maintes fois racheté des établissements (dans le Val-de-Marne, dans le Rhône ou ailleurs) dans lesquels il y avait encore des chambres à 6 lits équipées d'un unique lavabo et une cuvette de WC. À chaque fois, le groupe les a quasiment entièrement rasés puis reconstruits, en les dotant uniquement de chambres individuelles et d'espaces collectifs de qualité. Tous les groupes ont largement œuvré à assainir le secteur. Le secteur privé a donc immédiatement marqué sa supériorité sur le plan "hôtelier" par rapport au public [1]. »

Pour autant, des nappes fleuries et de beaux restaurants sont-ils suffisants pour répondre aux attentes incontournables des personnes âgées en matière de soins ? « Le secteur privé a exceptionnellement évolué en termes de qualité des soins », plaide Mme Arnaiz-Maumé [2]. « Au début des années 80, malgré un bâti moderne et adapté, seuls les médecins, kinésithérapeutes et infirmiers libéraux intervenaient dans nos établissements pour délivrer des soins techniques et de confort. Il y a quinze ans, un établissement privé de 80 lits fonctionnait avec, au mieux, quatre aides-soignantes salariées et une "flopée" d'interventions d'infirmières libérales désordonnée et mal contrôlée. Aujourd'hui, les personnes âgées en établissement sont encadrées, non seulement par leur médecin, kinésithérapeute et autres intervenants libéraux spécialisés, mais également par une véritable équipe soignante salariée et structurée, composée d'un médecin à temps partiel, 4 ou 5 infirmières, dont une coordinatrice, et d'environ 16 à 20 aides-soignantes. »

Nous avons eu avec Florence Arnaiz-Maumé de longues discussions argumentées et animées sur l'état de la prise en charge des personnes âgées en France. Elle défend avec une conviction sans faille son secteur et n'en démord pas : pour elle, la prise en charge en France reste bonne, voire excellente. Elle considère que les médias exagèrent le phénomène de la maltraitance dans un processus de dramatisation. C'est son credo : se manifester quand un reportage montre une structure maltraitante pour défendre le lobby de la profession.

Ce faisant, si le secteur privé est venu « au secours » du secteur public, il y a insufflé une logique industrielle,

1. Entretien avec l'auteur.
2. Entretien avec l'auteur.

concurrentielle. Cette logique est-elle compatible avec le « prendre soin, le respect du confort, de l'humanité, de la dignité des personnes en fin de vie » ? Rien n'est moins sur.

La maltraitance, ça rapporte !

Le plus choquant n'est pas que ce business existe, mais qu'il est, dans certains cas, alimenté par la maltraitance elle-même dans une équation lugubre : moins on s'occupe des personnes âgées que l'on a sous sa responsabilité, plus cela rapporte. Dans une interview accordée au *Figaro*, François Bouniol, directeur d'une dizaine d'établissements en Île-de-France jette un pavé dans la mare. Avec une franchise déconcertante, il décrit ce système défaillant qui encourage la cupidité… et la maltraitance et pointe du doigt le scandale : « En France, plus une maison de retraite a de grabataires, plus son GMP [1] augmente et plus le conseil général lui donne de l'argent. Dans ces conditions, qui a intérêt à lutter contre la maltraitance ? Or, faire demeurer quelqu'un au lit est une forme de maltraitance. Et, en n'ayant pas les gestes quotidiens qui favorisent le maintien dans l'autonomie, on crée artificiellement des grabataires [2]. »

Sophie Lapart, aide-soignante qui témoigne à la fin de cet ouvrage, abonde dans son sens : « Lorsque l'on analyse clairement la prise en charge de la personne âgée, on se rend compte que toutes nos actions consistent à aggraver leur degré de dépendance. Quand un établissement fonctionne en sous-effectif, on va, pour pouvoir assurer le programme de la journée, poser une protection à la personne

1. GIR moyen pondéré qui définit le taux de dépendance moyen d'une structure. Voir Annexe II.

2. Article du 23 février 2009.

âgée plutôt que de l'accompagner aux toilettes. Des gens sont installés prématurément dans un fauteuil roulant alors qu'ils bénéficient encore d'une certaine autonomie. Ainsi, ils vont perdre l'usage de la marche rapidement. »

Interrogée, Hélène Taillandier, responsable de l'agence régionale de santé de l'Oise, nous confirme ce fonctionnement : « Nous attribuons un forfait soin global et les directions organisent leur prise en charge en fonction de ce forfait. Il est évalué par un médecin d'après de la coupe PATHOS [1]. Nous avons une enveloppe régionale répartie sur les EHPAD selon un profil de dépendance de l'établissement. Ces coupes sont réévaluées annuellement par rapport à l'état des patients. » Cette directrice reconnaît entendre souvent des responsables d'EHPAD se plaindre de la valeur des enveloppes : « Cette revendication ne me paraît pas valable pour le secteur privé car il peut jouer sur le tarif d'hébergement. Vous pouvez constater la différence entre les tarifs de journée du public et du privé. Dans le secteur public, c'est le conseil général qui décide et les résidents qui ne sont pas solvables peuvent demander l'aide sociale. C'est une enveloppe contrainte avec des éléments d'objectivation et des ratios d'encadrement. »

L'autre façon de faire du business est d'avoir un *turnover* de résidents important. Si les personnes sont depuis longtemps dans la structure, on ne peut réévaluer leurs tarifs (la partie hébergement est libre). En revanche, lorsqu'un résident quitte la maison de retraite et qu'un autre arrive, le tarif d'hébergement peut être réévalué comme pour un locataire. Certaines familles racontent que leur parent a pu être « viré » sous un prétexte fallacieux, que la direction de la maison de retraite a pu profiter d'une hospitalisation après une chute pour ne pas reprendre le résident. « Il y a du monde derrière

1. Voir Annexe III.

la porte. Les maisons de retraite fonctionnent sur liste d'attente », commente Christophe Fernandez.

Comble de l'institutionnalisation : la création d'une assurance spécifique mise en place par l'assureur Huon-Cornil moyennant 300 euros, il garantit les directeurs d'établissement poursuivis pour maltraite [1].

Un business en or

Les vieux, ça rapporte, donc. C'est un secteur qui marge à 25 %, amortissements déduits ! Mais il n'est pas interdit de gagner de l'argent lorsque l'on travaille honnêtement...

Une grand-mère maltraitée lance cette phrase terrible dans le documentaire d'Hervé Brèque, *Maisons de retraite, du scandale à l'espoir,* diffusé sur France 3 : « Je sais qu'on n'est plus utile, mais quand même on n'est pas des chiens. » Que cette dame se détrompe, elle est utile, et même très utile, puisque certains ont bâti des fortunes sur son dos. Le quatrième âge est un business juteux. Et les hommes d'affaires qui y ont investi ne le regrettent pas. Philippe Austruy, P-DG et fondateur de Medidep (devenu Korian), était à la tête de ce groupe français côté au second marché, qui réalisait en 2003 250 millions d'euros de chiffre d'affaires.

Dans le secteur de la finance, ces patrons, sont surnommés « les roitelets de l'or gris ». Jean-François Gobertier illustre de façon presque caricaturale ce surnom. Dans un portrait d'une très grande complaisance paru dans le *Dauphiné libéré*, et titré « La *success story* d'un patron décomplexé », le journal salue avec une révérence journalistique à se rompre les cervicales et les lombaires cet Annonéen de 56 ans, « qui pèse plusieurs millions d'euros et ne véhicule

1. http://assurances-ehpad.fr/Assurance-personnelle-des directeurs.html

pas les clichés d'un chef d'entreprise classique ». À la fierté régionale succède une description haute en couleur de ce « *golden boy* aux faux airs de *crooner* ». Jean-François Gobertier se dit prêt à lancer des phrases assassines en pleine réunion avec ses collaborateurs : « Je n'aime pas perdre de temps. Quand j'ai quelque chose à dire, je mets rarement les formes. »

Il convient de préciser que l'homme qui « met rarement les formes quand il a quelque chose à dire » n'a pas souhaité répondre à nos questions. Seul un de ses chefs de secteur nous a envoyé une réponse aussi courte que convenue [1]. Nous aurions pourtant apprécié lui parler : il est le patron du groupe qui possède Les Jardins de Médicis, la structure dans laquelle travaillait Sophie Lapart.

En juillet 2007, Gobertier a craqué pour un avion, un Pilatus PC 12. Cet appareil peut embarquer 9 personnes et sa particularité réside dans le fait qu'il peut se poser et décoller depuis des pistes en herbe, rendant ainsi de nombreux terrains accessibles. Voilà une bonne nouvelle : pouvoir atterrir au plus près de ses établissements pour venir les visiter et constater les conditions dans lesquelles vivent ses résidents pourra peut-être régler le problème du sous-effectif. Sophie Lapart nous a précisé que la moyenne des aides-soignantes présentes auprès des résidents étaient de 5 pour 51 résidents, c'est-à-dire un pour dix, soit le tiers de la moyenne ! Nous aurions aimé lui demander pourquoi. Signalons donc à Gobertier le terrain tout proche des Jardins de Medicis d'Ermenonville : l'aérodrome du Plessis Belleville dont les 850 mètres de piste en herbe sont doublés par une piste en dur. Aucun problème pour poser un Pilatus PC 12 !

Cet avion a été acquis en leasing mais son prix catalogue est de 2 600 000 euros. Les aides-soignantes et les agents

1. Voir Annexe IV.

de service hospitalier qui triment pour 1 200 euros par mois seront contents de l'apprendre.

Un cadre du groupe nous a expliqué que compte tenu de leur actualité du moment, il était impossible au patron de GDP de s'exprimer. Quel événement empêche d'avoir à réagir au témoignage grave de Sophie Lapart ? Le groupe Domus Vi, lui aussi un géant du secteur, était sur le point de fusionner avec la marque Dolcea de GDP Vendôme pour former le groupe DVD ! Traduction : cela n'est pas le moment de mettre sur le tapis, en pleine période signature, de vilaines affaires de maltraitance, de sous-effectif, de manque de soins aux personnes âgées, de carence de personnel et de matériel. « En réalité, il s'agit d'une absorption de Dolcea par Domus Vi », commente un responsable de syndicat patronal. « Mais vous savez, poursuit-il, le problème du patron de GDP réside dans le fait qu'il vient de l'immobilier. Son savoir-faire, c'est la spéculation immobilière, on ne peut pas lui demander d'apprendre le métier du soin. Et cela se ressent forcément dans la culture d'entreprise. » Domus Vi appréciera.

Gestion de Patrimoine Vendôme est une jeune société florissante créée au début des années 90. Elle gère plus de 140 maisons de retraite, dont 117 EHPAD, et emploie 6 000 salariés. Le groupe a plus d'un tour dans son sac, avec des secteurs d'activité diversifiés. La marque Operalia gère les résidences de tourisme et les activités d'hôtellerie. La promotion immobilière est assurée par Gerim, la commercialisation par Patrimo Expansion, et la société Lagedor a été créée pour développer le conseil et la formation de l'ensemble du groupe. Le chiffre d'affaires en 2009 est estimé à 360 millions d'euros. Dans sa lettre interne, Jean-François Gobertier s'exprime sur le rapprochement : « Nous avons racheté de petits groupes, aussi, une trentaine d'EHPAD est actuellement en travaux. Depuis le début de l'année, nous avons acquis 11 nouveaux EHPAD. Entre les créations prévues et les rénovations, le chiffre d'affaires va s'accroître mécaniquement de 120 millions d'euros. Côté créations, nos projets sont ambitieux. Ainsi, dans dix-huit mois, nous allons ouvrir à Garches (Hauts-de-Seine), un EHPAD entièrement dédié aux résidents malades d'Alzheimer ou de troubles apparentés. »

« Jean-François Gobertier venant de la spéculation immobilière, il achète et revend par lots à des particuliers qui mettent à disposition leurs chambres, en contrepartie d'un loyer. Ces opérations font mécaniquement monter le prix de l'hébergement et demandent un taux de remplissage assez élevé [1] », explique un responsable du secteur. Et dans les documents du groupe destiné aux actionnaires, on peut lire : « Investir dans les maisons d'accueil pour personnes âgées, c'est parier sur la qualité des services et de la gestion, bien plus que réaliser un placement immobilier très avantageux sur le plan fiscal. À court comme à long terme, c'est un investissement payant. » Voici un homme qui sait prêcher pour sa religion…

Une recherche sur les activités de Jean-François Gobertier, permet de mettre en lumière ses 182 sociétés. Pour l'essentiel, elles ont pour objet l'hébergement médicalisé ou social pour personnes âgées et les sociétés immobilières, mais ce dynamique patron sait aussi se diversifier : ainsi il a lancé en mai 2000 la société GDP Vendôme Prestige Car. Son activité ? La location de voitures de prestige : Porsche, Bentley, Mercedes Maclaren et Ferrari. Entre 2009 et 2010, cette société au capital social de 1 650 000 euros a vu son chiffre d'affaires s'envoler de 1 000 %, passant de 53 000 à 582 000 euros.

N'est-il pas choquant de constater le train de vie des roitelets de l'or gris, alors que simultanément, les personnes

1. Entretien avec l'auteur.

âgées hébergées dans les résidences de leurs groupes vivent parfois dans des conditions déplorables par manque de moyen ? Par ailleurs, ces établissements sont largement financés par des subventions des conseils généraux au titre des conventions tripartites. De l'argent public, donc. Est-il acceptable de socialiser le fonctionnement et les charges de ce secteur tout en privatisant les gains ?

Concernant GDP Vendôme, nous avons voulu savoir si le témoignage de Sophie Lapart, ancienne aide-soignante d'un établissement situé à Ermenonville était un cas isolé. Notre enquête nous a permis d'entrer en contact avec des familles d'un autre établissement situé à Cucq, dans le Pas-de-Calais. Le 21 septembre 2010, un résident atteint de la maladie d'Alzheimer, un homme corpulent se déplaçant en chaise roulante s'est retrouvé enfermé pendant plusieurs heures dans un ascenseur en cours de réparation. Sa maladie l'a empêché d'appeler à l'aide mais pendant tout son enfermement, personne ne s'est inquiété de savoir où il était. D'après les familles contactées, il en est sorti déshydraté et il a fallu l'intervention d'un médecin libéral et la mise sous perfusion. Le nouveau directeur de la structure nous a confirmé que des soins avaient été prodigués à ce résident mais il nous a affirmé que le résident n'était resté qu'une heure trente-cinq dans l'ascenseur, nous déclarant, visiblement agacé, que le sujet était clos. Autre sujet de réclamation des familles : le fait que la résidence aurait fonctionné pendant un an sans directeur à plein temps, information confirmée par le directeur [1] et le sous-effectif chronique qui les obligerait à employer, dans le cadre d'« emploi service », des aides extérieures qui viennent suppléer le personnel. « Il s'agit par exemple, d'aider ma mère atteinte de la maladie d'Alzheimer, à regagner sa chambre », soupire la fille d'une résidente.

1. Mail du 24 février 2011.

Le directeur conteste fermement cette assertion : « Tous les résidents sont bien sûr raccompagnés dans leurs chambres pour la nuit, après le dîner ou un moment passé au salon. Certaines familles, qui font appel à des dames de compagnie bénévoles pour la journée ou seulement une partie, souhaitent dans certains cas que celles-ci s'en chargent. Il s'agit là de leur choix et nullement d'un manque de personnel. »

Nous nous sommes présentés le dimanche 21 février à 14 heures à la Fontaine Médicis. Cet établissement situé à l'entrée de la très chic station balnéaire du Touquet présente une architecture empruntée aux résidences de vacances. Nous entrons et trouvons une dizaine de personnes en train de sommeiller sur des fauteuils devant la télévision. Aucun professionnel n'est présent. C'est finalement une dame venue visiter sa parente qui ira chercher une employée. Nous prétextons le fait de nous renseigner pour un parent. Réponse sèche : « Je ne suis pas autorisée à vous répondre. »

Commissions occultes

Au détour de notre enquête sur une structure maltraitante, nous discutons avec un magistrat qui a souhaité conserver l'anonymat. Il nous explique alors que les EHPAD génèrent souvent une économie souterraine : les professions libérales qui souhaitent mettre un pied dans une structure pour y travailler doivent, au passage, livrer des pots de vin. Il s'agit des pompes funèbres, des sociétés d'ambulances, des pédicures, des coiffeuses ou des animatrices extérieures. C'est évidemment du cash qui passe de la main à la main entre le prestataire et le directeur d'établissement. Il est toujours difficile de quantifier ce type de pratique mais celle-ci, sans être généralisée, semble répandue, au vu d'autres témoignages recueillis. Évidemment, ces commissions occultes sont forcément réintégrées dans les tarifs... payés par les résidents et leurs familles, ce qui fait grimper les factures !

« Dans un dossier sur lequel j'enquêtais, nous explique un gendarme du Sud de la France, on ne comprenait pas pourquoi la maison de retraite allait acheter les médicaments dans une pharmacie située assez loin, entraînant des retards dans leur délivrance. On a fini par identifier le versement de commissions par le pharmacien [1]. »

Ce n'était pas la première fois que l'on nous parlait de cette pratique. Soupçonnant des faits de maltraitance et de détournements de fonds publics, Christiane Poli-Dauchelle, vice-procureur au parquet de Valence, a requis l'ouverture d'une information judiciaire au cabinet de la juge Laurence Canavero concernant l'EHPAD les Monts du Matin situé à Besayes, dans la Drôme. L'instruction est en cours. Cet établissement a fait l'objet d'un rapport d'inspection particulièrement critique de l'ARS le 3 septembre 2009. Alors qu'il ne fonctionnait que depuis un an, il était déjà visé par une douzaine de plaintes de familles de résidents, « un chiffre anormalement élevé », notait l'instance de contrôle dans son rapport. Un véritable *turnover* régnait dans la structure, à tel point que l'ARS concluait : « La tâche prioritaire est de stabiliser le personnel car le renouvellement trop important génère des effets désastreux sur la qualité des soins. » Mais c'est aussi sur le financement que l'ARS s'est interrogée : « Alors que le directeur se plaint du manque de financements par les autorités tutelles, l'équipe de direction constate que les crédits correspondant aux dépenses de personnel relevant du soin et de la dépendance ne sont pas totalement consommés. » Pourtant, les familles de résidents pointent du doigt les carences dans la prise en charge. Et ces critiques sont reprises

1. Entretien avec l'auteur.

dans le rapport : suivi médical déficient, chauffage insuffisant, repas non satisfaisants en qualité et en quantité, etc.

Nous avons cherché à contacter le directeur de l'établissement. Mais, curieusement, c'est la déléguée générale du SYNERPA qui nous a rappelés et nous a interrogés sur les éléments en notre possession. Dans un mail envoyé peu après, le responsable évoque le fait que des « rumeurs dévastatrices sur notre structure ou ma personne ne doivent pas occulter le superbe travail fait par mes équipes. J'aspire à ce que la situation s'apaise et que leur travail soit enfin reconnu à leur juste valeur ». Il en veut pour preuve « les résultats d'une démarche qualité : nous avons conduit notre première enquête de satisfaction en mai 2010 : 81 % des résidents et des familles sont satisfaits de la structure ! Un autre bon indicateur est notre taux de remplissage qui a toujours été de 100 % alors même que notre tarif hébergement n'est pas le moins cher (69 euros TTC/Jour) du bassin de vie et que certains EHPAD aux alentours ont des places disponibles. » Pas de réponse directe sur les plaintes des familles qui l'accusent de s'être lancé dans la création d'un EHPAD sans compétence particulière, aux seules fins d'un commerce lucratif.

Aujourd'hui, il prétend donner la priorité « à la stabilisation du personnel. Nos efforts en matière de ressources humaines sont multiples : passage en semaine d'horaires coupés en 10 heures pour les aides-soignantes et en horaires 7 heures ou 6 heures non coupés pour les auxiliaires médico-psychologiques (afin de soulager le personnel), roulement sur 8 semaines, planning des congés annuels, renforcement du management intermédiaire avec une gouvernante (gestion des agents de service hôtelier) et 3 aides-soignantes coordinatrices (gestions des AS/AMP), achat de matériels facilitant le travail des IDE (informatisation du dossier de soins, lecteur de codes-barres pour les transmissions), contrats d'apprentissage et contrats de professionnalisation pour les postes AS/AMP, formations avec intervenants extérieurs pour compléter le cycle de formation interne... »

Cobayes

Notre société cache ce qui est considéré comme laid et, en premier, les vieux. Ils ne font pas rêver mais certains savent trouver une utilité à leurs corps. Des médecins, dont le serment d'Hippocrate doit être un lointain et nébuleux souvenir, n'hésitent pas à faire pratiquer des tests de traitements médicamenteux sur les personnes âgées, en l'absence de consentement réel. Au début des années 2000, dans le sud de la France, les docteurs d'une maison de retraite ont été accusés d'avoir testé des molécules dangereuses sur les résidents. À qui cela profitait ? Outre aux deux médecins qui dirigeaient la maison de retraire, à des laboratoires de la région soupçonnés d'avoir versé des sommes importantes aux bons docteurs via une société intermédiaire. Nous avons vérifié au registre du commerce, cette société existe toujours. Nous avons retrouvé un journaliste qui avait enquêté sur cette affaire. Ayant subi des pressions, il a préféré garder l'anonymat. Voici ce qu'une famille d'une ancienne résidente lui avait déclaré : « Le docteur nous a demandé si nous désirions que notre mère subisse un traitement expérimental. Il ne fallait pas en parler. Nous devions lire le protocole, signer, déchirer la notice explicative et n'en parler à personne. » Cette famille précise qu'elle a refusé. Il s'agissait de tester l'Olanzapine : une molécule, à la base du Zyprexa, indiquée dans le traitement de la schizophrénie et présentant de nombreux effets indésirables : vertige, somnolence, constipation, désordre de la personnalité, tremblement, dyspepsie [1]. Interrogé, le directeur de l'établissement

1. Selon le site Guide Dépression, voici la liste des effets indésirables : « Bouche sèche, dyspepsie, constipation, désordre de la personnalité,

avait reconnu la présence de risques tout en avançant que les choses étaient parfaitement encadrées... À tel point qu'à l'été 2003, le procureur de la République avait ouvert une information judiciaire concernant les conditions de vie des résidents pour délaissement de personnes vulnérables. Au terme du procès, le médecin a bénéficié d'une relaxe.

Conflit d'intérêts

Les liens entre le monde des affaires privées commerciales et les associations, les collusions politiques, économiques et médico-sociales, peuvent conduire à verrouiller des enquêtes et des mises en cause.

Cet immobilisme organise mécaniquement une forme d'impunité et encourage le développement de mauvaises pratiques. Les affairistes peu scrupuleux ont ainsi accès à un terrain de jeu sans limite. Avec un enrichissement rapide à la clé.

Il ne s'agit pas d'escroquerie manifeste mais le mélange des genres ne donne pas du secteur une grande image de probité. Laurence Hugonot-Diener est médecin référent d'Isatis [1]. Elle est aussi la fille du président fondateur de l'ALMA, le professeur Robert Hugonot, aujourd'hui décédé. En 2005, elle a participé, pour le compte de l'ALMA, à la réalisation d'un DVD de prévention de la maltraitance, *Comment maltraiter un vieillard en institution en dix leçons ?* Problème : ce DVD a été réalisé avec le concours des laboratoires pharmaceutiques Lundbeck, qui

appétit accru, gain de poids, akathisia, asthenia, tremblement, hypotension posturale. Cas rares de Priapism et de leukopenia ».

1. « L'association Isatis a pour but de favoriser l'intégration sociale et professionnelle des personnes souffrant de troubles psychiques, suivant leurs besoins. » www.isatis.org.

sont cités dans les documents commerciaux du DVD [1]. Il s'agit donc de fonds privés utilisés pour une cause nationale. Pourtant, l'actuel président de l'ALMA, le professeur Robert Moulias, insiste sur l'indispensable indépendance de l'association vis-à-vis des milieux professionnels [2]. Comme nous l'évoquons plus loin, l'image de l'ALMA a été aussi utilisée par un ancien méga groupe du secteur : Medidep.

Le Guide Michelin des maisons de retraite

« Le vieillissement de la population est un marché porteur. Cet ouvrage en est la preuve ! » Christophe Fernandez, ne mâche pas ses mots pour critiquer le *Guide de la dépendance* [3]. La crédibilité de ce *Guide Michelin* des maisons de retraite, cosigné par Patrick Lelong, journaliste au service économie de France Info, est contestée par le responsable associatif, qui s'interroge sur les motivations réelles d'un tel ouvrage, dont la promotion est assurée au travers d'une journée de la dépendance, avec des partenaires comme des organismes de retraite et de prévoyance. Mais plus grave, selon Fernandez, « aucun des critères liés à la dépendance n'a été retenu comme indicateur des 8 000 établissements soi-disant visités par quatre enquêteurs, dont certains sont

1. Les renseignements permettant de commander le DVD sont sur le site www.agevillage.com. Sous ce titre provocateur l'équipe d'ALMA France vient d'éditer avec le concours du docteur Laurence Hugonot-Diener (et le soutien des laboratoires Lundbeck) un DVD et un livret d'accompagnement présentant, à partir de quelques situations classiques, des attitudes et comportements (inadéquats) ainsi que les différentes habitudes (mauvaises) qui peuvent être maltraitantes sans que nous nous en rendions compte.

2. Voir entretien avec l'auteur, p. 174.

3. Lelong (P.), Jacquet (D.), *Le Guide de la dépendance*, Paris, JTL éditions, 2010.

bien notés alors qu'ils font l'objet de signalements liés à des dysfonctionnements comme la maltraitance institutionnelle. » Il cite en exemple la maison de retraites d'Ermenonville, sur laquelle nous avons enquêté, défaillante à bien des égards, et qui bénéficie de la note de 8 sur 10 ! Christophe Fernandez explique que les clients mystères ne peuvent matériellement pas avoir visité avec circonspection ces milliers d'établissements : « S'il s'agit de récupérer une brochure et de jeter un coup d'œil au réfectoire, cela n'en dit pas long sur la qualité du soin », raille-t-il.

Il nous raconte qu'une famille lui avait fait part de sa colère et de son indignation suite aux conditions du décès d'une parente âgée, hébergée dans une maison de retraite ayant obtenu la note de 7.5 sur 10 dans le *Guide de la dépendance*. La fille de la pensionnaire décédée dénonce « des brimades morales, une culpabilisation permanente et un manque de soins ». Sa mère présentait une hernie hiatale « et la position allongée était déconseillée ». « Le dimanche, faute de personnel, on ne l'a pas levée. Quatre jours après, elle est morte. » La famille porte une accusation particulièrement grave : non-assistance à personne en danger et maltraitance sur personnes vulnérables. Selon ses dires, d'autres familles expriment également des griefs : « Mais elles ont peur de témoigner par crainte que cela ne retombe sur leurs proches, pensionnaires de la même maison de retraite [1]. » La FNAPAEF pointe également du doigt les carences de ce guide « dont les auteurs n'ont souvent ni les compétences, ni le temps nécessaires pour définir les qualités d'accompagnement d'un établissement. Les familles vous le diront : on ne connaît vraiment bien un établissement qu'en y venant régulièrement. Que savent-ils, en effet, de la qualité et de l'aide au repas, du soin apporté à la toilette, de l'encouragement à la marche, de la lutte contre

1. *La Dépêche du Midi*, 15 février 2010 (édition de l'Aveyron).

l'incontinence, du respect du rythme de la personne et de ses souhaits (douche quotidienne ou non, heure du lever et coucher, etc.), de l'effectif réel du personnel, de sa formation, du conseil de vie sociale… Pour ce guide, comme pour d'autres, des familles nous ont alertés pour dénoncer l'éloge d'établissements dans lesquels il y avait beaucoup de dysfonctionnements, ou, au contraire, pour s'étonner que des établissements qui portent une attention particulière à l'accompagnement n'y figurent pas [...] Ce genre de guide est donc dangereux car il peut orienter les familles vers des établissements qui ne répondront pas à leur attente [...] Les auteurs précisent que la seule question posée est simple "Confierions-nous nos propres parents à cet établissement ?" C'est en effet une très bonne question. Mais sait-on que l'on situe autour de 70 % les établissements qui rencontrent des difficultés dues, notamment, au manque de moyens alloués par les organismes de tutelles, au problème du recrutement d'un personnel qualifié, et à l'épuisement du personnel en place ? Sans moyens, la bonne volonté ne suffit pas. »

Dans le quotidien *Nice-Matin* daté du 12 février 2010, Astrid Mambré, directrice de La Châtelaine (Toulon), des Deux-Chênes et des Terrasses d'Amadeus (La Seyne), évoque des notations peu flatteuses « en partie liées au passage des enquêteurs avant la médicalisation des établissements. » Elle dénonce aussi la présence dans le classement des Fauvettes à la Farlède (4/10) et de Solane à Six-Fours (3/10) alors que ces maisons sont… fermées !

Le quotidien *La Dépêche du Midi* émet lui aussi des réserves dans son édition du 10 février : « À la résidence Le Bariol, même réaction : fierté pour les quatre étoiles mais scepticisme sur les méthodes d'évaluation. Bénédicte Dragne, directrice adjointe du CHIVA, émet quelques réserves : "Les membres de ce guide départemental auraient, selon nos informations, visité l'établissement mais nous n'avons rencontré personne." »

« Nous ne sommes pas achetés par les groupes », jure David Jacquet qui dit avoir distribué les bons et mauvais points « en toute intégrité » et promet des mises à jour ponctuelles sur le site internet du guide. Lorsque nous avons contacté son coauteur, Patrick Lelong, celui-ci s'est fermement défendu de ces accusations, considérant que Christophe Fernandez a monté une cabale contre lui. Dont acte.

Maltraitance financière

Joëlle Legall n'est pas en guerre contre les intervenants privés du secteur mais aimerait que chacun prenne ses responsabilités : « Les grands groupes ne sont pas forcément plus maltraitants. Ils sont surtout dans une maltraitance financière en pratiquant des tarifs mensuels qui vont jusqu'à 5 000 euros. Dans certains départements, comme les Alpes-Maritimes, ils sont majoritaires, avec 80 % d'établissements à but lucratif. On constate trop souvent qu'ils connaissent un *turnover* terrible, et sous-payent leur personnel, souvent sous-qualifié. Même leurs directeurs sont mal payés ! »

Par ailleurs, elle constate que, trop souvent, il y a un sacré décalage entre l'offre réelle et la promesse, même lorsque les familles y mettent le prix : « Ce qui est honteux, c'est de faire miroiter aux familles qui se saignent aux quatre veines que l'établissement est structuré pour accueillir les malades Alzheimer alors que ce n'est pas le cas. »

L'Humanitude

À la fin d'un documentaire d'Hervé Brèque, *Maisons de retraite, du scandale à l'espoir,* diffusé sur France 3, on voit apparaître un personnage habillé d'une salopette, un peu à l'image de Coluche, jovialité comprise. Il s'agit d'Yves Gineste, le fondateur de l'Humanitude. Il s'agit d'une méthode destinée à prendre correctement soin des personnes âgées. Sur le site de cet ancien professeur d'éducation physique, on peut lire : « qu'il est possible d'aider les "hommes vieux" en situation de handicap en veillant à respecter leur équilibre et leurs désirs ; que toutes les difficultés et toutes les pertes auxquelles les personnes atteintes de syndromes démentiels sont confrontées ne les empêchent pas de ressentir du plaisir et du bien-être ». Si cette déclaration d'intention est louable, elle n'en suscite pas moins un débat. Dans un document que nous nous sommes procuré, daté du 30 octobre 2007, le syndicat CFTC interpelle la Fédération des établissements hospitaliers et d'aide à la personne pour qui « la méthode et les propos tenus par Gineste et sa femme peuvent plus s'apparenter aux méthodes d'une secte qu'à des pratiques soignantes ». En effet, la méthode destinée à apprendre aux soignants les gestes de la bientraitance, qui semble reposer essentiellement sur le bon sens et l'humanité, n'est pas donnée : les 5 jours pour un groupe de 10 personnes sont facturés 6 250 euros. Ils se déroulent *in situ* c'est-à-dire dans l'établissement. Pour les futurs référents bientraitance, cette fois, la facture s'élève à 1 600 euros par stagiaire. Les équipes dirigeantes des établissements peuvent, elles, assister à des conférences avoisinant les 1 000 euros par personne.

Tout le programme 2011 est bouclé… Pas de place avant 2012.

L'assurance privée se frotte les mains

Dans cet eldorado où chacun aura une part du gâteau, un nouvel acteur entre sur le marché. « La dépendance est un enjeu social mais aussi un marché juteux », titrait récemment *Nice-Matin*. Voilà qui résume bien la situation. La dépendance va coûter de plus en plus cher à la collectivité et aux familles.

En région PACA, explique le quotidien, vivent 1,2 million de personnes ayant 60 ans et plus. Parmi elles, seulement 5 % sont en maison de retraite ou en unité de soins longue durée. Mais l'espérance de vie s'allonge : « Avec 125 000 personnes ayant plus de 75 ans, les Alpes-Maritimes vont devoir très vite affronter le problème de la dépendance des personnes âgées. Alors, où construire et surtout, comment financer les futures maisons de retraite médicalisées qui accueilleront les super-papis et mamies de 85 ans et plus qui devront vivre en institution ? Le prochain schéma gérontologique départemental devra répondre à cette question pour la période 2011-2015 [1] », explique le journaliste Jean-Michel Chevalier.

Ainsi, le débat national lié au financement du secteur sera ouvert par Roselyne Bachelot au premier semestre 2011. Il s'agira de trouver des pistes pour aider les familles devant payer des sommes importantes chaque mois pour les pensions de leurs aînés. Car le choc financier va surtout être douloureux pour les classes moyennes. Faudra-t-il rendre obligatoire, dès 50 ans, la couverture du risque perte d'autonomie par la souscription d'un contrat spécifique auprès d'une assurance privée ou d'une mutuelle ? Comme une nuée de sauterelles sur un champ de maïs, les assurances vont pouvoir se précipiter sur le secteur.

Les syndicats et partis de gauche ne manqueront pas de s'emparer du sujet : état gendarme contre état providence, ultra libéralisme contre « modèle-social-que-le-monde-entier-nous-envie », la présidentielle sera le théâtre de cet affrontement. Enfin l'occasion de parler des personnes âgées !

1. *Nice-Matin*, 13 décembre 2010.

Dommage que cela soit par l'entrée suivante : « Regardez ce qu'ils nous coûtent ! Comment va-t-on faire ? »

Mais à part les vieux et leurs familles, tout le monde ne va pas passer à caisse. C'est même l'inverse qui se produit pour certains. « Le secteur de la vieillesse est un marché à très forte visibilité, surtout avec le vieillissement de la population. En investissant dans ce secteur, on ne prend pas de grand risque et le retour sur investissement est certifié. Compte tenu de la pénurie de lits, les taux d'occupation des résidences sont maximaux et garantis [1] », explique un analyste financier qui a souhaité conserver l'anonymat.

Les affairistes ne se sont donc pas trompés en plongeant dans ce gisement d'or gris, mais le profit et l'éthique font-ils bon ménage dans ce secteur ?

Dans une lettre aux actionnaires envoyée il y a quelques années, le P-DG et fondateur d'Orpea, le docteur Jean-Claude Marian, ne cachait pas son immense joie : « Aujourd'hui, le secteur de la dépendance sur lequel se positionne Orpea bénéficie d'une visibilité exceptionnelle. En effet, 20 à 25 % des personnes de plus de 85 ans souffrent d'un niveau de dépendance qui rend nécessaire l'entrée en institution pour se faire assister. Les besoins vont s'accentuer fortement dans les dix prochaines années, dans la mesure où cette tranche de population va quasiment doubler avec l'arrivée des *baby-boomers* [2]. »

En 2003, le groupe Orpea était à la manœuvre pour le rachat du groupe Medidep avec le groupe Medica. Le fonds de pensions Britannique Bridgepoint n'a pas hésité à débourser la somme de 330 millions d'euros en 2003 pour

---

1. Entretien avec l'auteur.
2. « La puissance ORPEA : La belle santé financière d'un groupe de maisons de retraite », *Sud-Ouest*, 24 avril 2004.

s'offrir les 5100 lits du groupe commercial Medica-France, propriété de la Caisse des dépôts et des consignations. Cette société n'a alors cessé de croître avec le rachat d'un groupe italien en 2004, afin de pénétrer ce marché. Et, en 2010, c'est la consécration avec une cotation sur le Nyse Eunoext Paris. Finalement, l'opération ne sera pas menée à son terme et le groupe prometteur Medidep, qui avait réussi à multiplier par 10 ses bénéfices depuis 1998, fusionnera avec le groupe Suren pour former le groupe Korian.

Sur le site, on peut lire : « Son nom a pour origine étymologique le mot cœur », ce qui traduit, selon ses responsables, l'engagement du groupe et justifie sa *baseline* : *Nous prenons soin de la vie*. Cette approche poétique ferait presque oublier le mouvement de grève qui a secoué l'établissement Saison dorée, situé dans le 8e arrondissement de Lyon en octobre dernier. « Il n'y a rien de doré pour ceux qui y travaillent. Les revendications des grévistes sont simples : plus d'effectifs pour pouvoir mieux s'occuper des personnes âgées, une augmentation de salaire de 150 euros pour tous les salariés de jour, et 300 euros pour ceux de nuit. »

Lorsque l'affaire des accusations d'actes de maltraitance au sein de Château-Lamothe éclate en 2002, Medidep détient la structure en « copropriété » avec Jeanne Philibert avec une part non négligeable d'actions (47 % selon l'agence Reuters), tout en précisant qu'elle est en conflit ouvert depuis plusieurs mois avec cette encombrante partenaire. Quelques jours après une perquisition opérée par la gendarmerie dans la structure, 111 054 titres du groupe Medidep sont échangés à la Bourse de Paris. 108 412 actions sont vendues par un seul opérateur en milieu de journée. Mais bien entendu, c'est un hasard.

5

LE LOBBY ET LE BUSINESS

Le résultat de notre enquête sur la situation du quatrième âge en France étant peu reluisant – doux euphémisme – nous sommes allés voir les représentations patronales du secteur afin de leur donner la parole dans un débat contradictoire, mais aussi de connaître leur analyse : les profits colossaux dégagés par le secteur ne devraient-ils pas être réinvestis dans le bien-être des personnes âgées ? Ces instances représentatives ont évidemment un rôle à jouer dans la lutte contre la maltraitance. Arriver à les interviewer n'a pas été sans peine. Il a fallu les convaincre qu'il était dans leur intérêt de s'exprimer, que notre but n'était pas de tomber dans un ostracisme démagogique consistant à les désigner à la vindicte populaire. Tout comme les compagnies aériennes ont du mal à parler des crashs, les représentations du secteur sont agacées que l'on parle de maltraitance et veulent donner une autre image de leur profession. Elles ne ménagent pas leurs efforts pour cela… et préfèrent parler de bientraitance. Une façon d'esquiver le fléau ?

Florence Arnaiz-Maumé [1] est visiblement passionnée par son secteur mais, juste avant l'interview, une inquiétude se

1. Déléguée générale du SYNERPA.

fait jour : « Comment intervenir dans un livre où vous parlez forcément des aspects les plus noirs ? Notre organisation peut-elle tirer son épingle du jeu dans un tel contexte ? » nous a-t-elle demandé avec une sincérité désarmante. « En étant honnête », lui avons-nous suggéré. Elle a d'abord émis des doutes sur le caractère « objectif » de notre ouvrage tout en signalant qu'aucun écrivain qui avait rédigé un ouvrage sur le sujet n'était venu interviewer son organisation. « Si je vous emmène dans 50 ou 100 maisons de retraite, vous aurez une autre image du secteur », a-t-elle argué avec la conviction d'une avocate de la défense habitée par sa cause. Nous lui avons rétorqué qu'il faudra alors nous suivre dans 50 à 100 structures maltraitantes pour changer son image du secteur. Nous avons posé une règle : pas de langue de bois, pas d'autopromotion : « Cela n'intéressera pas les lecteurs et c'est contre-productif. » Florence Arnaiz-Maumé est aussi l'interlocutrice des élus de la République. Le jour où nous avons pris contact avec elle, elle quittait son bureau pour se rendre à un rendez-vous avec Roselyne Bachelot, la veille de l'annonce officielle de la grande consultation du chantier de la dépendance. En lobbyiste confirmée, elle défend les intérêts de ses 1 700 adhérents, mais se dit aussi concernée par l'innovation et les améliorations au service des personnes âgées. Le SYNERPA organise même des voyages destinés à étudier la façon dont certains pays à la population vieillissante prennent en charge le quatrième âge. Scandinavie et Japon ont ainsi été visités par une délégation de responsables de groupes de maisons de retraite. Au Japon, le SYNERPA avait emmené deux hommes politiques : Denis Jacquat, député de Moselle et Jérôme Guedj, vice-président du conseil général de l'Essonne chargé des solidarités. Cette collectivité est amenée à verser des subventions aux maisons de retraite. Jérôme Guedj était-il invité par le SYNERPA ? Devant cette question, Florence Arnaiz-Maumé nous indique que les participants paient leur quote-part. À combien s'élève-t-elle ? Réponse agacée : « Je ne veux pas parler de cela, je vois bien l'exploitation que vous allez en faire. » Elle est un des rares interlocuteurs représentant le secteur privé à avoir accepté de se prêter au jeu des questions-réponses avec une certaine sincérité.

Nous avons contacté Jérôme Guedj pour lui poser les questions suivantes : « Faites-vous l'objet d'attentions particulières de la part du secteur ? Concrètement, pensez-vous l'invitation du SYNERPA à participer à un voyage d'études au Japon, en compagnie de directeurs de groupes, fasse partie des actions de lobbying ? »

Il n'a pas souhaité nous répondre.

Nous l'interrogeons donc sur le caractère indécent des bénéfices dégagés par les grands groupes. Par exemple, GDP Vendôme dégage des bénéfices monstrueux mais rationne les parts de fromage des résidents ! « Par essence, un groupe commercial doit impérativement dégager des marges pour assurer sa pérennité et son développement. Il est clair que les flux financiers issus des banques ou des investisseurs et injectés vers les groupes de maisons de retraite privées choquent parfois les médias ou le grand public. Mais ils ont pourtant largement permis la rénovation et la création d'établissements, à un moment où le secteur public ne parvient plus à se développer et où la pénurie de place menace », défend-elle.

Elle avance que les marges du secteur ne sont pas exorbitantes par rapport à la mission d'intérêt général accomplie. Cela est inexact : c'est son propre frère, Luc Broussy, le monsieur personnes âgées du PS, qui avait évoqué les marges réalisées : « Une fois les investissements immobiliers amortis, le taux de rentabilité dépasse facilement les 25 % [1]. »

1. *Charlie Hebdo*, 28 avril 2004.

Pour mieux appréhender les réalités financières du secteur, nous avons interrogé l'un des responsables de la société d'analyse boursières sur les valeurs moyennes, ID Midcaps. Bruno Jehle est responsable du secteur de la santé. Pour se faire une idée, il faut prendre en compte l'indice Ebitdar, qui indique la performance opérationnelle avant impôts et amortissements, un groupe comme Medica est à 26,5 %, Korian à 25,1 % pour al partie Ehpad, Orpea est à 24 %. Bruno Jehle confirme que les maisons de retraite médicalisées constituent le meilleur secteur boursier : « lorsqu'on cherche du défensif en temps de crise, il s'agit d'un secteur avec une excellente visibilité, rassurant avec une croissante à deux chiffres. L'emprunt y est facile, le risque de défaut faible ». La solvabilité des personnes âgées n'est plus à démontrer…

Florence Arnaiz-Maumé avance que contrairement aux idées reçues, les groupes ne redistribuent que peu de dividendes aux associés ou actionnaires, préférant largement réinvestir pour se rénover et se développer. Sans doute, mais les patrons de groupe n'oublient pas, eux, de se rémunérer. Une vision très personnelle du partage…

Laissant de côté cette vision angélique d'une économie schizophréniquement hypercapitaliste et, en même temps, soucieuse de l'intérêt général, nous abordons le sujet de la maltraitance. Le mot qui fâche. Les « éléments de langage » sont rapidement à l'œuvre pour ne pas accorder trop d'importance au sujet : « Tout le monde a des efforts à faire mais il ne faut pas avoir une vision manichéenne en considérant que les professionnels sont définitivement et irrémédiablement les fautifs. Notre secteur n'a pas intérêt à maltraiter les gens. S'occuper correctement des personnes âgées fragilisées est au cœur de notre activité, c'est notre raison d'être. »

La déléguée générale est bien consciente que le fond du problème se trouve dans les ratios d'encadrement : « Aujourd'hui, nous sommes environ à 25/30 agents soignants pour 100 résidents, sur une équipe globale de 50/55 agents pour 100 résidents. Peut-être faudrait-il passer rapidement à 35/40 de soignants pour 100 résidents, sur une équipe globale de 60/65 agents. Bien sûr, l'accompagnement s'en trouverait amélioré. Mais augmenter les ratios d'encadrement de 10 agents soignants supplémentaires pour 100 résidents, dans tous les établissements, relève, dans le contexte économique actuel, d'une réelle gageure. Je pense qu'à terme, nous y parviendrons, mais il faut du temps car il faut beaucoup d'argent provenant tant de l'assurance-maladie que des conseils généraux. »

Il est troublant de constater que dans le secteur de la petite enfance, une crèche ne peut pas fonctionner si elle ne dispose pas du nombre minimum légal de personnels. Dans le secteur des personnes âgées, c'est diamétralement l'inverse, l'absence de régulation, notamment pour les ratios de personnel, peut inciter les gestionnaires de structure à fonctionner en sous-effectif, quitte à offrir une qualité de soins et une sécurité insuffisantes. L'accepterait-on pour nos enfants ?

Le lobby face à la maltraitance

Le sujet dérange. C'est le moins que l'on puisse dire. Rien que le fait de prononcer le mot « maltraitance » raidit nos interlocuteurs. C'est un peu l'épouvantail qui fait fuir les oiseaux. Florence Arnaiz-Maumé a été une des seules interlocutrices a nous rappeler immédiatement, prête à parler du sujet sans exiger au préalable de connaître le nom de notre éditeur. Utilisant parfois une vieille ficelle, elle attaque de temps en temps la presse, avec laquelle elle sait cependant entretenir de bonnes relations : « Nous souhaitons aussi lutter contre les dérives journalistiques tendant à faire croire que ces pratiques de maltraitance sont une généralité », lit-on dans un communiqué de son organisation. Mais elle a l'honnêteté de reconnaître que tous les groupes sont confrontés au problème : « Dans un groupe d'une centaine établissements, il y a toujours 3 ou 4 établissements difficiles, souvent liés à des problèmes de *turnover* de personnel. Quand une aide-soignante quitte son poste, elle le fait généralement de façon immédiate. Les directeurs doivent alors faire face en urgence à ce manque de personnel [1]. » Mais ces « bugs » sporadiques dans l'organisation quotidienne d'une maison de retraite peuvent-ils expliquer à eux seuls la maltraitance ?

Délégué général de l'ADPA [2], une association regroupant les directeurs de maisons de retraite du public et du privé, Pascal Champvert a aussi accepté le principe de l'interview. Il est lui-même directeur d'établissements publics. Assez charismatique, il a un discours clair, parfois simpliste. Nous l'avons interviewé un soir, au sortir d'une réunion et alors qu'il conduisait sa voiture. L'interview est très instructive et l'agacement devant nos questions peut expliquer ses menus dérapages.

Quelle est l'ampleur du phénomène de maltraitance dite « institutionnelle » ? Lors de l'émission *Les Infiltrés*, consacrée à une maison de retraite, Pascal Champvert a avancé le chiffre de 70 % de maisons de retraite maltraitantes. Un pourcentage évidemment très préoccupant. Nous revenons dessus : « Je ne veux plus que l'on me parle de ce chiffre. Dans la logique du direct, c'est une syndicaliste à FO qui a

1. Entretien avec l'auteur.
2. ADPA : Association des directeurs au service des personnes âgées.

avancé ce chiffre. Je l'ai repris car je ne voulais pas me lancer dans une bataille de chiffres. » Rappelons qu'une journaliste s'était fait embaucher comme aide-soignante et qu'elle montrait, avec une caméra cachée, le quotidien d'un établissement totalement défaillant : absence de soins, rythme digne de l'usine, personnes âgées dénutries, glissement de tâches, etc. Effectivement, Pascal Champvert n'est pas choqué par ce qu'il a vu. C'est si courant ! Sur le plateau, Valérie Létard, alors secrétaire d'État aux aînés, avait produit un effet de manche très politicien en exigeant d'un David Pujadas embarrassé le nom de l'établissement incriminé. Celui-ci avait refusé. Mais dès le lendemain, le nom de cet établissement de Seine-et-Marne était connu du secrétariat d'État et une plainte était déposée. L'ADPA, en bonne structure lobbyiste, répliquait aussitôt : plainte contre la DDASS et l'État. « Un partout, la balle au centre », tonne Pascal Champvert. « Depuis le dossier prend la poussière au tribunal de Meaux », triomphe le syndicaliste patronal.

Au cours de cette enquête, aucun interlocuteur professionnel rencontré ne nous a épargné l'argument du secteur ayant évolué. Sur le thème « élève prometteur en progression », le secteur aspire presque à la remise de la médaille du mérite. Alors que sur le terrain, la situation est catastrophique. « On ne peut pas dire que depuis trente ans il ne s'est rien passé en France, nous avons même fait beaucoup, mais il fallait faire TRÈS TRÈS beaucoup. Nos voisins européens l'ont fait », reconnaît avec sincérité Champvert.

Que doit faire la famille dans le cas d'une dame qui fait des chutes fréquentes et que l'on retrouve avec le visage tuméfié (nous faisons référence au cas de Geneviève, une dame âgée que nous avons retrouvée choquée et le visage couvert d'hématomes après sa troisième chute) ? À partir de cette question précise, Pascal Champvert démarre : « Une vieille dame de 80 ans chute, mais cela n'est pas en soi de la maltraitance, ça s'appelle le principe de gravité [1]. » Curieuse explication… Puis son argumentation reprend l'axe de la piste : « Des gens font des chutes à répétition même dans le meilleur des établissements suédois, avec deux fois et demie plus de personnel. Dans le suivi de la chute, il faut évidemment regarder du côté des médicaments et trouver des protocoles adaptés. Concernant les hématomes, il faut prendre en considération le fait que les personnes âgées marquent facilement. »

Dans ce type de situation, Pascal Champvert, lui-même directeur d'établissement, préconise le dialogue avec l'encadrement. « Ensuite, écrire au président du conseil d'administration et à la maison mère, ou l'association gestionnaire si nécessaire. Puis, on peut écrire au conseil général et à l'État. » Une panoplie d'interventions convaincante…

Peu après, nous l'emmenons sur un autre terrain : l'action de la DDASS. « Le problème de la DDASS, aujourd'hui ARS, est qu'elle est juge et partie. Dans la majorité des cas, cela permet de détecter des conduites déviantes isolées. Cela est utile, pour le cas de Bayonne par exemple, qui relevait de la fermeture [2]. L'ARS dit, dans la majorité des cas : "Vous devriez faire mieux." Très bien, mais avec quel personnel ? » Peut mieux faire : n'est-ce pas ce que l'on pourrait suggérer à Pascal Champvert à la lecture d'un article du *Parisien* en 2002 [3]. On y apprend que soixante-trois personnes âgées sous sa responsabilité vivent depuis

1. Pascal Champvert fait référence au principe de la pesanteur, traduction du latin *gravitas*. La loi de la gravitation, ou loi de l'attraction universelle, découverte par Isaac Newton est la loi décrivant la gravitation comme une force responsable de la chute des corps.

2. Selon un responsable de l'ALMA, le conseil général a été prévenu 10 mois avant la fermeture de l'établissement et la DDASS était parfaitement au courant de la situation.

3. Voir Annexe V.

quelques jours « dans des locaux, excessivement insalubres de la résidence Beaurepaire à Saint-Maur ». Ils doivent y rester deux ans pendant les travaux de remise aux normes de leur maison de retraite. « Les papiers peints se décollent sous l'effet de l'humidité, raconte le journal. La saleté saute aux yeux dans les chambres et les couloirs, un lavabo s'est décroché du mur… » « Dès vendredi, j'ai fait sortir ma mère de là-dedans. Les toilettes étaient bouchées, les lavabos fuient, les chambres sont toutes petites et les escaliers sont infernaux. Et malgré tout, il fallait continuer à débourser 10 000 F comme avant. », expliquait la fille d'une résidente. « C'est moche, quand même, nous n'avons même pas de penderie », déplorait une vieille dame. Un monsieur, un peu perdu, patauge dans l'eau dans sa chambre. Son lavabo s'est décroché du mur. Les sous-sols aussi sont inondés. « Le matin, il y a une odeur de vase dans tout le bâtiment », explique un autre. Du côté de la direction, on reconnaissait que cette installation ne se faisait pas dans les meilleures conditions, tout en assurant que les choses devaient s'arranger dans les jours qui viennent. Pascal Champvert, directeur de la résidence pour retraités de l'Abbaye de Saint-Maur, locataire des locaux de Beaurepaire, le reconnaissait : « Il y a effectivement un problème sur le site. La société de nettoyage n'est pas passée comme prévu avant le transfert des personnes âgées. Et comme le bâtiment avait servi de squat deux mois avant, il n'est pas en bon état. Tout devrait revenir dans l'ordre d'ici une semaine », promettait-il.

Nous lui posons indirectement la question : « Quel est votre avis sur le poids des grands groupes, qui sont là pour dégager des bénéfices et qui ne s'en cachent pas ? » Pascal Champvert considère que la mauvaise qualité de la maison de retraite ne dépend pas de son statut. Son argumentation est destinée à nous convaincre : « Dans le privé, il y a une marge à dégager mais votre journal, pour prendre cet exemple, n'est pas une association philanthropique, le groupe de presse dont il dépend espère que votre journal va dégager du profit. Vous me paraissez être un journaliste sérieux mais vous travaillez pour un groupe privé qui dégage du profit. Le fait qu'il s'agisse du privé n'indique pas qu'il n'y ait que des salopards (*sic*) qui y travaillent. En ce qui concerne les maisons de retraite, le secteur commercial fait 20 % de l'activité. 80 % des personnes âgées sont donc hébergées dans le public. Les groupes ne représentent que 5 % de l'activité et cela n'explique pas les difficultés du secteur. Celles-ci viennent fondamentalement du fait que les pouvoirs publics ne donnent pas aux professionnels des moyens en personnel suffisants et assez formés pour accompagner. »

Opposant à la maltraitance en institution un farouche déni, le responsable demande par deux fois que nous écrivions que l'essentiel de la maltraitance se passe au domicile, ce qui est faux. Nous insistons : les groupes financiers à la tête des maisons de retraite sont dans une logique de gain immédiat et font moins attention au sort réservé à leurs résidents. Réponse de l'intéressé : « Oui, il peut y avoir des difficultés, mais résumer la problématique du secteur à l'existence de quelques grands groupes, c'est comme si l'on résumait la crise de la presse en France à l'existence du groupe pour lequel vous travaillez. »

Subjugués par la pertinence de cette analyse, nous revenons aux contrôles des ARS : selon nous, ils ne sont pas assez inopinés. Annoncer leur venue dénature la portée du contrôle… Là, l'agacement est perceptible : « Ce n'est pas le problème. Il faut arrêter avec ça. Moi, monsieur, je viens en m'annonçant dans un établissement comme Bayonne, je peux vous dire que je me pose tout de suite des questions.

La question des contrôles consiste à vérifier si on est dans le cas de pervers et de malfaisants ou dans le cas de structures qui font du mieux qu'elles peuvent avec peu de moyens. On demandait la fermeture de 5 % des établissements. Certains ont fermé et on doit être encore à 2 à 3 % d'établissements à fermer mais par définition on ne peut pas vraiment le savoir. En définitive, vous prévenez ou pas de votre contrôle, les problèmes se voient. Si je sais qu'il y a un contrôle et que je rameute du personnel pour que la DDASS ne puisse pas m'épingler sur le manque d'effectifs, dans les quinze jours qui suivent, un membre du personnel va écrire à la DDASS pour l'informer. »

Même dans le cas de pervers et de malfaisants, la DDASS a très peu de moyens pour agir. Par ailleurs, étant juge et partie avec les conseils généraux qui financent les emplois de ses structures, les DDASS sont très timorées dans la mise en place d'actions qui conduisent parfois à devoir reloger une centaine de résidents après la fermeture d'un établissement qui n'était pas aux normes ou qui maltraitait ses pensionnaires. Pour autant, Pascal Champvert n'en démord pas : « Dans les contrôles inopinés, je vois des choses contraires aux droits de l'homme. Il y a des inspections qui sont de l'ordre de la barbarie, comme, par exemple, soulever les draps d'une vieille dame de 90 ans pour constater si elle a les fesses propres. » Nous lui opposons que ces contrôles sont réalisés pour la bonne cause : « Bah voyons, et les droits de l'homme, monsieur, attention, hein, attention ! Vous imaginez ? Demain vous êtes aidés à votre domicile parce que vous avez les deux jambes fracturées, une infirmière vous assiste et des inspecteurs de la DDASS viennent vérifier si vos draps sont bien propres. Je ne suis pas sûr que vous vous y soumettriez. »

« Un contrôle est exercé pour la bonne cause, celle de la vérification de la qualité du soin », objectons-nous à nouveau à notre interlocuteur. Pascal Champvert s'emporte : « Bah dis donc, vous allez m'expliquer qu'en Algérie, quand on torturait des gens, c'était pour la bonne cause. Les droits de l'homme, monsieur ! Des gens ont justifié la torture en Algérie en expliquant que si on ne torturait pas, le terroriste allait poser une bombe qui allait tuer une cinquantaine de civils. » Pascal Champvert poursuit son étonnante digression puis revient vers notre sujet de préoccupation.

Nous l'interrogeons ensuite sur l'effroyable dossier de Château-Lamothe. Il nous fait répéter le nom et ne semble plus connaître ce dossier. À sa décharge, le procès a eu lieu en 2007. Nous lui rappelons donc les faits. Après avoir expliqué ce drame par ces « gens qui ne sont pas bien dans leurs têtes et se mettent dans des situations relevant de l'aide psychologique et qui peuvent être gravement sanctionnées par la société », il cite alors, à titre de comparaison, l'exemple d'une aide-soignante, poursuivie en justice, qui écrivait sur les fesses d'une personne âgée des petits mots pour la collègue du soir qui devait nettoyer le petit vieux. « Des histoires comme ça, il y en a, au même titre que les gens qui battent leurs femmes et leurs enfants », conclut-il. Est-ce pour autant acceptable ? Le sujet du livre est la maltraitance institutionnelle, celle que nous estimons très grave car elle se met en place grâce à des équipes complices sur l'injonction implicite de directeurs de structure ou de patrons de groupe qui savent qu'ils avancent dans l'impunité. Pour autant, Pascal Champvert, par trois fois, tentera de nous ramener sur le terrain du domicile. Or, d'après les spécialistes, la maltraitance à domicile est souvent financière (extorsion de fonds) ou le fait de proches qui sont à bout. Comme l'explique Sophie Lapart, les institutions, dans ce cas, réagissent assez rapidement et efficacement. Elles ne se heurtent pas à de puissants intérêts économiques.

Ceux-là même qui sont défendus par le SYNERPA qui, par la voix de sa déléguée générale, nie l'importance du phénomène. Au cours de notre enquête, nous n'avons cessé de tomber sur des structures dans lesquelles la question de la maltraitance était clairement posée.

Partie III

VOYAGE AU CŒUR DE LA MALTRAITANCE

6

LA MAISON DE L'HORREUR

Avertissement : Le docteur Max Dubois, médecin gériatre, a repris la structure de Château-Lamothe, sans changer le nom de l'établissement. Il tient donc à préciser que cet établissement n'a plus rien à voir avec celui dirigé par Jeanne Philibert, condamnée par la justice pour les mauvais traitements infligés aux pensionnaires et se déclare très engagé contre la maltraitance.

Le 25 janvier 2003, lorsque les gendarmes des brigades de Bordeaux et de Castres se préparent à perquisitionner la maison de retraite Château-Lamothe à Saint-Meydard-d'Eyrans, ils ne se doutent pas qu'ils vont investir une véritable « maison de l'horreur ».

Dans ce chapitre, nous avons décidé d'ouvrir les portes de cette enquête, levant le voile sur l'un des pires drames de la maltraitance des personnes âgées connu en France. Nous avons eu un accès privilégié à toutes les pièces du dossier, sur lesquelles nous avons basé l'écriture de ce chapitre.

La réalité dépasse la fiction : une directrice de maison de retraite, âgée de 77 ans au moment de son interpellation en

2003, a fait endurer un véritable calvaire à plusieurs dizaines de personnes âgées placées sous sa « protection ». « L'horreur » : c'est le cri poussé par la courageuse infirmière qui a révélé l'affaire au bout de quatre jours de travail dans cette structure.

Le tribunal correctionnel de Bordeaux a condamné Jeanne Philibert, à quatre mois de prison avec sursis et à 10 000 euros d'amende. Également mise en examen pour escroquerie, elle n'a cependant pas été condamnée pour cette infraction. Mais les accusations de dépassement des capacités d'accueil de l'établissement, de détention illicite de substances comme la morphine, d'exercice illégal de la profession de médecin et d'infirmière, et de violences administrées aux pensionnaires ont été retenues. Cette directrice faisait régner la terreur dans son établissement. Les pensionnaires y subissaient, entre autres, le supplice du gavage : les bras bloqués par une aide-soignante, ils étaient nourris de force avec une cuillère, au point de leur casser les dents. Ils étaient giflés, enfermés, attachés et certains d'entre eux dormaient sur des lits de camp. Le matin, c'était une autre forme d'humiliation : au prétexte que les personnes âgées présentent souvent des problèmes de transit, elles subissaient des touchers rectaux pratiqués sans gant. Pendant des années, sans doute de 1987 à 2003, ces personnes ont vécu un calvaire et ce, avec la complicité du personnel. Plus grave encore : la DDASS était informée et a laissé faire.

Cet établissement a-t-il bénéficié de protections particulières ? C'est ce que suppose maître Christine Maze, l'avocate des familles plaignantes : « La directrice de l'établissement fait autorité sur Bordeaux. Elle a un charisme que l'on peut qualifier de redoutable et nourrit des liens avec les notables bordelais. Définie comme manipulatrice par de nombreux protagonistes de l'affaire, elle savait jouer le rôle de la responsable accueillante. Petite femme sèche, aux cheveux courts et au regard sévère, elle présente plutôt une image de rigueur. Lors du procès, elle nous regardait droit dans les yeux, elle était là, debout devant les juges, à leur tenir tête. Elle assumait ses actes. Quand la DDASS effectuait des visites programmées, elle enlevait les lits de camp et les personnes âgées déambulaient dans la résidence [1]. »

Ces mauvais traitements auraient pu se prolonger sans l'intervention d'une infirmière, Isabelle Godicheau, qui intègre la structure le 30 octobre 2002. Face à l'horreur, elle n'attend pas longtemps pour alerter. « J'ai décidé de ne pas cautionner cela, surtout pour la sauvegarde des résidents », explique-t-elle. Les premières phrases de son audition devant la brigade de gendarmerie de Castres sont incroyables : « J'ai téléphoné, dans un premier temps, aux services de la DDTE [2] de Bordeaux, qui m'a conseillé de ne surtout pas aviser les services de la DDASS de dysfonctionnements dans des établissements de soins, et qu'aucune action n'était engagée par ces services-là. » Cette « affaire dans l'affaire » de silence coupable de la DDASS est confirmée par d'autres témoignages. Car Isabelle Godicheau n'est pas la seule à avoir alerté les pouvoirs publics. Et cela, bien avant 2002. Après quatre jours de travail, elle démissionne et contacte l'AFPAP pour témoigner. Un responsable de cette association reconnue pour son excellente connaissance de ces dossiers a été interviewé sur TF1. De notre côté, nous avons pu nous entretenir avec l'infirmière et récupérer le rapport édifiant qu'elle a établi. Voici les points les plus importants de son témoignage : elle constate d'abord une absence d'hygiène : le personnel ne se lave pas les mains

1. Entretien avec l'auteur.
2. Direction départementale du travail et de l'emploi.

entre chaque soin. Les sacs poubelles récupérant le linge sale et les déchets de soins et d'hygiène sont accrochés aux chariots de soins infirmiers qui vont de chambre en chambre avec des sacs poubelles infestés de souillures. Disposée dessus, une boîte à instruments non stériles sert pour tous les pansements des nombreux résidents. « La DDASS ayant récemment interdit l'utilisation du Poupinel [1], j'ai réussi, grâce à la coopération du responsable administratif à me faire délivrer des sets à pansements stériles, cachés dans un placard et dont la directrice interdisait l'utilisation par souci d'économie », relate l'infirmière. Autre problème : l'alèze jetable placée sous une alèze en tissus – donc camouflée – n'est changée que lorsqu'elle est totalement souillée. L'infirmière constate plusieurs fois la présence de traces de selles et d'exsudats d'escarres souvent infectés sous l'alèze en tissu propre.

De même, les sondes d'aspiration trempent dans l'eau en permanence, c'est-à-dire dans un bouillon de culture. Et les surprises ne sont pas terminées. Dans une chambre à deux lits, Isabelle remarque la présence d'un lit de camp rajouté. Dans la structure, les glissements de tâche sont alors nombreux : « J'ai découvert que les agents de service hospitalier faisaient les tests glycémiques au doigt et des injections d'insuline à une résidente diabétique. J'ai alors exigé qu'une infirmière qualifiée pratique ce geste. La directrice en a été très mécontente. » Dans la même veine, une ASH [2] prépare une cassette du médicament Apokinon, qu'il faut

1. La circulaire 2001-138 du 24 mars 2001 rappelle que ce procédé de stérilisation est inefficace vis-à-vis des ATNC (agents transmissibles non conventionnels) et qu'il est susceptible de fixer fortement l'infectiosité résiduelle des prions. Il est donc à proscrire pour le traitement des dispositifs invasifs de type chirurgical. L'utilisation de sets stériles à usage unique est donc fortement conseillée pour ces actes.

2. Agent de service hospitalier.

insérer dans une pompe et programmer sur 24 heures puis poser le système en perfusion sous cutanée !

L'accumulation des mauvais traitements et des dysfonctionnements l'incitent à dénoncer la directrice : « J'ai vu Mme Philibert forcer une résidente à manger en faisant bloquer ses bras sur le ventre par une ASH, puis, de sa main gauche, mettre sa tête en arrière pour enfourner des cuillerées à soupe de nourriture mixée, ceci au milieu de la salle à manger, sous les yeux des autres résidents ! C'était l'horreur. Je l'ai aussi vu brusquer deux résidents lors de la réfection de pansements à un pied dont l'état nécessitait la venue du médecin – qu'elle a refusée. Le lendemain, cette résidente m'a supplié de rester dans cet établissement, de ne surtout pas les abandonner. »

À de nombreuses reprises, Jeanne Philibert demande à Isabelle de rentrer dans le rang et de suivre l'exemple de ses collègues en pratiquant des actes médicaux, sans prescription, d'après de simples résultats biologiques reçus par fax, expliquant que le médecin traitant ferait la prescription dans les jours suivants !

Mais l'infirmière n'est pas au bout de ses découvertes : Jeanne Philibert, qui n'a pas de diplôme d'infirmière validé en France, multiplie les interventions aveugles. Elle pratique même une transfusion sanguine à une résidente en fin de vie, atteinte d'une escarre sacrée un mois auparavant. « Comment est-ce possible, sans la présence d'un médecin et d'une structure de réanimation ? Quel est le but de ce geste ? Acharnement thérapeutique ? » s'interroge la soignante. « Pour cette même résidente, j'ai vu Mme Philibert évacuer ses selles lors d'un toucher rectal à main nue, les doigts portant des ongles longs, puis laver sommairement la région annale avec un gant de toilette et de l'eau. Elle a rincé le tout dans une bassine remplie d'eau souillée de selles, et essuyé avec la même serviette éponge utilisée pour s'essuyer les mains avant de faire le soin d'escarre – 25 cm de diamètre et creux jusqu'à l'os du bassin – avec une pince non stérile utilisée pour la résidente précédente et les doigts de la main gauche tachés de traces de selles sous les ongles. Elle faisait sursauter cette femme en fin de vie par ses gestes brusques et niait la douleur lorsque je lui disais d'agir doucement. » « Tout ceci est à vomir », écrit dans son rapport l'infirmière.

Elle raconte aussi avoir constaté que des résidentes étaient atteintes d'escarres énormes et infectés.

Lorsque Isabelle Godicheau s'entretient avec le responsable administratif, M. Léger, en poste depuis dix mois, ce dernier se déclare effaré par la description du fonctionnement de la résidence : « Je pense qu'il était conscient des améliorations à apporter en matière d'hygiène, comptant sur ma présence et ma rigueur pour mettre en place des protocoles, mais je crois qu'il découvrait l'ampleur des dégâts causés aux résidents, ce manque de respect de la personne âgée invalide, démente, grabataire, sans défense. »

L'infirmière a alors le sentiment d'être confrontée à une véritable « omerta » qui protège Jeanne Philibert : DDASS, médecins libéraux qui prescrivent les actes *a posteriori*, personnel, etc. Car ce n'était pas la première fois que l'alerte était donnée. Une autre femme, Sylvie Forgit, a eu une expérience beaucoup plus longue dans la structure et a emmagasiné un certain nombre de preuves sur les actes ignobles perpétrés contre les pensionnaires. Mais curieusement, ces appels au secours sont restés lettres mortes…

Sylvie Forgit a exercé la fonction d'agent de service hospitalier de 1985 à 1989 dans la précédente structure dirigée par Jeanne Philibert, le Home Saint Gabriel. À l'époque, elle a, elle aussi, tenté d'alerter les services publics mais s'est confrontée à une réaction sidérante. Entendue le 5 février 2003 par la même brigade, elle raconte avoir saisi, dès 1988, la DDASS à qui elle a présenté un dossier complet comprenant, par exemple, des photos sur lesquelles on la voie en train de vider un mort [1], alors que son emploi consistait, normalement, à réaliser les taches ménagères. Un autre cliché permet de se rendre compte que des pensionnaires sont attachés sur leurs fauteuils roulants et sur leurs lits pour les empêcher de se déplacer. Mme Philibert voulait voir les couloirs vides.

Naturellement confiante, Sylvie Forgit pense que la DDASS va agir. Mais son entretien avec une responsable, qui refuse de lui donner son nom, ne se passe pas comme prévu. Au contraire, Sylvie Forgit a la très désagréable sensation de tomber dans un piège. « Cette dame m'a écoutée, puis a refermé le dossier en me disant : "Pas de chance, madame Forgit, je suis sa meilleure amie." Je suis repartie complètement choquée et anéantie. » Dès lors, ne sachant que faire, Sylvie Forgit est en proie au doute. L'avenir ne lui semble guère sécurisant. L'idée de revoir la directrice la stresse au plus haut point. Pourtant, elle doit s'y résoudre. Les nécessités économiques empêchent parfois toute forme de choix. À ce moment-là, elle est en procédure de divorce, avec un enfant à charge : elle doit absolument travailler. « Je suis quand même revenue à la maison de retraite, et, à partir de ce moment-là, j'y ai vécu l'enfer. » Visiblement, le tyran a été prévenu... sans doute grâce à cette relation privilégiée avec la cadre de la DDASS.

Les gendarmes ont tenté d'en savoir plus sur cette collusion. Ces derniers ont essayé de mettre la main sur la cadre de la DDASS mise en cause dans le témoignage de Sylvie

1. Il s'agit de préparer la personne décédée en vue de la présenter à sa famille.

Forgit. Ils ont pu identifier trois femmes susceptibles d'avoir reçu l'aide-soignante. Toutes trois occupent désormais des postes de direction dans d'autres départements. L'une d'entre elles déclare être arrivée à la DDASS en août 1989, elle ne peut donc matériellement avoir reçu Sylvie Forgit. L'autre a quitté la DDASS début 1988. Il reste une troisième personne. Au moment où les gendarmes la contactent, Danièle Hernandez est directrice de la DDASS à la Roche-sur-Yon. Elle est arrivée en Gironde le 1er février 1988 et déclare n'avoir « aucun souvenir d'avoir reçu un personnel de la maison de retraite venu pour signaler des dysfonctionnements ». Par ailleurs, aucune des trois personnes interrogées ne déclare connaître Jeanne Philibert. Mais, pour les gendarmes : « De l'enquête effectuée, il ressort que seule Hernandez Danièle aurait pu recevoir Forgit Sylvie. » Cependant, celle-ci n'a aucun souvenir de cet entretien et ne connaît pas personnellement Mme Philibert. Dans cette autre « affaire dans l'affaire », il subsiste toujours un doute. À cette époque, les bureaux du conseil général sont situés au même étage que la DDASS. Sylvie Forgit a pu, à son insu, être reçue par le personnel du conseil général. Difficile à croire. Le secteur de la vieillesse fait partie des prérogatives de cette administration territoriale dans le cadre des conventions tripartites, depuis le milieu des années 2000.

Josette Costes a aussi joué un rôle clé dans cette affaire : elle a été médecin inspecteur de santé publique depuis 1991 auprès de la DDASS de la Gironde. Elle déclare aux gendarmes le 21 novembre 2003 : « Mon rôle exact au sein de cette administration est, sur délégation du préfet, de m'assurer que la sécurité et le bien-être des personnes hébergées dans des établissements sociaux et médicosociaux sont respectés. » On ne peut être plus clair…

Quinze jours après la plainte de l'AFPAP, envoyée le 14 janvier de la même année, elle entre en scène, avec la DDASS, à la place du docteur Manetti alors en arrêt maladie : « Ce jour-là, je devais contrôler les dossiers médicaux, discuter avec les résidents et contrôler conjointement avec le médecin de la structure toute la partie liée à la distribution de médicaments et à l'organisation des soins. » Dans son rapport, le docteur Costes explique que dans son rapport, elle mentionne n'avoir pas trouvé de médicaments périmés. Et, lorsque les gendarmes lui expliquent que lors de leur « descente » à Château-Lamothe, ils en ont saisi, eux, une quantité non négligeable, sa réaction est surprenante : « Je ne pense pas que Mme Philibert ait été prévenue de notre intervention. »

Il est étonnant de constater que des médecins-inspecteurs de la DDASS ne voient pas les médicaments périmés mais qu'ils sont trouvés par les gendarmes !

Pour mieux comprendre ce phénomène, le témoignage de Françoise Fauche, employée dans la structure, est très intéressant : « La DDASS est venue à plusieurs reprises. La veille de leur arrivée, Mme Philibert nous indiquait qu'il fallait tout nettoyer en raison du contrôle qui allait se dérouler. Nous sortions également le troisième pensionnaire installé en surplus dans une chambre à deux, rangions le fauteuil canapé d'une personne et installions le pensionnaire dans le salon durant la visite de la DDASS. Je n'ai jamais été questionnée par ces contrôleurs, qui étaient en permanence accompagnés par Mme Philibert. »

Escarres à l'eau de javel

Revenons à Sylvie Forgit, en prise à un redoutable harcèlement. « Le matin, je devais faire les toilettes et les soins des pensionnaires ; l'après-midi, je faisais du ménage. Je n'avais pas une minute de répit, Mme Philibert était toujours derrière moi. Je n'avais pas le droit de m'asseoir, ni de boire un verre d'eau. Cela m'était interdit, elle me harcelait sans cesse. »

À force d'insistance auprès d'un cadre de la maison de retraite, Sylvie Forgit obtient son licenciement au début de l'été 1989. Les choses avaient démarré de façon assez particulière entre elle et Jeanne Philibert. Sitôt son embauche, un matin, Jeanne Philibert lui ordonne de pratiquer des soins sur les personnes âgées. Elle refuse, arguant que son contrat ne prévoit que les tâches ménagères et qu'elle n'est pas qualifiée pour cela. Augmentant la pression, la directrice lui répond : « C'est ça ou je te vire, ici, c'est comme cela. » Contre son gré, elle collabore alors aux traitements particuliers qu'administre Mme Philibert à ses résidents. Elle pratique les toilettes, les touchers rectaux, le gavage par sondes gastriques, l'administration d'insuline et le traitement des escarres. À la méthode Philibert. À ce titre, les témoignages recueillis par les gendarmes se recoupent tous de façon totalement symétrique.

L'horreur continue…

« Mme Philibert me formait en me montrant comment soigner une escarre selon sa méthode. Elle m'a montré l'escarre sans gant et aucune protection et portant même deux bagues aux doigts. Elle a mis le poing dans l'escarre pour me faire voir la profondeur. Effectivement, il était très conséquent. Elle m'a demandé de lui passer le ciseau, ce que j'ai fait, puis elle a découpé les peaux mortes, et a fini par découper les peaux vivantes. Cette pauvre dame hurlait tellement que j'avais envie de vomir. » Mais le calvaire n'est pas terminé : « Puis, lorsque Mme Philibert a vu qu'elle avait découpé des peaux vivantes, elle m'a demandé la Javel qui se trouvait sur le chariot de soins. Je lui ai demandé pour quelle raison. Elle a insisté et je lui ai passé le produit. Elle a alors versé l'équivalent d'un bouchon directement dans l'escarre. Je voyais le bouillonnement de l'eau de javel dans la plaie. La pensionnaire hurlait tellement que j'ai dû quitter la pièce pour aller vomir. » Profondément choquée, Sylvie Forgit continue de s'accrocher malgré tout. Elle effectue des piqûres de toutes sortes : « Les touchers rectaux, c'est la chose qui m'a le plus marquée. Tous les matins, j'administrais un gel Microlax sur toutes les personnes grabataires, sans exception. Puis, il fallait effectuer ce toucher rectal avec deux ou trois doigts tout en disant aux pensionnaires : "Allez, il faut pousser, il faut nous aider." Je précise que je réalisais cet acte toujours avec des gants. C'était affreux, et cela se passait devant les autres pensionnaires, sans aucune intimité, puisqu'ils étaient tous deux ou trois par chambre, certains gisant sur des lits de camp. »

Rappelons que Sylvie Forgit bénéficie seulement d'une formation d'agent de service hospitalier, c'est-à-dire que son emploi est dévolu aux tâches ménagères. Elle raconte encore avoir administré du Valium par piqûre à un pensionnaire excité, sous les ordres exprès de Mme Philibert, qui tenait elle-même la personne âgée : « Elle me disait : "Vas-y, vas-y, pique à travers le pantalon." » Mme Philibert administrait de la morphine sous forme d'injection sur certains pensionnaires.

Médicaments périmés

Sylvie Forgit a aussi constaté que Jeanne Philibert obligeait le personnel à utiliser des médicaments périmés, afin, sans doute, de réaliser de substantielles économies. À la question : « Avez-vous eu connaissance de violences sur les pensionnaires ? » elle indique que certains collègues exerçaient ces violences, mais toujours sous les ordres de Mme Philibert. Cette dernière leur ordonnait aussi de faire manger les pensionnaires à tout prix. Ainsi, certains pensionnaires mangeaient en moins de cinq minutes. Et le repas dégluti devait être récupéré et réadministré au pensionnaire ! Quand Sylvie Forgit désobéit, se rebelle, une pluie d'insultes et de menaces de licenciement s'abat sur elle. Pour la punir, Jeanne Philibert lui ordonne d'aller nettoyer la morgue où un pensionnaire mort depuis deux ou trois jours qui n'a pas été placé en chambre froide commence à se décomposer.

La lecture de ce dossier est édifiante à bien des égards et l'on se demande comment les faits ont pu durer aussi longtemps, dans une tolérance, voire une complaisance, généralisée. Car tout le monde savait. Par exemple, quelle était la position de la mairie de Saint Meydard d'Eyrans ? Christian Tamarelle était le maire de la commune depuis 1988. Voici ce qu'il déclare aux gendarmes le 5 février 2003 : « J'ai toujours connu Mme Philibert. Je l'ai rencontrée à de nombreuses reprises dans le cadre de mes fonctions d'élu et elle m'avait indiqué qu'elle se trouvait en sureffectif par rapport à la capacité d'accueil qui était de 44 lits. » L'élu ajoute que la demande d'extension déposée par la directrice lui avait été refusée en 1999 par la préfecture de la Gironde. Le maire se retranche derrière le fait qu'il n'a aucun pouvoir de contrôle sur cet établissement : « Seuls les services départementaux de l'action sanitaire et sociale avaient un pouvoir de contrôle et de décisions de fonctionnement. » Dans une petite commune où tout se sait, il est étonnant de constater que le maire, alors qu'il admet être au courant des problèmes de surcapacité de l'établissement, tombe des nues.

Le rôle des médecins

Le Docteur Manetti, médecin-conseil de la DDASS n'y a vu que du feu lors de ses différentes visites. Son témoignage auprès des gendarmes est sidérant. Ce médecin est pourtant censé connaître son travail puisqu'il est entré au service de la DDASS en 1993. « Je connaissais cette maison de retraite car j'y étais allé, une première fois, il y a plusieurs années, et après, en août 1999 pour vérifier les dires d'une malade. À cette époque, j'ai remarqué que cet établissement était bien entretenu », déclare-t-il aux gendarmes. Le docteur Manetti leur remet même une copie de la note rédigée lors de cette visite. « À ce moment-là, poursuit le docteur, je n'avais pas remarqué que les patients étaient supérieurs au nombre autorisé, car je n'avais pas le nombre exact par rapport à l'arrêté d'autorisation. » Au cours de notre enquête, nous avons interviewé Mme Taillandier, directrice de l'ARS [1] de l'Oise : « Une inspection se prépare à l'avance. Nous avons des objectifs, des éléments à vérifier, il y a un coordonnateur », nous a-t-elle expliqué. Toutefois, il paraît surprenant de se rendre sur place sans contrôler les éventuelles surcapacités.

Selon nos informations, lorsque certains agents de la DDASS devaient effectuer un contrôle, ils téléphonaient à Jeanne Philibert et c'est elle, en fonction de son organisation, qui fixait le rendez-vous. Elle pouvait ainsi préparer la venue des inspecteurs : ranger les lits de camp (impossible d'identifier alors le surnombre sans effectuer un comptage comparatif entre les personnes âgées déambulant dans la structure et le nombre de lits), ranger les médicaments périmés, etc.

1. Agence régionale de santé désormais en charge des missions de la DDASS.

Au cours de l'enquête, les gendarmes demandent quand même au médecin s'il n'a pas constaté qu'il manquait des lits par rapport au nombre de pensionnaires : « Cela ne vous a pas inquiété de savoir où dormaient les personnes âgées ? » lui demande un officier de police judiciaire. Réponse laconique du médecin : « En fait, concernant le problème de la suroccupation par rapport à l'autorisation, cela n'entraînait pas, à mon avis, de problème de sécurité et d'hygiène pour les pensionnaires, ni de conséquences notoires sur la santé des personnes âgées. » Peut-on raisonnablement affirmer que la sécurité de personnes âgées, dont certaines atteintes de pathologies lourdes, n'est pas mise en jeu lorsqu'ils dorment sur des lits de camp qui ne possèdent aucune protection contre les chutes ?

Le docteur botte ensuite en touche : « J'ajoute, concernant le problème de suroccupation, qu'il est de la compétence du département dans la mesure où la sécurité et le respect des personnes ne sont pas mis en jeu. Et nous n'avons pas pu faire venir quelqu'un du conseil général avec nous à cause d'un problème de planning. Il faut savoir que c'est déjà difficile de trouver un créneau pour le personnel de la DDASS, et il nous était à l'époque impossible d'accorder nos emplois du temps avec ceux du département. » En clair, c'était au conseil général de statuer sur ce point.

Manetti déclare également aux gendarmes que le 16 octobre 2001, un contrôle a eu lieu « inopinément » en présence de quatre agents de la DDASS. « Lors de ce contrôle, nous avons remarqué plusieurs anomalies qui figurent sur le rapport dont je vous remets la copie. Nous avons adressé notre rapport à Mme Philibert. Dans ce cas précis, nous n'avons pas fait un autre contrôle, car les documents fournis nous ont rassurés et nous n'étions pas inquiets. De plus, Mme Philibert nous avait indiqué qu'elle avait demandé une extension de capacité et qu'elle prévoyait de vendre au docteur Montero. » Voici donc comment s'effectue le contrôle : des anomalies sont repérées mais des documents permettent de rassurer les inspecteurs. Malheureusement, nous n'avons pu récupérer que le contenu du contrôle de la DDASS intervenu le 20 février 2003, c'est-à-dire une fois que l'alerte était lancée. À ce moment, l'établissement vient d'être racheté par Max Dubois. Le sursaut de lucidité tardif de la DDASS est éloquent. Alors que pendant des années, cette institution a été totalement défaillante, n'a rien su, rien vu et rien entendu, les injonctions sont claires : « Mettre un terme à la suroccupation (70 résidents pour 44 places !) de l'établissement et ce, dans un délai maximum de six mois. Vous voudrez bien nous tenir informés tous les mois de l'état ». Dans ce rapport, tous les aspects de la prise en charge y passent : organisation et pratique des soins, vie quotidienne et prise en charge des résidents, caractéristiques sanitaires, amiante, déchets, chambre mortuaire, hygiène de la restauration, entretien des locaux, traitement du linge. À chaque fois des délais pour la mise en conformité sont avancés : un mois, deux mois, etc.

Manetti admet que ce contrôle, qui a eu lieu le 30 janvier 2003 a été effectué sur demande de madame de la Landelle, procureur adjoint au tribunal de grande instance de Bordeaux. « En fait, elle m'avait fait part, par téléphone, d'une dénonciation portant sur des faits graves ayant lieu à la maison de retraite Château-Lamothe. Nous avons décidé d'un contrôle inopiné auquel vos services (la gendarmerie) devaient être associés. Mais la directrice adjointe de la DDASS a préféré que nous agissions seuls, dans un premier temps. Je n'ai pas effectué ce contrôle pour des raisons de santé et je ne peux donc pas vous en parler plus longuement. Après ma conversation téléphonique avec madame de la Landelle, je lui ai adressé par télécopie le rapport que j'avais rédigé en 2001. »

Il est nécessaire que la justice, saisie par une association de défense des personnes âgées, demande à la DDASS de faire son travail correctement pour obtenir un résultat probant. Nous avons retrouvé une protagoniste de cette affaire : Isabelle Laharie, l'inspectrice de la DDASS qui a signé un rapport assez sévère sur Château-Lamothe, mais après que le scandale a éclaté !

Les familles

Dans le dossier Château-Lamothe, seules deux familles se sont portées partie civile… sur 70. Catherine Michelon, la fille d'une victime, et Yves Anselme-Moizan, le frère d'une pensionnaire. Avec l'AFPAP, ce sont eux qui ont porté, pendant des années, ce dossier. « On voit parfois des familles très combatives au début, puis cela s'étiole et il arrive fréquemment qu'elles renoncent à poursuivre en justice les maltraitants. Si le parent est vivant, elles craignent que cet otage à l'intérieur de l'établissement subisse des représailles [1] », explique Christophe Fernandez. Comme l'explique Joëlle Legall, présidente de la FNAPAEF [2], le chantage au renvoi est aussi une pratique utilisée pour faire taire les plus récalcitrants : « Et lorsque le parent est décédé, cela est souvent vécu comme un soulagement par la famille, qui décide naturellement de se tourner vers la vie, vers d'autres préoccupations, c'est humain », raconte Fernandez.

« Ma sœur Jacqueline avait peur de Mme Philibert, elle en était terrorisée. Elle parlait de violences physiques pour

1. Entretien avec l'auteur.
2. Fédération nationale des associations des personnes âgées et de leurs familles.

prendre les médicaments et manger. » Monsieur Anselme-Moizan explique que sa sœur lui avait confié que Jeanne Philibert lui aurait pincé le nez pour l'obliger à ouvrir la bouche et avaler un médicament. « Âgée de seulement 64 ans à son entrée à Château-Lamothe, l'état de ma sœur Jacqueline va décliner en l'espace de deux ans. »

À contrecœur, Catherine Michelon a dû accepter que sa maman, Marie-Rose, soit placée à Château-Lamothe en 1996. Pour notre enquête, nous nous sommes entretenus avec elle. Elle ressort profondément marquée de cette expérience, d'autant que ce procès très court ne lui a pas permis de s'exprimer.

Entendue le 26 avril 2005 par un officier de police judiciaire bordelais, elle raconte le calvaire enduré par sa mère : « Un jour, ma sœur, Martine, s'est rendue à la maison de retraite pour y chercher notre mère afin qu'elle passe la journée dans ma maison du Lot-et-Garonne. À son arrivée, elle a trouvé notre mère alitée, souffrante, et présentant de grosses difficultés respiratoires. La directrice, Mme Philibert, lui a dit qu'elle ne pouvait pas emmener notre mère car elle souffrait d'une grosse bronchite. Elle a ajouté que notre mère avait déjà passé une radiographie et que rien n'avait été décelé. » La fille de la résidente insiste alors auprès de madame Philibert pour qu'elle passe une nouvelle radiographie car « visiblement elle souffrait énormément ». Un nouveau rendez-vous est fixé par Mme Philibert au centre de radiologie des Graves, auquel assiste l'une des filles. « Ma sœur est revenue pour accompagner notre mère au rendez-vous prévu pour la radiographie. Elle était avec Mme Guérin, infirmière, et bras droit de Mme Philibert. Une nouvelle radiographie du thorax a été effectuée et a mis en évidence quatre côtes fracturées ! Le radiologue a demandé à Mme Guérin pourquoi on ne lui avait pas indiqué le bon coté du thorax lors de la première radiographie.

Nous avons alors demandé des explications au docteur Pelissou et à son associé, le docteur Laffargue, qui sont en charge de la médecine générale de notre maman. Mais nous n'avons obtenu aucune explication cohérente, à savoir que nous ne savons pas qui a radiographié et pour quel motif. » Au retour à Château-Lamothe, Jeanne Philibert change de discours et annonce à propos des fractures : « Votre maman est atteinte d'ostéoporose, et cela se reproduira souvent. » À partir de cet accident, la mère de Catherine Michelon, Marie-Rose, arrête de se déplacer seule et perd son autonomie : elle ne peut plus s'alimenter seule. « Mes différents courriers ont pour but d'attirer l'attention de la justice sur le fait que ces fractures au nombre de quatre, je le répète, ont pu être provoquées par des actes de violence ou de négligence de la part du personnel de cette maison de retraite. Malheureusement, le personnel soignant ou infirmier se défilait. Il était très difficile d'obtenir des renseignements. Je pense sincèrement que Mme Philibert entretenait un climat de terreur dans son établissement, de ce fait, le personnel ne disait rien. »

« Ma sœur a aussi constaté, un soir, qu'un troisième pensionnaire occupait la chambre sur un lit de camp, au pied du lit de ma maman. Un jour, ma sœur, qui se trouvait au restaurant, a également vu un pensionnaire faire une fausse route. Mme Philibert est intervenue en enfonçant ses doigts dans sa gorge. Elle n'a rien retiré et a provoqué son étouffement. Il a été retiré de la salle de restaurant puis mis sous assistance respiratoire. J'ai vécu une autre scène dans le restaurant. J'aidais ma mère à déjeuner. Une dame se levait régulièrement et semblait souffrir. Le personnel l'obligeait à s'asseoir et la forçait à manger. Cette résidente a dégluti sur la table. Mme Philibert est intervenue et l'a fait évacuer. Enfin, j'ai parfois vu certains résidents porter des ecchymoses sur le visage. »

Catherine Michelon regrette que, malgré le changement de propriétaire de l'établissement, sa mère ne se remette jamais vraiment de son accident : elle reste recroquevillée sur elle-même, le regard fixe, avec une sonde gastrique pour l'alimenter.

Le bras droit placé en garde à vue

Dans le cadre de la commission rogatoire de la juge d'instruction Colette Lajoie, Chantal Guérin est placée en garde à vue le 29 septembre 2003 mais ne sera pas renvoyée devant le tribunal correctionnel. Elle est le bras droit de Jeanne Philibert.

Elle déclare à la juge n'avoir jamais eu aucun problème avec Jeanne Philibert « malgré son fort caractère ». Elle fait cet aveu : « Toutes les structures savaient, je veux dire la DDASS, l'ordre des médecins, les médecins et tout son entourage en général. » Elle confesse également que lorsqu'il y avait un repas officiel avec de hauts fonctionnaires ou avec l'ancien directeur de la DDASS de la Gironde, elle y était conviée. « Tout le monde était dans ses confidences, au même titre que moi, ajoute l'infirmière. Sa grande phrase était : "Je n'ai rien à cacher à personne." J'avais de bons rapports avec le personnel. Cependant comme j'étais la seule infirmière et, qu'à ce titre, je commandais le personnel soignant, il y avait des accrocs, notamment lorsque je constatais des carences. Par exemple, j'ai constaté un jour qu'un pensionnaire était attaché par une sangle abdominale sur les WC avec son petit déjeuner sur les genoux. J'ai de suite fait cesser ce que moi je qualifie de maltraitance. Il n'y avait ni ordre ni initiative, il s'agissait pour cet agent de service hospitalier d'une facilité de travail. » Chantal Guérin explique avoir quitté la structure car elle considérait ne pas être assez payée. Aux enquêteurs, elle précise que Mme Philibert prétendait être en conformité en matière de nombre de pensionnaires par rapport à la capacité d'accueil. Mais lorsque les enquêteurs lui demandent de préciser, elle réfléchit : « Cela devait être 46 lits et ils étaient au maximum 65. Les pensionnaires dormaient à l'étage dans des chambres d'hôtes transformées en chambres avec sanitaires mais sans lits médicalisés. Les autres dormaient sur des fauteuils dépliants qui restaient dans les chambres ou qui étaient dans les parties communes de la chartreuse. Les médecins généralistes étaient informés de cette situation. Ils venaient examiner leurs patients sur ces lits dépliants. » Mais Mme Guérin semble toujours sous le joug de son ancienne patronne : « Je pense que Mme Philibert acceptait des pensionnaires plus pour l'aspect humain que pour l'aspect financier. Elle ne savait pas dire non aux familles ou aux sollicitations des médecins ou des hôpitaux. » Cependant, elle continue quand l'interrogatoire se poursuit : « Je précise avoir administré certains traitements après accord du médecin attitré à un pensionnaire par téléphone et en cas d'urgence. Le médecin arrivait ensuite pour régulariser. Mme Philibert faisait de même. Elle appelait au préalable les médecins. Les veilleuses de nuit avaient pour ordre de l'appeler ou de m'appeler. Sachant que je suis infirmière, je me déplaçais et j'appelais ensuite le médecin. »

Plusieurs employés ont déclaré aux gendarmes que Chantal Guérin avait participé aux violences. Mise en examen, l'infirmière, qui n'a pas été renvoyée en correctionnel, semble ne pas avoir réalisé la gravité des faits : « Je ne suis pas d'accord. Je n'ai jamais exercé de violences sur une personne âgée. J'ai simplement insisté pour les faire manger, notamment les personnes démentes qui refusaient la nourriture. Je demandais à un personnel de tenir le pensionnaire par les deux mains et je le forçais à ingurgiter la nourriture. Je ne suis pas d'accord sur le fait que j'ai fait ingurgiter les vomissures et cassé des dents. Cela s'est produit avec Mme Philibert car, effectivement, elle agissait ainsi. Je précise être choquée que les employés m'associent à elle. En ce qui concerne l'administration de médicaments périmés : j'avais accès à la pharmacie et je vérifiais son contenu ainsi que les dates de péremption. C'était mon rôle. Mme Philibert ne s'occupait jamais de la pharmacie même si elle s'y servait. Elle était dépassée et ne contrôlait jamais les dates. Si vous avez trouvé des produits périmés, c'est certainement après mon départ, en février 2001. Pour la formation du personnel non qualifié aux actes infirmiers : je reconnais avoir formé certains d'entre eux, notamment ceux de nuit, mais je précise ne jamais les avoir obligés. C'est la même chose dans toutes les maisons de retraite, il n'y a pas le personnel qualifié et, de ce fait, les AS, les ASH et les aides-soignantes sont dans l'obligation d'effectuer des actes infirmiers pour que tous les pensionnaires aient droit aux soins. Ceux qui ont refusé d'effectuer des actes infirmiers n'ont pas été brimés par moi, mais par Mme Philibert. Elle les admonestait, les rabaissait. Cela s'est produit pour moi aussi, sans motif précis. »

« Reconnaissez-vous les violences sur un pensionnaire malade d'escarres dans le dos ? » questionne alors l'enquêteur. Réponse de l'intéressée : « Non, pas de ma part, ce n'est pas vrai. Je n'ai jamais fait de pansement à l'eau de javel, c'est grave. Cet employé confond vraisemblablement avec Mme Philibert. Elle faisait des injections de produits toxiques. Elle faisait, de toute façon, tous les actes en rapport avec un diplôme d'état d'infirmière. J'ignorais qu'elle ne détenait pas ce diplôme. Elle disait l'avoir et je ne lui ai jamais demandé sa véritable qualification. »

Au cours de son audition, Mme Guérin confirme la défaillance de la DDASS : « Lors des contrôles, il ne se passait rien de particulier. Le personnel était avisé à l'avance. Mme Philibert était informée par courrier. Nous demandions au personnel de tenir l'établissement correctement. En ce qui concerne les personnes en supplément, les lits étaient pliés. De toute façon, la DDASS était informée, ce n'est pas possible autrement. »

Quant à l'audition de Philippe Léger, elle prêterait à sourire si le dossier n'était pas si tragique. Philippe Léger était le responsable administratif de la structure. Lors de son interrogatoire du 3 février 2003, il reconnaît clairement que Château-Lamothe fonctionnait avec 33 résidents en trop. Le 22 novembre 2005, devant le juge d'instruction Jean-Pierre Pajot, il explique que Mme Philibert lui aurait affirmé être en négociation pour acheter des lits. Le juge lui demande alors, avec un certain à-propos, s'il est conscient qu'une régularisation de la capacité d'accueil ne peut uniquement résulter de l'achat de lits. Sa réponse démontre l'amateurisme avec lequel cet établissement était géré : « Je ne l'ai appris qu'après, au moment où l'affaire a été dévoilée, en creusant, quand je me suis acheté le guide des directeurs d'établissement sanitaire et social. »

La personnalité de Jeanne Philibert

Le 17 avril 2003, une expertise médico-psychologique de Jeanne Philibert est effectuée, en vue du procès. Voici ses conclusions : « La personnalité révèle des éléments de psychorigidité et un caractère autoritaire. »

En réalité, cette expertise répond juste à une série de questions destinées à savoir si la prévenue était en pleine possession de ses moyens intellectuels au moment des faits.

Des éléments de la personnalité de Jeanne Philibert transparaissent plutôt dans les récits des employés, son attitude lors du procès et son parcours. Cathy Combeau, qui exerce la fonction d'aide-soignante, raconte comment elle a été harcelée moralement.

Christophe Fernandez a tenté d'en savoir plus sur les compétences médicales de Mme Philibert : « Lorsque j'ai contacté la DDASS fin 2002, j'ai appris que Mme Philibert ne figurait pas sur la liste préfectorale des infirmiers, conformément à la loi du 12 juillet 1980 du *Code de santé publique.* » Rappelons que Jeanne Philibert a notamment été mise en examen pour exercice illégal de la médecine.

La défense de Jeanne Philibert

Le dossier est accablant pour Jeanne Philibert. Témoignages et preuves se multiplient pour la désigner comme coupable. Au terme de l'enquête, comment s'est effectuée la défense de la tortionnaire ? La lecture des lignes qui suivent peut laisser pantois… Vous allez découvrir quelle est l'étonnante préoccupation de Jeanne Philibert devant le juge d'instruction.

Lors de son interrogatoire, la directrice a d'abord expliqué au juge qu'elle avait demandé à trois reprises à l'administration l'autorisation d'extension de son établissement : « J'avais même demandé de faire les travaux à mon compte, mon travail étant mon seul plaisir, je n'ai pas d'enfants. Je dois reconnaître que là, j'ai effectivement eu une lacune en ne respectant pas l'engagement que j'avais pris après l'inspection du docteur Boisse de la DDASS. Je vous avoue que je pensais qu'après avoir demandé régulièrement cette augmentation de capacité, face au nombre de demandes et au fait que l'administration avait parfaitement connaissance de cette occupation, celle-ci finirait par m'accorder ces 25 places supplémentaires. »

Elle se présente ensuite comme une personne dévouée au service des malades et des personnes qui avaient besoin de soins : « C'est moi qui déterminais les tarifs à la vue des autres tarifs pratiqués par les autres établissements. On me disait même que si j'avais autant de monde, c'était parce que j'avais des prix inférieurs à ceux qui étaient pratiqués ailleurs. Je n'ai vu que l'aspect qualité des soins et non uniquement qualité d'hébergement. Pour moi, tant que ces malades étaient soignés et cajolés, ils étaient heureux. »

Le juge lui demande alors d'expliquer le fait que les personnels recrutés, en qualité d'agents hospitaliers, d'aides-soignants ou d'infirmiers diplômés d'état, aient été conduits à exercer des tâches qui ne devaient pas leur incomber en raison de leurs spécialités respectives. Réponse de l'intéressée : « Si j'ai fait ça, c'est parce que les pensionnaires en avaient besoin et nous n'avons jamais eu de soucis à ce sujet. »

Au cours de ses auditions, Jeanne Philibert a reconnu avoir régulièrement pratiqué des gestes réservés à un personnel infirmier qualifié, voire des actes médicaux, tout en faisant état d'un diplôme d'infirmier auprès du personnel, des pensionnaires et même de l'administration. « J'ai eu mon diplôme d'infirmière à Vienne à l'hôpital Robert Koch en 1942. J'ai eu un diplôme d'aide-soignante que j'ai fini à Berlin en tant qu'infirmière. L'erreur que j'ai faite, c'est de ne pas faire valider ce diplôme quand je suis rentrée en France en 1945, mais je n'aurais pas pu le faire car les Russes ont détruit les archives de l'hôpital de la Charité à Berlin. C'est vrai que j'aurai pu, compte tenu de mon expérience, repasser ce diplôme en France, surtout quand j'ai voulu créer le Home St Gabriel, mais je ne l'ai pas fait pensant que cela ne me serait pas utile. À ce moment-là, je pensais ne recevoir que des personnes seules qui n'avaient pas besoin de soins médicaux particuliers. Je vous indique toutefois que j'ai tout de même obtenu un diplôme de gérontologie sociale à la faculté de Talence III, en 84-85. Mon avocat vous en fera parvenir une copie. »

La juge insiste : « Cette spécialité universitaire que vous alléguez ne semble toutefois pas vous autoriser à pratiquer sur les pensionnaires les actes que vous avez reconnus lors de votre interrogatoire de première comparution ainsi que lors de votre audition par les enquêteurs. » Mais Jeanne Philibert ne lâche pas un pouce de terrain : « C'est exact, mais que ce soit à droite ou à gauche du Rhin, j'ai travaillé ; les piqûres, je sais ce que c'est, les sondes gastriques aussi, les perfusions aussi, les pansements, les touchers rectaux également, d'ailleurs nos malades n'ont jamais eu d'occlusion ni de diarrhées, notamment grâce à ces touchers rectaux. On enlevait ce qui les empêchait d'aller à la selle, on avait des gants et de l'huile. C'était très vite fait. » Au cours de l'interrogatoire, la directrice finit cependant par admettre « qu'il y a eu des actes qui n'ont pas été faits comme ils auraient dû être faits. Mais il y avait les habitudes et les contraintes d'un service parfois lourd. Je ne conteste pas les actes infirmiers que j'ai pu accomplir ou que j'ai demandés à des agents de service ou à des ASH d'accomplir, mais je l'ai toujours fait dans l'intérêt des malades et toujours parce que des médecins avaient pu prescrire auparavant les traitements qu'on administrait. »

Poursuivant cet aveu très relatif, elle se déclare « sévère sur la prise des repas » car les médicaments qui étaient prescrits par les médecins devaient être pris à heures fixes. Par ailleurs, elle explique que les résidents atteints de la maladie d'Alzheimer ou d'autres formes de troubles devaient être maintenus pour qu'on puisse les alimenter et éviter des gestes qu'ils ne contrôlaient pas. En bonne avocate, elle réfute le témoignage d'Isabelle Godicheau « qui n'est restée qu'une huitaine de jours dans l'établissement et n'a pas eu le temps de connaître son fonctionnement réel. »

Au terme de ce chapitre relatant cette triste affaire, et même si Jeanne Philibert a été définie par l'expertise psychiatrique comme une psychorigide, nous voulions connaître son sentiment. Voici ce qu'elle a finalement déclaré au juge d'instruction : « J'ai tout laissé à Lamothe, tous mes souvenirs, aujourd'hui je vis toute seule, je n'ai dans mon cœur que des références de ce que j'ai laissé là-bas. Je regrette que le nouveau propriétaire ne veuille pas me restituer le mobilier personnel et privé qui est resté dans l'établissement et qu'il devait me rendre sur simple demande mais dont, compte tenu de l'urgence lors de la cession, la liste n'a pas été effectuée. » Faut-il rajouter un commentaire à cette déclaration ? N'est-ce pas la forme ultime du déni que de nier la souffrance que l'on a infligée ?

Nous nous sommes entretenus avec Isabelle Godicheau, la courageuse infirmière qui avait donné l'alerte : « Après mon signalement, j'ai reçu des pressions, des menaces de procès. Ce n'est pas simple de dénoncer car on dérange beaucoup de monde. J'ai mis des mois à m'en remettre. » Nous lui avons demandé ce qui avait été le plus terrible pour elle : « La complicité du personnel soignant, qui est là pour assurer la sécurité des personnes âgées. Je me suis heurtée avec des infirmières qui avaient trouvé un certain confort de vie dans cette organisation. Je n'ai pas supporté qu'elles participent à ces actes de maltraitance et salissent notre diplôme. De la même façon, les médecins libéraux prescrivaient des actes *a posteriori*, sans voir les patients, ce qui est contraire à toute déontologie. Quant à la DDASS, Mme Philibert m'a affirmé qu'elle n'avait aucun problème avec elle. »

Isabelle Godicheau, qui voulait rester une femme positive malgré cette terrible expérience, nous raconte alors quelque chose de terrible : « J'ai tenté de trouver un EHPAD où les personnes âgées étaient correctement traitées, en accord avec ma conception du bien-être. J'étais en intérim. J'ai démissionné une dizaine de fois car je me heurtais à de la maltraitance institutionnelle et je me suis orientée vers la formation. ». Aujourd'hui, Isabelle caresse un rêve : « Je voudrais créer une structure de vie pour quelques personnes et inverser la tendance : être dans la bientraitance. » Il ressort de ce dossier terrible deux notes positives qui nourrissent l'espoir. Premièrement : l'union d'une infirmière, d'une association, d'une avocate et de deux familles a permis de mettre fin à ce mouroir. Deuxièmement : il existe des infirmières, des soignants qui, à l'image d'Isabelle Godicheau, conservent un profond respect des personnes âgées et sont prêtes à s'employer à leur rendre une fin de vie digne.

Comment peut-on conclure un chapitre aussi difficile, aussi douloureux ? Nous avions voulu terminer par la note positive d'Isabelle Godicheau. Mais depuis, deux informations, un peu comme des *post-scriptum* qui terminent une lettre, nous sont « tombées » dessus. Maître Christine Maze nous a transmis une information qui nous a plongés dans une profonde perplexité. Lors du réquisitoire, la substitut du procureur dont le rôle est – rappelons-le – de protéger la société, a affirmé que Jeanne Philibert avait « rendu service ». En quoi ? Elle a pris en charge des vieillards dont personne ne voulait.

Enfin, une information que chacun appréciera à sa mesure : le repreneur de Château-Lamothe a aussi repris… le personnel de Jeanne Philibert.

7

DÉCÈS SUSPECTS

Roland Goguillot est mort le 26 juillet 2007 entre 15 h 30 et 16 heures dans un centre de soins de suite des Yvelines. Ce monsieur de 90 ans, psychologiquement déstabilisé par la mort de son épouse deux mois auparavant, avait été admis vingt jours plus tôt dans cet établissement spécialisé. Son fils, Éric, nourrit immédiatement de sévères doutes sur les soins administrés, doutes qui seront corroborés par le témoignage du voisin de chambre : « Aucune alimentation solide ou liquide ne lui a été administrée, une perfusion ne lui a été posée que deux heures avant son décès. » De son côté, Éric ajoute, encore très choqué plus de deux ans après les faits : « J'ai personnellement pu constater que mon père se trouvait dans un état de déshydratation manifeste. » Éric ne perd pas de temps : deux jours après le décès, il adresse une plainte au procureur de la République de Versailles. Dans sa lettre, il demande au parquet d'intervenir en toute urgence afin qu'il soit pratiqué une autopsie sur le corps de son père, avant son inhumation prévue le 2 août 2007. Fort légitimement, il veut connaître les circonstances exactes de la mort de son père. Dans la déclaration de main courante établie le lendemain du décès, il est fait mention d'un refus de transporter Roland Goguillot, alors dans le coma, aux urgences de l'hôpital. Contre toute attente, et malgré la gravité des faits, la justice ne fait rien. À ce jour, à la connaissance du plaignant, elle n'a produit aucun acte ! Éric se trouve alors face à un dilemme : il ne peut retarder plus longtemps l'enterrement. Mais c'est aussi entériner l'impossibilité d'accès à la vérité. Il faudra y renoncer, ce qui rend, bien évidemment, le deuil plus difficile, plus douloureux...

Cette situation lève le voile sur un scandale qui entretient le terreau de la maltraitance : le désintérêt de la justice pour ces dossiers. « La protection des droits des personnes âgées par la justice en est là où nous en étions pour la défense des enfants maltraités il y a vingt ans. Cet immobilisme est insupportable », explique l'avocate bordelaise Christine Maze. Les personnes âgées n'intéressent ni la justice ni la police. C'est un fait. « Dans certains commissariats, les policiers tirent au sort pour savoir qui se chargera des dossiers encombrants concernant les crimes et délits contre les personnes âgées. Lors du dépôt d'une plainte, l'officier de police judiciaire était perdu dans le dossier et il a eu l'honnêteté de me proposer de faire les questions et les réponses ! [1] », raconte Christophe Fernandez. Le manque de formation de la police joue évidemment un rôle. Pas facile d'y voir clair dans des dossiers médicaux complexes. Il est plus aisé d'enquêter sur un meurtre par arme à feu. La mort due à la négligence est plus difficile à prouver et à punir que la plupart des autres décès. L'homicide est défini comme un acte de commission ou d'omission. Il faut aussi être motivé. L'indifférence générale joue également un rôle important dans la complaisance qui entoure ces homicides d'un genre particulier. Aucun chercheur, aucun organisme ne s'est intéressé à ces morts naturelles qui, en réalité, ne le sont pas.

1. Entretien avec l'auteur.

La moitié des décès d'enfants donne lieu à une autopsie, contre 1 % pour les personnes âgées. Et même quand l'évidence s'offre à nous de façon irréfutable, il n'y a pas de réaction médicolégale. Dans le livre *On tue les vieux*[1], les auteurs racontent que la fille d'une résidente décédée a pris des photos montrant cinq hématomes et des marques de doigts sur le corps de sa mère, qui ne pesait plus que 28 kg à sa mort. Il n'y a eu aucune enquête. Pire, lorsqu'un établissement est concerné par plusieurs décès suspects, c'est sous la pression insistante des familles plaignantes que l'on finit par diligenter une enquête et fermer l'établissement. Pour autant, les procédures judiciaires n'aboutissent pas toujours. Hors contexte de canicule ou d'épidémie de grippe, les médecins repèrent rapidement les structures présentant un taux anormalement élevé de décès, sans que cela affecte les autorités. Les Jardins d'Asclépios, un EHPAD qui porte bien mal son nom (sous l'époque classique Asclépios désigne le dieu de la médecine) fait ainsi l'objet de plusieurs plaintes de familles suite à des décès suspects. Cette maison de retraite située à Bertrimont, en Seine-Maritime, et accueillant une quarantaine de personnes atteintes de la maladie d'Alzheimer, a été fermée par le préfet fin 2009. Jocelyne Rouéllé fait partie des familles plaignantes : « Mon père, Serge, pesait 40 kg lorsqu'il est mort, c'est-à-dire deux fois moins qu'avant son admission ! » Depuis, elle ne décolère pas et a décidé de créer une association pour lever le voile sur ce tabou et aider les familles concernées. Comme dans le cas de Roland Goguillot, deux mois auront suffi à dégrader fortement son état de santé et à le précipiter vers une mort rapide : « À son arrivée aux urgences de Rouen, il était dans un état de

1. Fernandez (C.), Pons (T.), Prédali (D.), Soubeyrand (J.), *On tue les vieux,* Fayard, 2006.

faiblesse extrême, il souffrait de dénutrition et de déshydratation sévères, présentait des escarres [1] sur le corps et souffrait d'infection urinaire et pulmonaire. » Dans sa lettre au procureur, Jocelyne Rouéllé explique : « Je tiens à vous informer des manquements graves quant à sa prise en charge, des privations et négligences de soins médicaux, des maltraitances morales et psychologiques, des atteintes à la dignité entravant les capacités d'autonomie restant encore, des faits constituant tous des actes de maltraitance ayant eu une incidence irréversible sur sa santé. »

Très argumentée et précise, sa lettre évoque une série de dysfonctionnements graves : non prise en charge d'escarres, aggravés par dénutrition et limitation de mobilité, pas de soins quant aux infections urinaires malgré les symptômes, engendrant souffrances et atteinte à l'autonomie, pratiquement aucun suivi de kiné respiratoire, malgré les prescriptions médicales. Elle met aussi en avant des apports nutritionnels plus que contestables en termes de qualité, quantité, présentation, aide apportée, et coût (3,70 euros par jour et par résident). Contre toute attente, elle constate qu'est mise en place une limitation volontaire de la mobilité : aucun investissement du personnel à l'aide à la marche, mis à part les transferts nécessaires, allongement des siestes, passages assis « obligés » fréquents. Dès le début juin, Serge Rouéllé se trouve dans un état d'affaiblissement et de prostration. C'est ensuite l'enchaînement des manques de soins dans la période du 11 juin au 20 juin. Il est transféré au CHU de Rouen le 20 juin, à 17 h 30, dans un état catastrophique : fièvre depuis le 11 juin, infection urinaire (bacille pyocyanique), infection pulmonaire, escarre infectée, érésipèle à la jambe droite (infection),

1. Une escarre est une plaie profonde, causée par la suppression de l'irrigation sanguine des tissus, entraînant leur nécrose.

dénutrition extrême nommée « cachexie », déshydratation, état d'affaiblissement général extrême, etc. Il décède le 24 juin à 4 h 30 du matin.

Quatre autres familles, qui ont aussi vu un parent mourir dans des circonstances suspectes aux Jardins d'Asclépios, déposent plainte avec constitution de partie civile auprès du procureur de Dieppe. Un homme de 83 ans y meurt en juillet 2009, il ne pèse plus que 39 kg alors que son poids initial s'élevait à 90 kg. Sa fille met en cause l'établissement. Selon elle, il était très mal nourri, portait des couches sales toute la journée et ses prescriptions médicales n'étaient pas respectées. Un autre décède en septembre, dans des circonstances similaires. Puis, une femme meurt le 14 février. Sa fille dénonce aussi des conditions d'hygiène déplorables. Un dernier décès, celui d'une femme affectée, selon sa fille, d'une infection urinaire qui n'aurait pas été soignée et enfin lieu. À chaque fois, entre la direction et les familles, aucun dialogue.

Les Jardins d'Asclépios était défavorablement connu de la DDASS depuis 2005, date de la première inspection des services sanitaires du département. Selon Jean-Luc Brière, directeur de la DDASS de Seine-Maritime, l'établissement présentait « d'importantes carences et un mode de fonctionnement maltraitant ». D'autres contrôles ont suivi en 2008 et 2009, et plusieurs lettres d'injonctions ont été envoyées à la direction. « Le management était défaillant, l'organisation du travail était incohérente, un nombre élevé de personnels non formés était de nature à compromettre la sécurité, la santé et le bien-être physique et moral des personnes accueillies. »

Dans ses consignes, la DDASS a par exemple demandé – comme par hasard – d'améliorer la qualité et la quantité des repas servis. Mais visiblement, la direction est restée sourde à ces mises en demeure.

Les plaintes ont donc continué. La surveillance faisait aussi défaut. Plusieurs pensionnaires ont été retrouvés blessés après avoir été victimes de violences attribuées à d'autres résidents désorientés, ou à la suite d'une chute de leurs lits. Constatant que « la sécurité et le bien-être physique et moral des personnes ne sont plus assurés », le préfet de Seine-Maritime a alors ordonné la fermeture de la résidence, qui interviendra quelques mois plus tard, le temps de trouver un autre hébergement aux pensionnaires. L'enquête a été confiée à la section de recherches de Rouen. L'AFPAP, qui a également porté plainte dans cette affaire évoque dans son courrier au procureur, l'absence de projet d'établissement (projet de vie, d'animation et de soins adaptés aux personnes), une organisation du travail déficiente qui entraîne des conduites agressives chez des personnes pour lesquelles le calme et la sérénité sont essentiels (en particulier travail et surveillance de nuit), une organisation des toilettes non adaptée aux rythmes de vie des résidents, et une absence de plan de formation pour les agents et la directrice.

Les Jardins d'Asclépios appartiennent à la société Epione, qui exploite une dizaine d'autres établissements pour personnes âgées en France. En novembre 2009, un journaliste a enquêté sur cette affaire et a pu entrer en contact avec la cogérante des sociétés Epione/Podalire. Celle-ci ne conteste pas les dysfonctionnements, prend sa part de responsabilité dans ces affaires, mais met en cause le cogérant du groupe, son époux.

La résidence de Belleneuve (Côte-d'Or) qui appartient au même groupe fait l'objet des mêmes plaintes : déshydratation, dénutrition et actes médicaux effectués par du personnel non qualifié. Selon un ancien salarié de l'établissement :

« Le personnel ignorait qu'il fallait régulièrement donner à boire aux personnes. » La nourriture manquait.

Là aussi, cette résidence a fait l'objet de plusieurs contrôles de la DDASS, après des signalements des familles et du personnel. Le préfet l'a même fermée temporairement en 2000. Selon un magistrat, une autre résidence du même groupe, située à la Baume de Transit, dans la Drôme, aurait fait l'objet d'un signalement au parquet de Valence, de la part de l'agence régionale de santé qui y suspectait des cas de maltraitance sur fond de conflit social. Sur le site *seniorplus*, elle fait pourtant l'objet de commentaires élogieux : « Une très bonne équipe, très attentive et qui aime son travail. On se refuse à “droguer” les résidents, ce qui demande beaucoup plus de présence. Un grand parc d'un hectare qui offre un magnifique espace de déambulation. » Créée par une journaliste, Annette Vézin, ce site établit un palmarès des maisons de retraite en fonction de plusieurs critères : qualité de l'accueil, confort, organisation et suivi des soins médicaux et paramédicaux, tarifs et services. Les « plus » sont des mises en lumière « des qualités essentielles de l'établissement, appréciées par nos enquêteurs lors de leur visite ». Mais, comme l'explique Joëlle Legall, on ne peut pas apprécier la qualité de la prise en charge sans connaître sur la durée le fonctionnement de l'établissement. Ainsi, comment *seniorplus* peut-il avancer, preuves à l'appui, que « l'on se refuse à droguer les résidents » ? Ce genre d'appréciation ne peut que reposer sur les déclarations de l'équipe et nourrit de fait des doutes légitimes sur leur crédibilité.

Mais revenons à notre dossier initial, celui de la Seine-Maritime. Dans le courrier que Christophe Fernandez adresse au procureur de la République, il évoque des événements troubles : l'établissement aurait été le théâtre d'événements graves dans la nuit du 16 au 17 décembre 2007, réitérés dans la nuit du 18 novembre 2008 et « caractérisés par des actes de violence et d'agression perpétrés contre des résidents et ayant entraîné l'hospitalisation de certains d'entre eux pour de multiples blessures ». L'AFPAP accuse : « Tous les faits évoqués ci-dessus ont porté atteinte à l'intégrité physique et morale de certains résidents accueillis et sont susceptibles d'avoir causé le décès de plusieurs pensionnaires. »

Dans cette affaire, comme dans la plupart, les faits étaient connus dès 2005 : l'ancien président du conseil de la vie sociale de l'établissement, parent d'une personne âgée ayant séjourné dans l'établissement, avait alerté l'AFPAP sur des dysfonctionnements graves ainsi que des malversations financières qu'il aurait constaté au sein de l'établissement. À l'époque, il avait procédé à un signalement auprès de la DDASS. Il était également en contact avec plusieurs familles plaignantes qui se sont résignées à ne pas déposer plainte par crainte de devoir retrouver avec difficulté de nouvelles solutions d'hébergement en cas de fermeture de l'établissement par les autorités. Cet élément lié à la raréfaction des places est essentiel dans l'impunité dont bénéficient ces structures. Dans son courrier, Christophe Fernandez tire la sonnette d'alarme : « La notion d'urgence s'impose dans l'instruction de cette affaire en raison du caractère des faits reprochés et du profil des victimes. Il est impératif que des mesures soient prises de manière immédiate afin de recueillir dans les meilleurs délais des preuves sur l'ensemble des dysfonctionnements dénoncés, constitutifs d'actes de maltraitance et de violences ayant pu entraîner la mort. »

« Quand mon papa est décédé je voulais trouver des solutions pour aller en justice, je voulais aller au bout des choses, explique Jocelyne Rouéllé. J'ai cherché des associations, mais elles ne m'ont pas vraiment épaulé, il n'y a eu que l'AFPAP qui a été à nos côtés. En septembre 2009, j'ai cherché des appuis. En novembre 2009, j'étais prête à porter plainte mais le 16, j'ai appris que l'établissement était fermé par la préfecture. J'ai demandé à Allô Maltraitance, s'ils pouvaient m'aider à porter plainte mais leur préoccupation était de me remonter le moral. Ce n'est pas cela qui m'intéressait ! »

Pressions sur les familles

« Les gendarmes nous ont demandé de ne pas les gêner, raconte Mme Rouéllé. Ils nous ont expliqué que si des journalistes s'intéressaient à l'affaire, cela allait entraver la bonne marche de l'enquête et nous ont demandé de ne pas trop en parler car le directeur risquait de porter plainte pour diffamation. Des familles très virulentes au départ ont finalement décidé de se détourner du dossier et m'ont même demandé de ne plus les appeler. » Christophe Fernandez, lui-même ancien gendarme ayant opéré dans plusieurs brigades territoriales lève les yeux au ciel : « Bien au contraire, il faut que les journalistes soient présents afin de maintenir une certaine pression. Je l'ai constaté lorsque j'étais en exercice : les gradés nous demandaient de travailler prioritairement sur les affaires qui étaient sous les feux de l'actualité ! »

Jocelyne Rouéllé relance alors à plusieurs reprises son avocate qui lui conseille d'attendre : « J'irai jusqu'au bout. Mes actions vont sans doute contribuer à faire fermer l'établissement. En juillet 2010, des gendarmes m'ont à nouveau demandé des renseignements. Une médecin de la DDASS a reconnu que les personnes âgées étaient traitées comme des objets. Cela prouve que je suis dans le vrai. » « Compte tenu de la situation, j'ai créé une association pour faire avancer les choses et pour fédérer les familles : Association Serge Rouéllé droit et dignité des résidents en établissement et leurs familles. »

Défaut de surveillance

La réalité de ce qui arrive dans les établissements dépasse souvent la fiction. Nous sommes en août 2010 à la maison de retraites Chante Soleil, à Grenoble. « Le personnel s'étonnait de ne pas voir ma mère rejoindre les autres résidents pour le dîner », raconte André Giangrasso, le fils d'une dame atteinte de la maladie d'Alzheimer âgée de 91 ans. On l'a découverte dans sa chambre la tête coincée dans la fenêtre, sous son volet roulant. Que s'est-il passé ?

Pour le découvrir, une enquête a été ouverte par le parquet de Grenoble qui a mandaté un expert en ingénierie mécanique.

Au moment des faits, « la porte de la chambre de ma mère était fermée de l'intérieur alors qu'elle n'a jamais su la fermer. Et elle n'a jamais touché les volets », a affirmé André Giangrasso. L'enquête semble évidemment se diriger vers la piste de l'accident, mais M. Giangrasso ne veut pas en rester là. Avec une association rassemblant une quinzaine de familles, créée en juillet 2010, il dénonce le manque de soins et de personnel au sein de l'établissement : « Il y a un manque de personnel qualifié, beaucoup d'intérimaires et certains résidents ne sont lavés qu'une fois par semaine, d'autres sont changés sans être nettoyés. »

François Aubouin, directeur de la Mutualité française de l'Isère (MFI) que nous avons contacté apporte les éléments d'explication suivants : « Les personnes âgées bénéficient d'une douche hebdomadaire et d'une toilette quotidienne (intime, extrémités, visage). Concernant les changes ils doivent donner lieu à toilette systématique. Des modalités de suivi des actes sont mises en place. Nous n'avons pas nié dès le début de l'été 2010 des difficultés rencontrées par l'équipe de cet établissement et des dysfonctionnements particuliers en relation aux changes. Depuis la fin de l'été 2009 la Mutualité française de l'Isère a mis en œuvre, avec une équipe de direction et médicale entièrement renouvelée une organisation, des formations (Humanitude entre autres), des procédures qui ont permis de revenir à la normale. Cette restructuration s'est appuyée sur le rapport d'inspection de l'ARS et du conseil général de l'Isère, qui contenait des recommandations et des injonctions que nous mettons en œuvre, mais aussi sur l'expérience des autres équipes des EHPADs MFI et leurs procédures ainsi que la mise en œuvre immédiate de la démarche qualité que nous appliquons dans les autres établissements. » Par ailleurs, le responsable justifie le manque de personnel, avec les risques encourus par les personnes âgées, par des éléments liés au département : « L'Isère connaît un déficit très important de soignants diplômés infirmiers et Aides soignants dans toutes les structures de soin sanitaires ou médico-sociales. Ces structures sont en tension sur le recrutement de ces métiers. Un certain nombre non négligeable d'AS et d'IDE préfère travailler en intérim. Nous sommes donc contraints de passer régulièrement par cette formule et plus particulièrement en été (période des rotations de congés des titulaires). »

8

Quand l'Écureuil n'épargne pas les petits vieux

« La première image que j'ai eue dans l'établissement L'Étoile du matin, explique Jacqueline Briand, la nièce d'un résident, c'est cette curieuse impression de bric et de broc. Un peu comme si le mobilier avait été "raflé" pour pas cher un dimanche après midi lors d'une brocante. » Cet établissement, qui marche en tandem avec un autre, Avalix, abritant en tout 160 résidents, appartient à la Caisse d'Épargne, qui a mis en place une fondation pour la solidarité. Le slogan de la banque, d'ailleurs, est aussi dépareillé que l'endroit : « Caisse d'Épargne : et si une banque vous aidait à vivre mieux. »

À l'origine, les bâtiments abritaient un foyer adossé à centre hospitalier en gérontologie et psychiatrie de Saint-Nazaire. Il s'agit de ces structures où vivent des personnes âgées qui ont conservé des degrés d'autonomie importants : elles disposent d'un appartement avec salle de bains et cuisine mais sont « assistées » ponctuellement par des professionnels : infirmières, femmes de ménage, coiffeurs, etc.

Les appartements de ce foyer résidence ont été transformés et coupés en deux pour en faire des chambres.

Résultat : des locaux vétustes et inadaptés où il n'est pas toujours possible de faire passer une chaise roulante par une porte ! On imagine le problème en cas d'évacuation incendie. Jacqueline Briand est une femme énergique qui n'en démord pas : cette structure renferme de la maltraitance et, depuis le décès de son oncle, elle apporte son soutien à d'autres familles qui se plaignent d'une prise en charge déficiente de leur aïeul, sans pourtant arriver à se faire entendre par la direction. Accumulant photos, témoignages et preuves, les familles semblent se heurter à un mur : « Pour être certains que ma mère âgée de 95 ans s'alimente, mes frères et sœurs et moi-même sommes contraints de mettre en place des tours de gardes le week-end, car la jeune fille présente aux repas est débordée et n'a pas le temps d'aider les plus dépendants à manger. C'est une telle souffrance que nous avons tenté de lui trouver une place dans un autre établissement mais les listes d'attente sont longues », déplore Thérèse Lorec.

Tout ceci pourrait passer pour des allégations sans fondement si nous ne nous étions pas procuré un rapport d'inspection réalisé par l'agence régionale de santé daté le 15 septembre 2010. Il faut est accablant : « Négligences dans la prise en charge des résidents, notamment en matière de toilettes et d'aide aux repas. Le week-end, des personnes ne sont ni levées, ni lavées. Par ailleurs, la mission d'inspection a observé deux événements au cours desquels le personnel a fait montre d'un manque de respect envers deux résidents. » Les inspecteurs de l'ARS ont aussi pu constater que plusieurs personnes étaient en robe de chambre avant le repas du soir. D'autres ont pu rester un mois sans douche, les locaux de douche étant peu accueillants avec une eau à la température peu constante.

« Une fois, mon oncle est resté trois heures à baigner dans ses excréments, la sonnette d'appel ne fonctionnant pas », complète Jacqueline Briand.

Elle se rappelle aussi de cet urinoir jamais lavé qu'elle était allée brandir sous le nez du directeur ! Un geste un brin provocateur, mais cette femme se bat pour une noble cause. Il faut parfois choquer les consciences avec des images parlantes.

Pour autant, cet établissement continue de tourner, vaille que vaille, malgré plusieurs inspections toutes aussi désastreuses. Jugez plutôt : une inspection, consécutive à deux plaintes, menée en 2007 par deux médecins de la DDASS et du conseil général, relevait un fonctionnement de l'établissement très dégradé et s'interrogeait sur la poursuite de l'activité. Certains agents confessaient même que la qualité de la prise en charge était médiocre et expliquaient en arriver parfois au *burn out*. Extrêmement magnanime, la mission d'examen trouvait un certain nombre de circonstances atténuantes à la situation : un changement de direction à l'automne 2009.

Au cours de notre enquête, nous avons découvert que Ludovic Le Merrer, directeur de l'établissement en question, a été inspecteur de la DDASS entre 2004 et 2008. Cette information est inquiétante à double titre : sa culture de la bonne prise en charge acquise au cours des contrôles qu'il aura diligenté devrait lui dicter la bonne marche de son établissement. Par ailleurs, peut-on imaginer une forme de complaisance dans les décisions de l'ARS, en raison de l'obligatoire proximité qui existe entre agents d'un même corps ?

Ludovic Le Merrer a pris ses fonctions en décembre 2009. La Fondation Caisse d'Épargne pour la solidarité avait racheté les établissements en 2007, au moment où les autorités se demandaient s'il fallait continuer. « La fondation a accepté la prise en gestion avec une condition : la reconstruction, nous explique le directeur. Il est à noter qu'un rapport d'inspection peut accélérer les choses en la matière. Courant mars, la première pierre d'Avalix sera posée avec un emménagement à l'été 2012. Le 2e site, l'Étoile du matin, sera reconstruit à l'été 2013. La difficulté, sur le secteur de Saint-Nazaire, a été de trouver des terrains. Nous ne serons pas propriétaires du bâtiment. En effet l'opération de reconstruction est portée par un bailleur social qui nous loue ensuite le bâtiment, à charge pour la fondation d'assurer la gestion de l'EHPAD. L'inspection a eu lieu pendant trois jours au mois de juin 2010, suite à une inspection effectuée en 2007 et dans le cadre du programme régional des inspections fixé par l'agence régionale de santé. Les salariés, les résidents et les représentants des familles ont été entendus. Un rapport intermédiaire a été établi au cours de l'été 2010. Dans les 6 mois suivant le rapport final d'inspection, la même équipe est venue vérifier si les préconisations avaient été suivies de faits. J'ai pris acte de ce rapport et ai formalisé un plan d'actions transmis à l'ARS. Les problèmes sont essentiellement dus à la vétusté des bâtiments datant des années 70. Tant que l'on n'aura pas reconstruit, nous rencontrerons toujours des difficultés d'ordre logistique telles que des temps de transfert nécessairement plus longs au regard de la configuration des locaux. Les plans des nouvelles résidences ont été travaillés pour diminuer les temps de transfert et ainsi augmenter le temps passé par les soignants auprès des résidents. »

Le directeur confirme le fait que les fauteuils roulants ne passent pas par certaines portes au regard de l'étroitesse des encadrements existants. « Mais nous réagissons au cas par cas en élargissant, par exemple, lesdits passages posant difficulté », confie-t-il. En revanche, il conteste fermement le fait que les personnes âgées ne soient ni lavées ni levées le week-end. « Certains résidents ne sont pas levés, certes, mais uniquement sur prescription médicale. Si cela arrive hors prescription, l'équipe soignante se doit d'en expliciter la raison lors des réunions de transmissions journalières (mention en est faite dans le dossier de soins du résident concerné). En tout état de cause, les résidents sont tous lavés quotidiennement. »

Concernant l'accusation selon laquelle certains résidents passeraient un mois sans douche, le directeur affirme que c'est impossible « car nous avons formalisé un calendrier de suivi douches. Elles ont lieu une fois par semaine, sinon les aides soignantes doivent en consigner les raisons, car certaines personnes âgées s'y refusent. » Il prétend aussi avoir mis en place un suivi des réclamations et des plaintes afin d'assurer un contrôle interne régulier avec son équipe d'encadrement. « J'ai également formalisé des procédures pour ne pas préparer les résidents trop tôt au coucher. En aucune façon, il n'existe de consignes données au personnel pour travailler le plus vite possible. Partant du principe que les journées de 12 heures épuisent le personnel, nous sommes passés à des journées de travail de 7 heures pour les soignants. » Ludovic Le Merrer évoque un ratio de personnel de 0.53, équivalent d'un temps-plein pour 1 résident, ce qui est conforme à la moyenne nationale : « Ce ratio de personnel n'est toutefois pas satisfaisant au regard des objectifs annoncés dans le plan solidarité grand âge et des objectifs de qualité de prise en charge que nous visons au quotidien. » Pour se défendre, il argue le fait que « peu de familles avancent des récriminations. La dernière enquête de satisfaction adressée à l'ensemble des familles et des résidents, effectuée au cours de l'été 2010, a relevé 72 % de familles satisfaites et 82 % de résidents satisfaits. » Une précision utile cependant : seuls un quart des résidents et de leurs familles y avaient répondu !

« Le gros problème des EHPAD, ce sont des familles en souffrance qui se positionnent dans l'exigence absolue et qui souhaiteraient un salarié de manière permanente auprès du résident, déplore Ludovic Le Merrer. J'encourage les familles à venir le plus souvent possible dans la résidence, c'est avant tout un lieu de vie. Mais certaines familles interviennent davantage en tant que contrôleur qu'en tant qu'accompagnant. Cela stresse les salariés de voir quelqu'un avec un carnet qui note leurs faits et gestes. Des différends peuvent aussi relever de l'incompréhension des pratiques des soignants, dont l'objectif travaillé de manière pluridisciplinaire est de maintenir au maximum l'autonomie des résidents, ou d'une vision consumériste des choses : on paye donc on exige. J'ai un psychologue à 30 % de temps de travail pour 160 résidents et près de 400 proches de résidents. Autant dire que l'accompagnement des familles n'est pas suffisant pour qu'elles fassent le deuil du placement en institution. Mes équipes et moi-même prenons en compte leur souffrance et recevons individuellement tous ceux qui le demandent. Nous développons actuellement le programme Mobiqual destiné à la promotion de la bientraitance : des ateliers participatifs sont organisés par des référents "bientraitance" en vue de permettre à chaque professionnel de prendre du recul sur ses pratiques quotidiennes et de contribuer à promouvoir les actions de bientraitance. » Enfin, Ludovic Le Merrer tient à insister sur l'important travail de maintien de l'autonomie mené au sein des deux résidences : « Certains résidents sont admis dans nos établissements avec un degré avancé de dépendance et, après quelques mois, remarchent et mangent seuls : notre rôle ne se cantonne pas à accompagner les résidents en fin de vie mais aussi, et surtout, à maintenir leur autonomie le plus longtemps possible. »

Autre sujet d'indignation, cet établissement appartient à une banque qui ne peut arguer de son manque de moyens. De plus, il est de notoriété publique que la Caisse d'Épargne est dirigée par une proportion importante de francs-maçons. « Aux postes de direction, la proportion d'initiés atteint, d'après Sophie Coignard, une journaliste spécialiste des réseaux d'influence, la proportion de 50 %. Dans les filiales, la proportion est la même et en région, les "frères" se font élire à l'applaudimètre fraternel », explique la journaliste d'investigation [1].

Les francs-maçons font pourtant de la fin de vie dans la dignité l'un de leurs préceptes. Mais peut-être ne sont-ils pas au courant de ce qui se déroule à Saint-Nazaire ?

1. Sophie Coignard, *Un État dans l'État*, Albin Michel, 2009.

9

Zemgor : quand des médecins dénoncent

La maison de retraite Zemgor située dans le Val d'Oise, à Cormeilles en Parisis, n'avait jamais fait parler d'elle défavorablement avant ce 30 septembre 2010. Créée en 1950 par un comité d'aide aux réfugiés russes, son statut est celui d'une association à but non lucratif.

En Russie, le zemgor ou comité des Zemstvos (conjonction de *Zemsko-gorodskoj Komitet*) et des villes russes, était, à l'origine, une association représentant les collectivités rurales et urbaines. Historiquement, elle a été fondée par d'anciens administrateurs locaux de la Russie anti-bolchevique, et était consacrée autant à l'aide sociale aux réfugiés qu'au développement de la vie culturelle et éducative de l'émigration. Après 1917, elle a été reconstituée en France par quelques-uns de ses membres émigrés, sous la forme d'une association vouée à la bienfaisance (hôpitaux, écoles, dispensaires, aide à la recherche d'emploi), au bénéfice des réfugiés russes en Europe. Sur son site internet, il est expliqué qu'en 1950, le vieillissement de l'émigration a amené le comité directeur à estimer nécessaire la création d'une maison de retraite. Celle-ci a été réalisée avec l'aide d'organisations internationales et l'autorisation des autorités françaises. Aujourd'hui, la maison de retraite Zemgor est une importante structure qui accueille deux cent huit résidents en hébergement permanent et propose douze places d'accueil de jour pour des personnes atteintes de la maladie d'Alzheimer ou de troubles apparentés.

Initialement, son accès était réservé aux résidents d'origine russe, mais il s'est progressivement ouvert à toute personne âgée en faisant la demande. Le coût d'un hébergement mensuel avec soins se situe autour de 2 500 euros, ce qui est dans la moyenne. *A priori*, aucune raison de douter de la respectabilité de cette institution. Une promenade virtuelle permet de visiter le lieu de culte à l'esprit orthodoxe, son parc boisé, son réfectoire et ses bâtiments qui respirent un accueil très correct. Mais comme souvent, il ne faut pas se fier aux apparences…

Le 15 septembre 2010, l'AFPAP déposait une plainte contre Zemgor. Dans un communiqué, elle mettait en cause cette société philanthropique d'un genre particulier. « Nous avons été saisis par un médecin gériatre qui dénonce des dysfonctionnements graves, des maltraitances et négligences sur le plan médical, humain et sanitaire », dénonçait-elle dans un communiqué. Christophe Fernandez, expliquait que ces informations graves étaient corroborées par un autre médecin attaché à la structure. Ces deux médecins avaient décidé de ne plus cautionner ce système défaillant et avaient démissionné, comme nous l'a confirmé l'un d'entre eux.

Ils dénonçaient notamment des « patients mal pris en charge », un manque de « soins d'hygiène », des « problèmes de déshydratation et de dénutrition », « pas de qualité et de traçabilité dans les actes soignants » La directrice de l'établissement, Murielle Henry-Brenot, a nié tout en bloc. Contactée par l'AFP, elle a déclaré ne « pas être au courant » de cette plainte. Elle a affirmé n'avoir reçu aucun rapport écrit de ces médecins et a évoqué une « vraie volonté de nuire à l'établissement » : « Il y avait de graves tensions entre ces deux médecins et l'encadrement. J'ai été saisie par un rapport signé par quatre personnes. J'ai convoqué les médecins à un entretien disciplinaire », dit-elle. Antoine Rinaldi, le fils d'un parent décédé dans des conditions qu'il juge suspectes, a déposé plainte le 5 janvier 2011. Il a missionné l'AFPAP pour l'accompagner dans cette démarche. Dans cette affaire, l'enquête a été confiée à la brigade de recherche de la gendarmerie d'Argenteuil (Val-d'Oise). Mais comme souvent lorsqu'il s'agit de personnes âgées, elle piétine.

L'agence régionale de santé (ARS), qui n'a pas souhaité répondre à nos questions, aurait effectué une visite de contrôle au mois de juin. « J'ai reçu un rapport qui n'émet que quelques recommandations simples », affirme Mme Henry-Brenot, qui ajoute n'avoir « reçu aucune plainte grave des familles ». « Cette inspection aurait révélé qu'il n'existe aucune assurance sur le suivi des traitements et prescriptions médicales », assure de son côté l'AFPAP.

Qui croire ? Est-ce la parole de l'une (la directrice) contre celle des autres (les médecins) ?

Nous avons contacté par écrit Mme Henry-Brunot. Après nous avoir fermement rappelé l'existence de la présomption d'innocence et celle du secret d'instruction, notions que, d'après elle, nous semblions ignorer, elle nous a proposé une visite de l'établissement. Cette proposition ne présente pas grand intérêt puisque la probabilité qu'un journaliste assiste à une situation de maltraitance ou de négligence grave au cours d'une visite d'une heure est très faible ! Dans tous les cas, le rapport de douze pages des deux médecins que nous nous sommes procurés est extrêmement bien documenté. Chaque fait y est relaté avec précision et des pièces jointes permettent de prouver les informations avancées. L'un des médecins, qui n'a pas souhaité que l'on donne son nom, pour éviter la pression susceptible d'être exercée sur lui, est titulaire du diplôme universitaire de gérontologie (avant l'existence de la capacité de gérontologie), du diplôme universitaire de soins palliatifs (avant l'existence de la capacité d'évaluation/traitement de la douleur) et du diplôme d'études spécialisées complémentaires de soins palliatifs (mémoire en cours).

Selon lui : « Depuis la formalisation du rachat de Zemgor par la Société Philanthropique, en 2009, nos conditions d'exercice se sont considérablement dégradées, avec un risque quotidien d'engagement de nos responsabilités professionnelles. Ces conditions sont parfaitement connues et niées par la majorité des intervenants de l'établissement, notamment madame le directeur et ses cadres non médicaux. »

Concrètement, il évoque le cas d'un patient en insuffisance rénale chronique nécessitant des injections régulières. Malheureusement pour ce dernier, le médecin gériatre va tomber sur les fameuses seringues… soigneusement rangées dans une armoire.

Il constate aussi que les anticoagulants sont soit absents ou soit en excès lors des prises de sang. Enfin il s'émeut des circonstances étranges dans lesquelles sont décédés certains patients. Par exemple, le 8 mai 2010 avant 15 heures, un patient se met à vomir. Il est admis peu après 21 heures à l'hôpital d'Argenteuil où il décède. Le docteur s'interroge légitimement concernant le laps de temps entre les premiers vomissements et l'admission. Un autre résident décède en 2009. Il présentait d'importantes diarrhées et fièvres depuis deux jours.

« Ces anomalies répétées, parfaitement connues des cadres infirmiers, que nous avons dénoncées régulièrement avec mon confrère coordonnateur engagent notre responsabilité professionnelle quotidiennement. »

Dans son rapport, le gériatre vise également le responsable des admissions : ce dernier « fait souvent visiter aux familles des résidents en pré-admission une chambre “vitrine” et accorde une autre chambre (parfois une chambre à deux lits) lors de l'admission définitive sans les prévenir ». Selon le gériatre, le 25 mai 2010, ce responsable des entrées aurait admis une personne sans pré-admission, sans ordonnance, sans dossier médical, sans aucun document de soins. Celle-ci avait, à l'examen clinique, une insuffisance respiratoire (ancienne d'après elle avec une saturation en oxygène du sang limite). « J'ai prescrit des bilans radiologique et biologique, un traitement adapté, une demande d'avis spécialisé, explique le gériatre. L'ordonnance de biologie était restée en infirmerie le lendemain sans réalisation de la prescription. J'ai donc transféré la personne aux urgences de l'hôpital d'Argenteuil pour prise en charge. Elle est revenue des urgences avec un diagnostic d'insuffisance respiratoire chronique, des prescriptions d'oxygène à 1 litre/minute en continu et de bilan d'imageries cardio-respiratoires et d'avis spécialisé. » Le médecin conclut de cet incident que « la majorité des intervenants, cadres de l'établissement, n'a donc aucune gêne à engager la responsabilité des médecins pour leurs intérêts particuliers ». Là aussi, la direction de Zemgor n'a pas souhaité faire de commentaire.

Le médecin poursuit sa mise en accusation, tel un inventaire à la Prévert : « Des actes infirmiers prescrits sont fréquemment non réalisés (prévention d'escarre avec mise en place de matelas fluidisés pour escarres, hygiène des ongles, surveillance des pieds des diabétiques, hydratation orale régulière, surveillance du fonctionnement des compresseurs des matelas fluidisés, surveillance mensuelle des poids, calcul de l'IMC avec évaluation de la taille à l'entrée en établissement, changes des résidents incontinents, surveillance et évaluation de la douleur par les échelles appropriées informatisées, utilisation d'eau du robinet pour les nébulisateurs/aérosols, mise en place des bas/chaussettes/bandes de contention veineuses, surélévation des pieds de lit en cas d'insuffisance veineuse gênante, non-respect des contentions physiques prescrites médicalement, non-lever au fauteuil de résidents grabataires sans raison tracée dans le dossier informatisé, surveillance du transit intestinal, surveillance des sondes urinaires à demeure, réfection de pansement de plaie préalablement découverte par le médecin, surveillance des constantes, surveillances cliniques diverses, et autres) ; la traçabilité est très aléatoire (aucune traçabilité des supplémentassions alimentaires prescrites, la réalisation de beaucoup d'actes ne peut pas être contrôlée au quotidien par les médecins). »

Par ailleurs, des résidents arriveraient aux urgences déshydratés, alors que l'hydratation orale régulière est prescrite et qu'il n'y a pas de signalement d'anomalie dans le dossier de soins informatisé des résidents. Les contentions veineuses seraient ainsi dispensées au gré du bon vouloir des soignants. « En mai 2010, explique le docteur, suite à une nouvelle institutionnalisation d'un résident porteur d'une bactérie multirésistante ou BMR (plusieurs résidents, depuis janvier 2010, avaient été institutionnalisés avec un problème similaire) et à la pression des personnels soignants non médicaux (crainte pour leur santé et celle de leurs proches), j'ai copié et adressé par e-mail dans les infirmeries le protocole BMR de l'Assistance publique des hôpitaux de Paris (APHP). » Selon lui, cette action aurait déclenché l'ire des cadres infirmiers qui souhaitaient être consultés pour accord et considéraient ce protocole trop complexe pour les personnels. Ceux-ci mettent en place un autre protocole « BMR en EHPAD » ! L'infirmière coordonnatrice du pavillon Cerisaie, précise « qu'elle a suivi une formation en hygiène hospitalière ». Lors d'une réunion, la directrice de l'établissement annonce également que « Zemgor a la chance d'avoir une cadre infirmière générale formée par le ministère de la Santé ». Le médecin questionne alors sa direction : « Pourquoi avoir attendu plusieurs mois pour mettre en place un protocole BMR ? » Dans cette partie de ping-pong, les cadres infirmiers lui rétorquent : « C'est le rôle du médecin coordonnateur. » À partir de là, la confiance dans cette chaîne médicale est brisée. Et les résidents vont faire les frais de cette situation tendue entre médecins et cadres infirmiers.

« Les médicaments sont dispensés sous la dépendance de la bonne foi des personnels soignants. Des résidents sous anticoagulants oraux (Coumadine, Préviscan) avaient des biologies de contrôle indiquant l'inefficacité du traitement où se trouvaient parfois en surdosage (les responsables de pavillon connaissaient ces faits). Des résidents sous médicaments dosables dans le sang, montrent des biologies indiquant l'absence du médicament dans le sang et, après prescription médicale de cette mal-observance et nouveau contrôle, le médicament était trouvé dans le sang à dose correcte ou parfois à plus faible concentration qu'auparavant, malgré la majoration des doses du traitement oral. Des médicaments injectables n'étaient pas réalisés ou pas tracés dans le dossier de soins informatisé, ou parfois sont tracés et non réalisés. »

Comment analyser de tels dysfonctionnements ? Pour le spécialiste, le motif majeur de ces dysfonctionnements réside dans les réductions d'effectif impliquant une charge de travail insupportable et une souffrance des soignants non médicaux.

Malgré cela, l'EHPAD Zemgor, qui n'a pas souhaité répondre à nos questions, a fêté son 60e anniversaire en décembre dernier. Anita Bernier, conseillère générale PS du canton de Cormeilles y a participé. Sur son blog, elle se félicite des améliorations qui vont être apportées à la structure, tout en rappelant que « le conseil général est un partenaire important auprès des personnes âgées. Le projet de restructuration, comme cela a été déjà rappelé par madame la directrice, est indispensable pour remédier à l'absence de locaux communs et à la vétusté de ceux existants et le conseil général participera au financement de ces travaux comme il s'engage aussi par d'autres moyens à soutenir les seniors au quotidien. Je pense ici notamment à l'APA, une aide financière, qui, avec l'aide sociale que le département apporte en général, permet aux personnes âgées d'avoir une meilleure qualité de vie et leur permet d'élargir et d'enrichir leur vie sociale. » Un discours politique certes, mais bien éloigné de la réalité que montrent les deux médecins démissionnaires. Toujours une forme de déni ?

La responsable politique apporte son soutien à la structure : « Je sais les difficultés que vous avez traversées ces derniers temps et je suis heureuse d'être ici pour vous prouver à nouveau le soutien du département. » Nous avons contacté Anita Bernier en lui demandant ceci : « Avez-vous suivi cette affaire de près et avez-vous eu connaissance des courriers et révélations du médecin gériatre de la structure ? Si oui, comment y réagissez-vous ? Sur votre blog, vous évoquez des difficultés rencontrées par Zemgor, notamment pour les locaux, mais avez-vous entrepris des actions pour mettre fin aux problèmes médicaux ? » Ces questions sont restées sans réponse au moment où nous remettions le manuscrit aux mains de notre éditeur…

« Cette attitude relève d'un problème de fond, s'emporte Christophe Fernandez. Le conseil général et les ARS se considèrent comme des partenaires de ces structures, y compris quand elles sont défaillantes. Cette affaire prouve, une fois de plus, qu'il n'existe pas d'arbitrage. Ces instances n'exercent ni contrôle réel, ni pouvoir coercitif pour préserver l'intérêt des personnes âgées, leur sécurité et leur confort de fin de vie. C'est pourtant leur mission première ! »

Que peut-on ajouter ?

10

MAISONS DE RETRAITE CLANDESTINES

Cette affaire dépasse l'entendement mais, de l'avis de Christophe Fernandez, elle est pourtant fréquente : la maison de retraite cotée Les Jardins de Figeac fonctionnait sans autorisation depuis douze ans. Elle a été fermée le 6 décembre 2010 par le préfet du Lot, Jean-Luc Marx, après un arrêté de fermeture lancé le 8 novembre. « Suite à plusieurs signalements sur les conditions d'accueil des résidents, nous avions fait deux contrôles en 2002, puis en juin 2009. Mais les injonctions de se mettre en conformité avec la réglementation pour l'accueil des personnes âgées, suivies de lettres de rappel, étaient restées sans effet. À ma demande, un nouveau contrôle a été effectué le 29 juin dernier par les services de l'agence régionale de santé et du conseil général. Il est apparu que la moyenne d'âge des résidents était de 94 ans et que la situation de dépendance s'était fortement dégradée. Sur quatorze locataires, six étaient dépendants et trois très dépendants. » Seul problème : il s'agit d'une structure d'accueil pour personnes valides. De nombreux dysfonctionnements avaient été mis à jour : locaux non conformes aux exigences de sécurité, ne permettant pas une évacuation urgente, soins des personnes dépendantes ne pouvant être assurés, alimentation des personnes non conforme aux règles d'hygiène. Interviewé par la *Dépêche du Midi*, le préfet précise : « C'est toujours délicat pour une collectivité publique d'apporter des solutions dans une activité privée. Certaines familles n'avaient pas réalisé le caractère difficile et délicat de la prise en charge. Tout leur semblait harmonieux. Plusieurs réunions ont eu lieu avec la mairie, pour apporter des solutions adéquates aux résidents. »

La plupart des résidents ont pu trouver un accueil dans d'autres établissements, à l'exception de deux, hébergés chez leurs enfants, en attente d'une place. Quant aux salariés, ils se sont dirigés vers les bureaux de Pôle emploi.

Cette affaire illustre une particularité du secteur : l'absence de contrôle : « Certaines structures fonctionnent ainsi en roue libre dans le désintérêt total des organes de contrôle. Mais le plus préoccupant vient du fait que ces établissements clandestins sont nombreux en France ! » s'indigne Christophe Fernandez.

11

PAROLES DE SOIGNANTE

Avec ce livre, nous ne voulons pas accabler une catégorie de personnel : les aides-soignantes. Il nous a paru important de leur donner largement la parole pour qu'elles racontent leur quotidien.

Anne [1] a toujours travaillé dans le secteur dans la petite enfance et des enfants handicapés. Elle a voulu tenter l'expérience de la maison de retraite médicalisée et a intégré une première structure privée dans laquelle elle n'est restée que huit jours. Voici son constat, sans appel : « Ce n'est pas dans ma conception du respect de la personne âgée. Les soignantes finissent par trouver cela normal. »

Anne a vu des membres du personnel balancer les fauteuils des personnes âgées : « La première fois, j'ai vu des gens avec des escarres qui n'étaient pas soignés. Si on s'occupe bien d'une personne, les escarres ne doivent pas exister. Le même gant utilisé pour nettoyer les selles servait ensuite pour le visage et ce, pendant plusieurs jours, avant de le changer. » On peut imaginer le degré d'humanité et

1. Le prénom a été modifié.

de respect que ces soignantes nourrissaient à l'endroit des personnes âgées. Nettoyer les fesses d'une personne âgée, après avoir retiré une protection pleine de matières fécales et utiliser le même gant pour le visage est inqualifiable.

On demande également à Anne de s'occuper aussi bien du soin aux personnes âgées que du ménage : « On avait un temps tellement court : de 10 à 15 minutes pour une personne. Les filles n'en pouvaient plus, vivaient sur les nerfs et pétaient les plombs. Elles devenaient agressives. Il est vrai qu'elles sont payées avec des salaires de misère pour un travail éreintant et épuisant nerveusement. » Les repas sont administrés à une vitesse grand V, au point que certains n'ont pas le temps de s'alimenter. C'est l'usine. Il y a un lève-malade pour quinze personnes. Les locaux ne sont pas adaptés : « On ne pouvait pas tourner autour du lève-malade ! »

« Il y a des gestes que les familles ne voient pas et qui ne trompent pas, voyez-vous, comme, par exemple, essuyer la bouche avec un air méchant en appuyant très fort. C'est en observant bien, en étant là en permanence que l'on s'en aperçoit. Tout cela m'a écœurée et j'ai préféré retourner dans l'aide au maintien à domicile », conclut-elle.

Les cauchemars de Florence

Aide-soignante âgée de 25 ans, Florence a un BEP sanitaire et social depuis 2006. Elle a trois ans d'expérience au service des personnes âgées en hôpital et maisons de retraite médicalisées et a définitivement quitté le secteur.

« Au départ, je suis allée vers ce secteur car il recrute. À l'époque, je vivais en foyer. J'ai constaté le problème essentiel de ce secteur : peu de moyens humains et matériels. » Rapidement, Florence est engagée dans une maison de retraite médicalisée à Toulon. Il s'agissait d'une structure privée montée par une ancienne aide-soignante. 2 300 à 2 500 euros par mois. Toutes les rations étaient calculées au plus juste. La directrice, par contre, roulait en Porsche Cayenne.

« Mais ils faisaient des économies sur tout : le moins cher possible, il fallait marquer les protections, raconte la jeune femme. Une nuit, je me suis retrouvée avec 40 résidents sur deux étages et un rez-de-chaussée. J'étais seule ! Cette nuit-là, une dame a fait une détresse respiratoire. Pendant ma ronde, je vois son visage devenir bleu. J'essaie de la mettre en position pour respirer. Je tente de trouver une bouteille d'oxygène ; je la trouve mais je n'ai pas le masque, j'appelle mon cadre qui m'ordonne d'appeler le Samu. Pendant une demi-heure, la dame allait de plus en plus mal. Finalement, une ambulance privée arrive mais sans médecin, nous contactons donc SOS médecins. J'avais vraiment peur, je pensais qu'elle allait mourir. C'était horrible. Je l'ai mise à demie assise, je ne voulais pas la lâcher, je prenais ses constantes. Puis, évacuée par le Samu, elle est restée une bonne semaine à l'hôpital. La seule réaction de mon employeur a été liée à la préparation du petit déjeuner, que j'aurais dû effectuer pendant mon service. Quand j'ai commencé à critiquer le manque de moyens, j'ai été mise à l'écart. Je ne voulais plus retourner dans cette structure. C'était un tel cauchemar, que deux jours après, j'ai posé ma démission. Je suis restée très longtemps sans emploi car je ne voulais pas retourner en maison de retraite », explique Florence.

Dans une autre structure à Nice, elle est licenciée car elle ne voulait pas administrer les médicaments. Elle se rappelle d'un monsieur tout recroquevillé, qu'il fallait habiller tous les matins : « C'était une torture. Il avait une escarre, jamais nettoyée. Au moment où on l'a ouverte, il y avait des vers, j'ai vomi. J'ai rompu ma période d'essai. J'en ai fait des cauchemars pendant des jours et des jours. Finalement, ce monsieur pourrissait sur place comme un vieux fruit. Il ne bougeait plus que les yeux. »

Florence se dit choquée du sort réservé aux personnes âgées : « Pourtant un simple lavage de pieds devrait être un moment de partage, de détente, de bonheur mais devient pourtant une corvée à cause du rythme imposé. »

Et dans le public ?

« Je travaille depuis six ou sept ans en service de nuit. C'est la seule échappatoire que j'ai trouvée. » Stéphanie [1] exerce dans un établissement public situé dans le Sud de la France. « Intégré à la vie locale, baigné par le soleil du sud, cet "endroit de vie" est fréquenté par les grands-mères du village qui viennent y terminer leurs jours dans une certaine convivialité », raconte-t-elle avec un accent chantant. Elle dit travailler depuis vingt ans « avec ses tripes », preuve que des vocations existent encore dans le secteur. Mais, de son avis, la convivialité a disparu.

Nous avons décidé de taire le nom de cette structure car les engagements de Stéphanie en faveur des personnes âgées lui ont déjà valu des représailles : avertissement, blâme, pressions et menaces. Elle est syndiquée et, pour sa direction, est dans la ligne de mire, car, fait rare dans le secteur, le personnel de l'établissement en question est descendu dans la rue. Une manifestation qui a retenu l'attention dans ce petit village, surtout un jour de marché.

« C'est devenu le travail à la chaîne. Les infirmières traînent trois chariots chacune pour distribuer les médicaments car elles ont 35 résidents par secteur. Chez nous, les résidents sont douchés une fois par mois alors qu'ils

1. Il s'agit d'un prénom d'emprunt.

devraient l'être tous les quinze jours. Les toilettes sont expédiées en dix minutes, lits compris. Parallèlement, la grande mode est à l'animation et là, on y accorde des moyens. Nous avons 102 lits et la nuit, il n'y a qu'une aide-soignante et une veilleuse. Le nouveau directeur a mis en place les toilettes et les couchers à la carte, c'est-à-dire que les résidents décident eux-mêmes de leurs horaires. Les bâtiments ont mal vieilli et aujourd'hui plus rien n'est vraiment fonctionnel. Par exemple, il n'y a pas de douche dans les chambres », déplore Stéphanie.

Les instances dirigeantes s'enfoncent dans des choix aberrants en maintenant le bâtiment en l'état. « La mairie bloque un projet de réalisation de nouveau bâtiment pour d'obscures raisons. Ils rafistolent, engagent un chantier de rénovation qui coûte 5 millions de plus que si l'on s'engage dans un chantier de création. Résultat : en un an, on a perdu 8 aides-soignantes et infirmières. Elles restent deux jours et s'en vont car elles ne tiennent pas le rythme. Ici, tout est fait à l'arrache. » Et visiblement, de l'avis de Stéphanie, c'est plutôt sportif : « L'une d'entre nous avait réussi à faire 22 toilettes en une matinée. Le directeur était content. Mais parfois, cela dérape : des petits vieux sont oubliés sur les toilettes. Chacun a sa conscience mais on ne peut pas jouer avec le sort des personnes âgées », commente-t-elle. « Pendant six ans, la maison de retraite s'est enfoncée dans le chaos sans que personne ne bouge. Nous avons fait notre piquet de grève mais nous avons été sanctionnés par la DDASS. »

En vingt ans, Stéphanie a vu le secteur se dégrader. « Il y a vingt ans, les équipes restaient grâce à la bonne ambiance qui régnait. Mais aujourd'hui, je ne vois plus personne travailler avec cœur et conviction. Le leitmotiv est la rentabilité : faire du chiffre. J'ai vu l'épuisement gagner les équipes, avec une évolution des arrêts maladie. Désormais, nous refusons d'être complices et de cautionner ce système. » Stéphanie explique que l'on finit par titulariser des gens qui sont incompétents. Beaucoup de bons éléments sont partis. Elle a donc pris le parti de travailler la nuit où « je peux vraiment prendre en charge mes résidents ». Mais elle est rattrapée par le système ultra-productiviste : « La nuit, nous passons aussi l'autolaveuse. »

Ses revendications lui ont apporté quelques déconvenues. Quand elle a participé à l'action de communication et à la grève, elle s'est absentée de son service un quart d'heure pour organiser l'action. Elle a confié momentanément son service, le temps d'une pause à une collègue diplômée. En pleine nuit. C'est le moment qu'a choisi l'ancien directeur pour faire une visite nocturne de l'établissement, alors qu'il déguerpissait chaque jour à 18 heures même lorsque des difficultés de fonctionnement altéraient la qualité du service. Stéphanie a finalement fait l'objet d'une mesure disciplinaire : un avertissement pour abandon de poste.

« Le secteur public a dû apprendre les principes de la rentabilité, explique Christophe Fernandez. Depuis la tarification à l'acte, une personne qui arrive à l'hôpital va être tarifée au soin et on va la faire partir le plus vite possible, quitte à la faire revenir plus tard. On ne consolide plus les états de santé. Aujourd'hui, on chasse les bloqueurs de lits. De même, les maisons de retraite publiques souffrent d'un manque d'investissement. L'état se désengage et les structures ne sont plus aux normes. »

Témoins de maltraitance

Nous avons rencontré une aide-soignante qui nous a raconté qu'elle était devenue la « bête noire » d'une institution située dans le Sud de la France. Elle s'était opposée à un système fonctionnant en vase clos, un système défaillant qui permettait la maltraitance : absence de soins, sous-alimentation des résidents, négligences, recours massif aux psychotropes pour *shooter* les vieux. Rapidement identifiée par ses collègues comme celle qui avait alerté la direction et la DDASS, elle a été soumise à un harcèlement moral quotidien. Insultes, isolement, avertissements, coups bas. La direction a participé à ce jeu pervers et fait ainsi « alliance » avec les employés : tous avaient intérêt à faire taire la récalcitrante. Elle finira par démissionner, le jour où le compagnon d'une collègue, aide-soignante maltraitante, la menacera de mort, sur le parking, un tesson de bouteille de bière à la main. Acte téléguidé par l'équipe ou par la direction ? Acte isolé d'un délinquant sans envergure aux ambitions maffieuses ? Il n'y a pas eu d'enquête car il n'y a pas eu de plainte. Convaincue qu'elle était isolée, et certaine de ne pas être soutenue, elle n'osera pas porter l'affaire en justice.

Très stressée lors du récit de cette histoire, la jeune femme nous fera jurer de ne jamais donner d'éléments d'informations sur cette affaire. Nous nous y engagerons naturellement en invoquant la protection des sources. Elle a depuis changé de secteur d'activité, profondément marquée par les méthodes employées pour l'intimider. Bien entendu, cet exemple est choquant et chacun a ses propres limites face à l'adversité. Cette jeune femme a fait montre d'un certain courage face à l'isolement. Elle a évidemment eu raison de quitter cette structure. Les menaces étaient explicites, directes.

Lors de son étonnante interview [1], Pascal Champvert avait déclaré que les maisons de retraite étaient des structures ouvertes, c'est-à-dire que tout ce qui s'y passait ne

1. Entretien avec l'auteur.

restait jamais confiné dans une sorte de huis clos. C'était, d'après lui, un frein à la maltraitance. En réalité, il n'en est rien. Les choses se passent dans le secret des chambres, au moment où les familles ne sont pas là. Les aides-soignantes maltraitantes n'insultent pas ou ne frappent pas leurs victimes devant leurs familles. La parole des victimes, qui ne portent jamais plainte – encore faut-il pouvoir se déplacer et être entendu –, n'est pas considérée comme recevable en raison des étiquettes que l'on prendra soin d'apposer sur le ou la plaignante : Alzheimer, sénilité, dépression, confusion mentale. Les affaires entrent dans le champ judiciaire quand les faits sont très graves, et que les familles osent porter plainte. Le personnel, souvent peu enclin à dénoncer, se « met à table » lorsqu'il y est contraint dans le cadre d'audition devant un officier de police judiciaire. En gros, la structure est alors mouillée jusqu'au cou, sous le coup d'une fermeture administrative, une information judiciaire est en cours et il n'a plus d'autre choix que de dire la vérité ou de livrer un faux témoignage se rendant ainsi complice de mauvais traitements. Couvrir les agissements des maltraitants est par nature un mauvais choix en soi. Les affaires finissent toujours par sortir : sous l'impulsion d'une famille, d'un employé mécontent ou d'un journal.

Mais les témoins sont-ils assez protégés ? De l'avis du professeur Moulias, président de l'ALMA, la loi ne les protège pas assez, en dépit des effets d'annonce sur le sujet. Dans une interview accordée au magazine *VSD* du 2 juin 2010, Nora Berra appelait les professionnels à libérer leur parole, à témoigner pour casser cette loi du silence. Pour autant, la secrétaire d'État garantit-elle des mesures efficaces d'éradication de la maltraitance dans la structure concernée ? Garantit-elle que la soignante ne va pas faire l'objet d'un règlement de compte et être licenciée sous un motif fallacieux, ou de subir un harcèlement qui va la pousser à la démission ?

Seuls les soignants, les associations, et les rares familles qui se sont révoltés contre cette atteinte à la dignité en parlent. Quelle est la réaction des établissements concernés, des instances de contrôle et de tutelle d'État ? Minimiser leurs propos, les faire taire par la menace de procès, les licencier, les marginaliser pour ensuite marginaliser leur discours.

Deux exemples : le médecin qui a dénoncé les graves cas de soins non administrés dans la maison de retraite Zemgor est accusé de régler des comptes et de calomnier l'établissement. De la même façon, lorsque le premier article consacré à la structure dans laquelle travaillait Sophie Lapart sort dans *VSD*, des collègues lui font parvenir ce message : « La direction ne lâchera pas l'affaire et portera plainte pour le vol de documents médicaux et la diffamation. Ta carrière dans le soin aux personnes âgées est terminée. » Finalement, la direction n'a pas engagé d'action. Plus tard, un cadre du groupe évoquera le caractère magnanime du renoncement à porter l'affaire devant un tribunal… Un comble qui ne semble pas déranger le secteur : menacer de « traîner » les aides-soignantes qui ont le courage de dénoncer des faits de maltraitance en justice, au risque de les faire condamner plus sévèrement que les auteurs des maltraitances ! Pourtant, rares sont les groupes qui osent déposer plainte contre les « dénonciateurs ». Comme le souligne un avocat : « Quand on fait un procès en diffamation, on se fait un procès à soi-même. » Et pour cause : ces procès, quand ils ont lieu, sont l'occasion d'un grand déballage sur la voie publique. Les choses se règlent généralement de façon feutrée dans le bureau de la DRH. Suzanne Moutin, une religieuse du Centre de la France, formatrice des aides-soignantes évoque dans le documentaire d'Hervé Brèque, *Maisons de retraite, du scandale à l'espoir*, le cas d'une employée qui a vu des collègues contraindre et traîner une vieille dame dans la douche et lui découper ses vêtements à l'aide de ciseaux. Qui a été accusée de mensonge, puis licenciée ?

Toutes ces mesures visent à protéger les responsables en place, à rassurer les familles et à faire perdurer un système défaillant. En s'appuyant sur la peur, sur la dissuasion et sur la loi du silence. La lutte – réelle – contre la maltraitance est un combat de titan. Aucune mesure coercitive et pédagogique n'est réellement prise. Dans le pire cas sur lequel nous avons travaillé, celui du procès de Château-Lamothe, la directrice responsable des sévices n'a écopé que de quatre mois de prison avec sursis et d'une amende de 10 000 euros. Dans toutes les affaires judiciaires sur lesquelles nous nous sommes penchés, nous ne sommes tombés sur aucune décision de prison ferme. Lorsque le dossier a donné lieu à l'ouverture d'un procès…

Dernière en date au moment où nous réalisons cet ouvrage : une affaire de maltraitance qui a eu lieu dans l'Ouest de la France. Cette affaire n'a fait l'objet que de brèves dans les journaux régionaux. Un ancien directeur et une aide-soignante, aujourd'hui suspendus, comparaissaient fin octobre 2010 devant le tribunal correctionnel. Le jugement, mis en délibéré, a été rendu en décembre. Le directeur de l'établissement a été condamné à six mois de prison avec sursis pour l'ensemble des faits qui lui étaient reprochés. Quant à l'aide-soignante, elle a été relaxée pour les faits reprochés sur deux personnes, et a écopé d'une peine de six mois de prison avec sursis pour les autres faits, à l'exception d'un pour suspicion de mauvais traitements. Elle avait pourtant été suspendue en 2007. Mais, à l'époque déjà, l'ancien directeur était accusé d'avoir essayé de mettre une chape de plomb sur les témoignages de membres du personnel qui dénonçaient ces maltraitances.

Partie IV

UN SECTEUR SANS CONTRÔLE

13

DDASS : L'INDIGENCE DES INSPECTIONS

On pourrait comparer les contrôles d'établissements par les agences régionales de santé (qui ont repris les missions des DDASS) aux contrôles d'alcoolémie au bord des routes : si vous êtes directeur d'une maison de retraite, vous avez très peu de chance de recevoir la visite de ces gendarmes de la dépendance. Et si l'on utilise une métaphore parlante : une fois pris la main dans le sac, vous pourrez toujours dire au gendarme : « D'accord, c'est vrai, je conduis ivre, mais je vais faire des efforts. » Et il vous laissera repartir. Surréaliste sur nos routes ? Bien réel dans nos maisons de retraite. Les contrôles, quand ils ne sont pas annoncés à l'avance, sont souvent totalement inefficaces. Nous n'offrons pas à nos lecteurs ce constat édifiant sans avoir des preuves à lui soumettre…

Sur les chemins de notre enquête, les interlocuteurs avec lesquels nous avons eu le plus de mal à entrer en contact sont les responsables des DDASS, dont les missions ont été transmises aux agences régionales de santé le premier semestre 2010. Le 15 février, nous adressons un courriel à la DDASS de l'Oise, après avoir recueilli le témoignage de Sophie Lapart, aide-soignante des Jardins de Médicis, à Ermenonville. Une employée de la DDASS nous contacte alors pour me proposer de me mettre en relation avec son directeur. Nous acquiesçons, puis, plus de nouvelles. Le 12 avril, nous envoyons alors un nouveau courriel annonçant que le témoignage recueilli contient des éléments relevant de la maltraitance. À nouveau, silence radio. L'article sort dans *VSD* le 2 juin. Il sera repris dans l'émission *Salut Les Terriens*. C'est dire si les protagonistes mis en cause peuvent difficilement ignorer le problème.

Comment se déroule une inspection

Hélène Taillandier, responsable de l'agence régionale de santé – ancien nom de la DDASS – nous a accordé une interview [1] après plusieurs relances de notre part. Elle nous a confirmé que Les Jardins de Médicis avaient fait l'objet d'une inspection le 2 juillet. Dans l'Oise, en 2010, dix inspections ont été diligentées, contre cinq en 2009 et sept en 2008. Lorsque nous lui avons rétorqué que nous avions saisi les services de la DDASS dès le mois de février, elle nous a répondu que ses services avaient réagi dans un délai d'un mois après la sortie de l'article, un délai tout à fait raisonnable, selon elle. Elle nous a aussi affirmé que dans ce type de situation, le procureur était saisi dans les 24 heures : « La mission doit être composée au moins d'un inspecteur et d'un médecin, on y associe le conseil général qui vient s'il le souhaite, et on peut s'adjoindre les services d'un appui technique, comme un médecin spécialiste. En moyenne, nous arrivons à quatre et nous restons deux à trois jours. Si besoin, nous y retournons », explique-t-elle.

1. Entretien téléphonique enregistré le 18 novembre 2010.

« La première demi-heure nous voyons des choses. Nous avons des grilles et nous savons ce qu'il faut regarder. Nous recoupons des témoignages. Ce n'est pas parce qu'on nous dit telle chose que nous le croyons. Cahiers de maisons, plannings : nous avons accès à tous les documents. »

« Et les feuilles d'hydratation ? » demandons-nous, tant le sujet est préoccupant puisque dans plusieurs affaires sur lesquelles nous avons travaillé, des décès suspects sont attribués au phénomène de déshydratation. « C'est le médecin inspecteur qui s'occupe de cela. Quand nous voyons des manquements, nous faisons des injonctions, avec un délai pour y remédier. Passé un certain laps de temps, on retourne voir si elles ont été respectées. Ensuite, deux possibilités s'offrent à nous : la mise sous administration provisoire et la fermeture. Nous avons aussi des moyens de pression car nous les tarifons. Il est rare que les responsables d'établissement soient de très mauvaise foi », répond Hélène Taillandier. La directrice nous annonce que dans l'Oise les inspections sont, dans les trois quarts des cas, inopinées. Elles sont soit préventives soit réactives, c'est-à-dire qu'elles font suite à des plaintes ou des signalements. Le traitement commence par la demande d'explication à l'établissement pour que la mission d'inspection rédige son protocole. Selon elle, tous les critères concernant la mise en danger sont traités. « Nous regardons l'organisation, le fonctionnement et la qualité de la prise en charge. »

Au cours de cette interview, Mme Taillandier a tenu un discours général sur son action. Mais nous n'avons pas pu obtenir d'éléments précis sur l'affaire qui nous préoccupait et sur le sort de Geneviève [1]. Nous avons demandé à ce que le rapport d'inspection nous soit communiqué, mais il était toujours en signature au conseil général au mois de

1. Le prénom a été modifié.

novembre 2010, alors que l'inspection avait eu lieu cinq mois plus tôt. Signé à la mi-décembre, il faudra encore attendre une période de six mois, une période de latence destinée à faire retomber l'émotion, à ne pas soumettre les équipes aux pressions de la presse, nous explique la responsable : « Vous pourrez en prendre connaissance car il sera transmis au conseil de la vie sociale [1] et nous nous engageons à vous l'envoyer. »

Selon nos informations, la DDASS aurait adressé des injonctions à l'établissement, susceptibles d'être vérifiées. Mais, visiblement, il n'y a pas urgence : un contrôle destiné à vérifier les améliorations n'est prévu que pour la fin du deuxième semestre. « Trop souvent les conseils de la vie sociale ont une relation de proximité avec la direction et en oublient leur mission première », remarque Christophe Fernandez. En effet, nous avons appris, par une source interne, qu'une réunion de crise avait eu lieu aux Jardins de Médicis, au cours de laquelle il avait été rappelé au personnel son devoir de réserve. Selon nos informations, le responsable du conseil de vie sociale se serait insurgé contre la sortie de l'article dans *VSD*...

Une rumeur pernicieuse a aussi circulé : Sophie Lapart, l'aide-soignante qui a dénoncé les conditions de prise en charge aux Jardins de Médicis, se vengerait car elle a été licenciée. Or, elle a bel et bien démissionné, comme l'atteste l'accusé de réception de la direction. L'auteur de cet ouvrage, serait, lui « un journaliste très limite aux méthodes particulières ». Joli compliment...

Le problème réside dans le fait que les familles sont désarmées. En cas de signalement auprès de l'ARS, une visite,

1. Cette instance, dirigée par un membre d'une famille de résidents, est chargée de faire la relation entre la direction de l'établissement et les familles et de porter leurs demandes.

si elle est programmée, ne donnera lieu qu'à des préconisations. Le rapport est contradictoire et, généralement, le directeur s'engage à des améliorations qui ne seront vérifiées, étant donné les moyens dérisoires de contrôle de l'ARS, que 6 mois ou un an après. La situation peut donc empirer pendant cette période.

La maltraitance institutionnelle est une notion qui n'existe pas sur le plan juridique. Mais elle peut, néanmoins, être définie au travers de la non-assistance, de la négligence, de la faute d'hygiène, du délaissement sur le plan médical. Alors, en cas de défaillance de l'ARS, il reste la justice.

Dans le département de l'Oise, quarante plaintes émanant en majorité des familles parviennent à l'ARS chaque mois, soit un total de 480 plaintes par an. « Dans certains départements, on a un ratio d'un agent pour 180 établissements. En moyenne, 4 % des maisons de retraite sont contrôlées. Il ne faut pas se faire d'illusion sur leur efficacité. Tant que l'on ne mettra pas de moyens humains suffisants, on en restera là », explique une responsable syndicale. Hélène Taillandier nous rappelle, elle, qu'il n'existe pas de ratio, au sein des établissements, entre le nombre d'agents et le nombre de personnes âgées : « Mais nous avons des éléments de comparaison entre établissements ». Quid de son utilité ? « Mettre en place des moyens de pression pour obtenir que les directions d'établissement embauchent », nous explique-t-elle. « Nous sommes dans un secteur ou moins vous embauchez, plus on vous félicite », clame de son côté Pascal Champvert.

Une question nous taraude : des éléments graves peuvent-ils échapper aux inspecteurs, par exemple des toilettes effectuées en pleine nuit, à 4 heures du matin, pour ne pas mettre en retard l'équipe de jour ? « Si l'on intervient suite à une plainte et si le problème se présente à 4 heures, nous serons là à 4 heures », affirme Hélène Taillandier. Difficile à croire : nous avons parlé à des spécialistes du secteur et aucun n'avait entendu parler de contrôles de l'ARS en pleine nuit.

Au cours de l'entretien, nous abordons également un élément essentiel : les glissements de tâche. Sophie Lapart, présente au moment de l'interview, explique qu'elle a été amenée, en tant qu'aide-soignante, à pratiquer des actes médicaux relevant des compétences d'une infirmière diplômée d'État comme, par exemple, des aspirations, ou l'administration de morphine. La directrice nous rétorque alors que les règles ne peuvent s'appliquer de façon formelle, que c'est à voir au cas par cas, en fonction de l'encadrement médical qui accompagne ces actes…

Une autre « dérogation » nous a troublés : les DDASS ne sont pas missionnées pour contrôler les structures d'accueil des personnes âgées des congrégations religieuses, qui fonctionnent de façon totalement opaque.

Le constat du fonctionnement des DDASS effectué par les rares associations luttant contre la maltraitance est sans appel : il s'agit d'un système fonctionnarial, avec tout ce que cela comporte comme laxisme. Son action est limitée (pas d'expertise médicale, pas d'expertise judiciaire…). Les contrôles (inopinés et réguliers) sont insuffisants et ne sont pas tournés vers la recherche d'infraction pénale. Leur pouvoir de répression est limité à des préconisations, voire des injonctions, et ils n'alertent pas suffisamment la justice, quand ils n'ont pas de lien de partenariat et de connivences avec les établissements. « Les DDASS privilégient trop souvent l'intérêt économique (emploi, relogement compliqué…). Elles se caractérisent par un manque de réactivité, un manque de compétence et un manque de personnel. Par ailleurs, leurs contrôles sont totalement opaques », s'emporte Christophe Fernandez.

Un autre acteur est susceptible de contrôler le secteur puisqu'il le finance au titre des conventions à trois signées avec les établissements et les DDASS : les conseils généraux. Mais, malheureusement, ils privilégient trop souvent, pour ne pas dire systématiquement, l'intérêt économique. En effet, la maison de retraite joue un rôle d'utilité publique sur le plan local, elle pérennise les emplois et favorise leurs créations. « La maison de retraite participe à la vie économique locale et rend service à tous… sauf, parfois, aux personnes âgées », commente Fernandez.

Une autre question nous a préoccupés tout au long de notre enquête : s'il n'existe pas de volonté politique de contrôler les établissements par manque de moyen alloué aux DDASS, qui peut jouer ce rôle de rempart contre la maltraitance ? L'AFBAH, une association d'intérêt public, qui a mis en place un numéro unique, le 3977, destiné à recueillir les signalements et à lutter contre le fléau ? Une partie des appels est ensuite dirigée vers l'association Allô Maltraitance.

Nous avons testé cette organisation…

14

NOUS AVONS TESTÉ ALLÔ MALTRAITANCE

Au mois d'août dernier, Odile, la tutrice [1] et belle-sœur d'une dame âgée de plus de 80 ans, atteinte de la maladie d'Alzheimer, nous contacte. Nous appellerons la victime Geneviève. Elle a déjà fait deux chutes dans l'établissement Les Jardins de Médicis, la deuxième ayant donné lieu à la transmission à la direction d'un rapport d'événement indésirable rempli par la tutrice.

Par la suite, nous entrons en contact avec une aide-soignante stagiaire qui a travaillé dans l'établissement concerné. Celle-ci raconte que lors de la précédente chute, la vieille dame est restée un quart d'heure au sol, dénudée, avant que du personnel s'occupe d'elle.

Quelques mois plus tôt, nous avons réalisé un article sur cet établissement et nous sommes restés en contact avec la tutrice. Cette fois, la pauvre dame est très atteinte. Elle est admise à l'hôpital de Senlis, avec plusieurs hématomes à la tête.

1. Par crainte des représailles, cette dame a souhaité conserver l'anonymat. Nous l'appellerons donc Odile et sa belle-sœur, Geneviève.

Odile nous demande si nous acceptons de l'accompagner dans l'établissement en dissimulant notre qualité de journaliste, afin de constater les choses. Pour comprendre le désarroi vécu par les familles face à cette maltraitance ordinaire, nous acceptons de venir sous « couverture » : celle d'un petit-neveu vivant en province.

Je me présente un soir d'été à la porte de l'établissement situé dans le petit village. Il y a une grille, puis une cour. Une dame est en train de se diriger à grands pas vers moi, elle est rattrapée par une aide-soignante qui la ramène vers l'établissement. L'intérieur ne ressemble pas à un mouroir, l'environnement est plutôt joli, la décoration soignée, ça ne sent pas l'hôpital. Odile et sa fille m'accueillent et m'emmènent vers la chambre de ma « tante ». Là, la scène est choquante : Geneviève est dans son fauteuil, la tête rejetée en arrière, elle tremble, répète des bribes de mots incompréhensibles, dit qu'elle a mal. Mais, surtout, elle présente un immense hématome noir au front, deux semaines après sa chute. La famille est catastrophée. Elle me montre des petites bouteilles d'eau qui s'accumulent sur la table de nuit, les bouchons vissés. Odile m'explique qu'on retrouve parfois sa belle-sœur avec des vêtements appartenant à d'autres personnes. Elle se trouve face à un dilemne. Ayant introduit un journaliste, elle est partagée entre l'envie de dénoncer et la peur des conséquences terribles pour leur protégée : « Si nous décidons de l'enlever d'ici, où allons-nous la placer, allons-nous trouver une autre place ? Si nous accusons la direction de laxisme, ne vont-ils pas la renvoyer ? Si la famille apprend cela, ne va-t-elle pas dire que nous avons laissé faire ? » La situation est tendue. Nous nous rendons ensuite dans le bureau de l'infirmière. C'est une remplaçante. Lunettes cerclées de fer et cheveux poivre et sel tirés en arrière, un peu comme une religieuse. Elle fait des gestes très lents. Une dame visiblement atteinte de la maladie d'Alzheimer est assise dans la pièce. Elle chante quelque chose qui ressemble à des cantiques. Tout d'un coup, elle me fait coucou avec un grand sourire. J'ai l'image d'un enfant. D'ailleurs, l'infirmière la gronde gentiment, comme une petite fille. La professionnelle ne peut expliquer la survenue des événements. Odile se tourne vers moi, navrée : « Tu vois sur ce mur, cette photo, c'est le monsieur qui s'est suicidé, dont je t'ai parlé. » L'infirmière remplaçante semble découvrir l'information. Dans le couloir, Odile me présente une pensionnaire qui m'explique que les soins ne sont pas à la hauteur, qu'il est très difficile de voir les docteurs. Nous demandons un rendez-vous à la nouvelle directrice, qu'elle nous accorde immédiatement. Au cours de mon enquête portant sur dix mois, c'est la troisième directrice en poste, c'est dire le *turnover* de l'établissement. Elle nous donne alors l'explication que la famille attend depuis plusieurs jours : « Deux aides-soignantes sont requises pour faire la toilette de votre grand-tante étant donné sa rigidité. Une aide-soignante a pris la décision de l'effectuer seule. Pendant qu'elle habillait les jambes, et alors qu'elle avait baissé les barrières de protection du lit, sa tête est partie heurter le bord de la table de nuit, puis elle est tombée et a heurté le sol. » Dans mon rôle de neveu, je suis indigné, voire agressif, et commence à mettre en cause le sous-effectif de l'établissement, évoquant l'inquiétude que cela crée pour la famille. Je suis authentique. La directrice reste calme. Elle a un discours aux accents politiques, très posé, distancié. Mais elle ne me rassure qu'à moitié. J'ai le sentiment, peut-être à tort, qu'elle banalise l'événement.

Voulant en savoir plus sur cet accident, j'ai retrouvé l'un des témoins. C'était une stagiaire présente lors d'une chute de Geneviève. Ce qu'elle raconte est édifiant. « Deux incidents m'ont particulièrement choquée. Je me trouvais dans la salle à manger des résidents très dépendants. Ils étaient une dizaine et deux aides-soignantes devaient les aider à manger. Un monsieur demandait une surveillance particulière car il faisait souvent des fausses routes. Les aides-soignantes laissaient les résidents se débrouiller seuls, elles passaient leur temps à envoyer des textos, et ma présence ne les gênait pas. Certains redescendaient sans presque rien manger. Le second eut lieu le soir, au moment de coucher les résidents très dépendants. L'aide-soignante me demande de garder une résidente dans sa chambre pour éviter qu'elle se sauve pendant qu'elle va en coucher une autre. Je l'entends chercher de l'aide auprès de ses collègues, puis elle revient vers moi me disant qu'il faut que je l'aide. "Couche rapidement la dame", me demande-t-elle, et, sans rien préciser, se dirige vers la chambre de Geneviève. Là, c'est le choc : je vois, en entrant dans la chambre, la dame étendue au sol, derrière la porte, nue, la protection à moitié retirée. Nous la relevons pour la remettre au fauteuil. À ce moment, des selles se répandent sur celui-ci. L'aide-soignante ne fait pas de toilette et nettoie avec des lingettes, sans rien dire à la dame, ni lui donner à boire. Elle la met au lit. Je précise qu'il s'est passé vingt bonnes minutes avant que l'aide-soignante vienne me demander de l'aide. Je n'ai pas compris pourquoi elle avait attendu si longtemps pour venir me chercher, elle m'a juste dit que la dame était tombée. Lorsque la soignante qui était aussi référente bientraitance a repris son service, je l'ai informée. Elle m'a alors expliqué que cela était grave et pourquoi il fallait le signaler. J'étais mal à l'aise, mais j'ai quand même accepté de la suivre dans le bureau de la direction pour relater les faits. La direction m'a demandé de mettre cela par écrit. J'ai accepté, et j'en ai profité pour parler aussi des textos. Je n'ai jamais su la suite. »

Puis nous montons au dernier étage, c'est une sorte de petit réfectoire sous les combles. Au rez-de-chaussée, l'autre réfectoire est, lui, coloré, décoré. C'est là où mangent les valides. « C'est classique, c'est la vitrine de l'établissement. En haut, on met les grabataires, c'est moins beau à voir mais aussi plus difficile à évacuer en cas d'incendie », me précisera par la suite Sophie Lapart. J'assiste au dîner. Odile aide sa belle-sœur à manger tandis que deux agents servent le repas aux autres résidents. Mais, naturellement, elle va se déplacer au cours du repas pour aller aider d'autres personnes, dire un mot de réconfort, caresser une joue, prendre une main : « Bah oui, ils vous attrapent, ils vous tiennent la main, ils veulent de l'affection, vous comprenez, c'est normal », soupire-t-elle avec un regard triste. De son côté, le personnel s'active, court, amène les plats, se dispute parfois, mais ne parle pas aux résidents.

Plus tard, pendant l'écriture de ce livre, j'ai souvent repensé à Geneviève. Elle était ma motivation. J'avais pris un cliché de son visage tuméfié. Je l'ai montré à plusieurs proches car je me demandais si je n'étais pas trop impliqué dans le sujet. Tous ont eu les mêmes réactions : le choc et la révolte.

La famille de Geneviève était désemparée. De son côté, le responsable associatif Christophe Fernandez conseille aux familles de porter systématiquement plainte en cas de suspicion de maltraitance et de faire constater les stigmates par un médecin indépendant, même lorsqu'il ne s'agit pas de coups ou de déshydratation. Dans le cas où la personne âgée est commotionnée, il est nécessaire que le médecin prescrive une ITT (interruption temporaire travail) même si la personne est inactive, cet indicateur servira, en cas de poursuites pénales, à indiquer le degré de gravité des conséquences de cette maltraitance. Il ne faut pas hésiter à le faire immédiatement, dans le but de réunir un maximum de preuves. La difficulté réside dans le fait que la maltraitance institutionnelle est rarement sanctionnée. Le fait de remettre une vieille dame dans son lit après qu'elle a fait une chute occasionnant des fractures, de soumettre des résidents à des risques d'électrocution avec des sonnettes aux fils dénudés, ou de ne pas administrer leur traitement médical, peut être qualifié pénalement : non-assistance à personne âgée en danger, absence de soins, délaissement. En revanche, laisser mariner une personne dans ses excréments ou ne pas lui faire prendre de douche, ne peut entraîner de qualifications pénales.

Allô Maltraitance ?

À la suite de ce reportage particulier, j'ai décidé de tester l'association Allô Maltraitance, qui traite une grande partie des appels du 39 77. J'ai donc pris contact avec l'association, toujours sous ma « couverture » de neveu de Geneviève. Un bon point : je suis immédiatement mis en relation avec quelqu'un. Là, une dame très cordiale m'invite à raconter mon histoire. Elle m'écoute, me pose des questions. Elle me demande aussi d'énumérer les démarches que j'ai entreprises. J'explique que j'ai pris contact avec la DDASS, discuté avec la direction de l'établissement, mais je partage mon désarroi : « Rien ne bouge, vous comprenez, je suis inquiet, c'est la troisième fois que cela arrive, que fait la DDASS ? » Je parle de mon projet de porter plainte pour négligences. L'écoutante de l'ALMA ne m'en dissuade pas ouvertement, mais me présente cette démarche comme très aléatoire. Je lui demande alors ce que nous pouvons faire. Elle me répond qu'elle va « se réunir avec les autres écoutants ». Je raccroche perplexe. Quelques jours après, je suis recontacté par la même écoutante. Elle me demande un complément d'informations. Je lui raconte à nouveau les faits en désignant la structure comme potentiellement maltraitante. Par la suite, je reçois trois coups de fils d'écoutants différents à qui je vais réexpliquer mon histoire. Je demande à l'un d'entre eux de me laisser au moins son nom et un numéro. J'essuie un refus : « C'est pour la sécurité des écoutants qui, par ailleurs, travaillent dans d'autres endroits. » Sans que cela soit clair, il semblerait que l'ALMA ait transféré mon dossier à une association locale de Seine-Maritime qui gère les affaires du département de l'Oise. Je propose alors à l'écoutante de prendre contact avec une aide-soignante de la structure qui est d'accord pour témoigner, et lui donne son numéro de portable. Un mois après, et alors que je terminais l'écriture de ce livre, elle n'avait toujours pas été appelée.

Des familles nous avaient fait part de leur sentiment à propos de l'ALMA : « Ce sont des psychologues qui offrent un certain réconfort alors que nous sommes dans l'action. C'est presque une façon de nous permettre, par la verbalisation, d'évacuer notre révolte. » Et ainsi devenir moins combatifs ? Pour en savoir plus, nous nous sommes entretenus avec le professeur Robert Moulias, président de l'ALMA. Nous lui avons soumis les résultats de notre test. Il a reconnu que l'association fonctionnait si mal dans l'Oise que la direction de l'ALMA avait décidé de fermer cette antenne. « Le département 60 était alors géré par l'antenne basée en Seine-Maritime, à Rouen. Mais compte tenu de la spécificité de notre action, consistant à avoir un réseau assurant un maillage de terrain, il faut être présent sur place, dans le département, pour pouvoir répondre efficacement. » Robert Moulias souhaite un renforcement de la protection des témoins : « Cette omerta régnant autour du sujet est due, en particulier, à la menace de sanctions allant jusqu'au licenciement pesant sur la tête des employés. Les personnes dépendantes âgées ne se plaignent pas par crainte des représailles, et les familles ont peur de perdre leur place. Quant aux directeurs, ils craignent évidemment pour l'image de leur établissement. » Selon lui, une autre raison de l'omerta réside dans le poids économique de certains établissements, notamment en province. Ils sont d'importants pourvoyeurs d'emplois.

Mais comment fonctionne l'ALMA ? En cas de maltraitance active par un pervers, un signalement est immédiatement envoyé au procureur : « Le problème réside ensuite dans les délais de justice. Que fait-on si la maltraitance dure ainsi encore douze, quinze mois ? Il faut agir avant. » De l'aveu de Robert Moulais, ces problématiques sont complexes, surtout quand on aborde la maltraitance des familles, la maltraitance financière ou la maltraitance d'un établissement entier qui va se retourner contre le témoin gênant. L'aide-soignante qui dénonce va devenir dérangeante et sera à son tour maltraitée, harcelée, soit par les agents maltraitants démasqués, soit par la direction qui ne veut pas de vagues.

Avec sa vingtaine de salariés, ses soixante centres, son millier de bénévoles, la fédération ALMA couvre 80 départements sur les cent, Outremer compris. Les écoutants et référents viennent d'horizons variés : pour la plupart d'anciens professionnels du droit ou du secteur médico-social et des psychologues. Lorsqu'un appel est reçu, deux écoutants le prennent en charge : l'un prend des notes, l'autre fait parler avec empathie pour comprendre, recueillir d'autres témoignages et pour croiser les données. Ensuite, une réunion du noyau local de l'ALMA analyse la situation : « On va conseiller la personne, lui dicter le courrier à faire à l'agence régionale de santé, au conseil général ou au procureur. Si la personne ne peut pas agir, nous intervenons directement. Il faut parfois se méfier du fait que la solution ne soit pas pire que la situation. Parfois les solutions sont simples, parfois elles sont d'une grande complexité, prévient le professeur Moulias. Par la suite, on observe si les conseils proposés sont suivis, on reprend des nouvelles. On vérifie si la situation de maltraitance a cessé. »

L'aide-soignante dont nous avions donné les coordonnées n'a jamais été appelée et l'ALMA n'a jamais repris contact avec nous. Robert Moulias ne veut pas citer d'exemple précis. C'est une règle à l'ALMA : pas de nom, anonymat total : « la victime peut avoir honte, le témoin est à protéger, l'auteur n'est pas toujours mal intentionné. » L'anonymat est tellement total qu'il est difficile de savoir si cette association parvient réellement à mettre hors d'état de nuire des structures maltraitantes.

Dans l'affaire « Les Colombes », à Bayonne, un cadre de l'ALMA nous explique que dix mois avant le branle-bas de combat de la justice, l'ALMA avait fait un signalement à la préfecture. Pourtant, ce ne sont pas les préfectures qui sont susceptibles de traiter ce type d'affaires graves mais les parquets, les agences régionales de santé et les conseils généraux dans une moindre mesure. Et dans l'affaire des Colombes, c'est une infirmière qui a donné l'alerte…

Le professeur Moulias reconnaît qu'il existe en France un problème majeur de maltraitance, situation que l'on retrouve un peu plus dans le secteur privé lucratif : « L'établissement type est celui dirigé par un directeur purement gestionnaire, sans médecin coordonnateur, sans culture gériatrique particulière. Il fonctionne en sous-effectif mais encore plus en sous-compétence. Le problème principal est d'abord celui de l'encadrement. » Mais les structures sans médecin coordonnateur, sont les petites structures de moins de 25 résidents. Cette assertion du responsable de l'ALMA revient-elle uniquement à mettre en cause ces petites unités de vie sans convention tripartite ? Or, on le voit dans cette enquête : les structures des grands groupes sont largement dysfonctionnantes.

Quelle est l'ampleur du phénomène ? « Je pense que plus il y aura d'appels, moins il y aura de maltraitance, la loi du silence est le terreau de cette maltraitance. Pour cerner le phénomène, il ne faut pas simplement s'en tenir à nos chiffres car certains appels vont directement vers les ARS et les conseils généraux », explique Robert Moulias, qui va alors nous faire une révélation : certains conseils généraux exercent des pressions, y compris des menaces voilées sur des médecins qui dénonçaient des cas de maltraitance. Leur mot d'ordre général est : « On veut être informés mais pas de vague. » Une façon de tuer dans l'œuf toute velléité de dénonciation.

Il nous explique aussi que dans certaines communes, le maire fait, pour des raisons électorales, pression sur le directeur de l'établissement public pour qu'il embauche les chômeurs de la commune, dont certains sont incapables de travailler dans ce domaine faute de compétence. « Le secteur des personnes âgées devient le dépotoir », commente Robert Moulias. De l'avis de ce spécialiste, cette logique sévit parfois encore dans certains hôpitaux de longue durée. Dans les services « actifs », comme ceux de chirurgie, lorsqu'un agent titulaire est incapable de s'occuper des malades, on l'envoie vers les soins de longue durée dans lesquels les malades âgées ne pourront pas se plaindre (Alzheimer à stade avancé, grabataires). Ainsi, on en est arrivés à avoir des concentrations de tous ceux sont incapables de donner des soins. Ce fut le cas d'un hôpital parisien. De la même façon, certains ont tendance à déplacer les auteurs de maltraitance dans d'autres services. C'est catastrophique, cela signifie « Allez maltraiter ailleurs. »

Au terme de cet entretien, il tient à nous parler d'une maltraitance que l'on oublie souvent : celle de l'ennui. « On peut s'occuper du malade à la perfection : le soigner, le masser, etc. Mais une fois que ces soins sont terminés, parfois, il n'y a plus rien... »

« Une question demeure, assure Christophe Fernandez : quelles sont les affaires de maltraitance auxquelles l'ALMA a mis fin ? » Ce dernier a la dent dure contre l'organisation qu'il accuse d'être inactive et d'entretenir des liens troubles avec les responsables du secteur. Pour prouver ses dires, il nous soumet une brochure du groupe Medidep, datée du 15 avril 2003. Voici ce que l'on y apprend : « L'établissement est engagé dans la lutte contre la maltraitance. Nous avons engagé un partenariat avec l'association Allô Maltraitance des personnes âgées (ALMA) pour assurer les formations et les sensibilisations sur ce thème. Cette association est partenaire du ministère de la Santé. »

Troublés par ce partenariat entre une association agréée par l'État et un grand groupe du secteur, qui possédait pour partie la résidence maltraitante de Château-Lamothe, nous en avons parlé au professeur Moulias. Ce partenariat était-il financier ? L'ALMA a-t-elle perçu une rémunération du groupe ? Nous précisons à nos lecteurs qu'il n'était pas le responsable de l'association à l'époque, il s'agissait du professeur Hugonot, qui est décédé. « ALMA ou ses membres n'a pas à participer aux conseils d'administration, conseils de la vie sociale des établissements ou autres structures des établissements qu'ils soient lucratifs, associatifs ou publics », nous a assuré le professeur Moulias. « Par contre l'ALMA n'a pas à refuser une demande de formation ou de sensibilisation auprès des personnels d'établissements isolés ou membres de chaînes, ni à assurer gracieusement ces formations qui ont un coût pour elle. Nous sommes tout à fait conscients du risque de servir de façade ou d'alibi et nous prenons garde à l'éviter. Certaines firmes ont déjà utilisé frauduleusement notre nom, par exemple, celles qui prétendent aider à trouver une maison de retraite », ajoute-t-il.

Preuve que la profession est toujours en quête de son image de respectabilité…

15

FAMILLES, ENTRE DÉNI ET RÉVOLTE

Personne ne veut parler de l'entrée en maison de retraite, c'est un tabou. Voici la situation type : la personne âgée vit dans son domicile. Un jour, elle tombe, se fracture la hanche, et elle est hospitalisée. Là, l'hôpital s'oppose au retour à domicile. C'est alors le branle-bas de combat. Les enfants trouvent en urgence et parfois sous 24 heures, sans jamais s'être renseignés sur la question, un établissement qui accueille leur parent.

D'un coup et sans explication, on impose à la personne âgée un retour à la vie en collectivité. C'est la déchirure pour tout le monde.

« La personne âgée se retrouve comme "punie et en pension", c'est très violent pour elle et très culpabilisant pour les enfants qui vont alors compenser la situation en étant soit extrêmement exigeants avec l'établissement, soit extrêmement fuyants. On demande alors à l'établissement de faire le travail psychologique *a posteriori* mais, en fait, chacun devrait prendre sa part de responsabilité », s'emporte Florence Arnaiz-Maumé.

D'après elle, le rejet de la maison de retraite, ce n'est pas forcément et seulement celui de la peur du mouroir mais plutôt celui de la perte de ses facultés et de la mort. Il est rare que l'on quitte la maison de retraite vivant… La spécialiste préconise une idée sensée : développer l'information aux familles. Mais surtout, inciter l'enfant (de 55 ans !) dont c'est la responsabilité, d'en parler très en amont à son parent (de 75 ans) qui perd progressivement son autonomie : il faut savoir anticiper et prévenir un minimum les drames de la vie. « Je suis toujours frappé de voir des personnes de 70 ans comme mon père avoir déjà réglé, entre deux voyages, sa succession, son incinération future, sa carte de don d'organes… mais ne pas accepter de mettre ses appareils auditifs pour lutter jour après jour contre la survenue des premiers signes de perte d'autonomie. Ou alors refuser de discuter de son éventuelle future dépendance… », explique Florence Arnaiz-Maumé.

Lorsque l'entrée commence mal, généralement, les choses se passent mal ensuite : « Tout cela se prépare, même si ce sont des sujets qui sont parfois impossibles à aborder avec ses parents, il est de la responsabilité des enfants de prendre ses sujets à bras-le-corps, bien avant d'y être directement confrontés », soutient la responsable.

Un avis corroboré par Sophie Lapart : « J'ai souvent remarqué que la cellule familiale explosait au moment du placement d'un parent. » Ce n'est pas seulement dû à des questions d'argent mais des désaccords naissent du choix du mode de placement, de l'endroit, de la façon d'en parler au parent, de la culpabilité qui naît et des circonstances dans lesquelles ces événements arrivent.

Christophe Fernandez est, lui, assez dur sur le comportement des familles, qu'il juge souvent indignes : « On les voit souvent combatives lorsqu'il y a maltraitance, puis elles se résignent, n'osent pas porter plainte. Elles craignent les représailles et, notamment, de perdre la place de la personne âgée dans l'établissement. D'ailleurs, le décès de la personne âgée est vécu comme un soulagement et elles se tournent ensuite vers l'avenir, vers la vie », commente-t-il, désabusé. Après dix ans d'expérience, il a observé la collusion qui existait entre certaines familles et les directions des établissements au travers des conseils de la vie sociale. Certains obtiendraient des ristournes sur l'hébergement. Il cite aussi le cas de cet homme accompagné d'autres familles qui fait pression sur la préfecture pour qu'elle rouvre un établissement fermé pour non-conformité, parce que les tarifs y sont compétitifs.

Nous lui présentons un article relatant le fait divers suivant : « Dans la nuit du samedi 13 au dimanche 14 novembre, Pierre Simon, âgé de 84 ans, résidant dans cet établissement médicalisé, a quitté sa chambre pour une promenade qui lui sera fatale. Son corps a été retrouvé dans les eaux du port nord, le lendemain. L'enquête, dont les derniers éléments ne sont pas connus de la famille, devrait déboucher sur un constat de noyade accidentelle. » Sur la photo, la fille de la victime pose avec la directrice de l'établissement et, dans le papier, elle lui réaffirme sa confiance. « C'est terrible, cette directrice est responsable de la mort de son père par défaut de surveillance et elle pose à côté en photo. C'est insupportable. Je me sens seul dans mon combat. On ne peut pas compter sur les familles », lance Christophe Fernandez. Le responsable reconnaît pourtant que certaines vont au bout des choses, comme Catherine Michelon, la fille d'une victime de Château-Lamothe…

16

L'ÉTAT ET LES POLITIQUES

Le sujet n'est-il pas assez vendeur ? Peu de politiques s'emparent de la question de la maltraitance des aînés. Nous avons contacté Jean-Luc Mélenchon sur son blog, puis sur le site de son parti, et lui avons fait part de notre enquête en lui proposant de réagir dans notre livre, de s'indigner. Silence radio. Le sujet n'est-il pas assez révoltant ?

De son côté, Henri Emmanuelli, député PS, est monté au créneau, d'une façon aussi discrète qu'efficace. Il a demandé aux collectivités territoriales des communes des Landes de faire barrage au secteur privé dans le département. Son credo : maintenir le service public.

L'histoire démarre au milieu des années 90, en pleine décentralisation. Il fallait répondre à un souci : le niveau assez bas des retraites dans ce département à l'activité agricole. « Nous avons réalisé un montage avec les collectivités locales qui fournissaient gratuitement les terrains, explique l'un des artisans de ce système original, Francis Lacoste, directeur de la solidarité au conseil général. Il fallait maîtriser le foncier. Pour minimiser les coûts de l'habitat, nous avions sollicité les organismes HLM. De son côté le conseil général avait financé les projets par le biais de subventions.

En fait, à chaque étape, nous gagnions deux euros sur le prix de la journée, ce qui représentait de 6 à 8 euros par jour. » Évidemment, le secteur privé ne l'entendait pas de cette oreille. Entré en voie de contentieux, il a perdu toutes ses actions. « Nous avions fait attention à bien monter nos dossiers », explique Francis Lacoste. Reposant à la fois sur le secteur public et le secteur associatif non lucratif, le système fonctionne ainsi depuis des années, avec la totalité des établissements habilités à recevoir l'aide sociale. Ce système se situe à l'opposé de l'obsession du profit affiché dans les grands groupes : « Sur un prix de journée, s'il faut payer les actionnaires, cela fait facilement 2 à 3 euros de plus », commente Francis Lacoste. Pour savoir si ce système pragmatique, reposant sur la prise en compte de l'usager était sans failles, nous avons recontacté notre « expert » Christophe Fernandez. Il connaît très bien les Landes. « Nous n'avons jamais reçu de plainte de familles concernant ces structures », affirme-t-il avec conviction. Cette « exception départementale » ne mériterait-elle pas d'être exportée ailleurs ?

Nora Berra, qui n'a pas souhaité répondre à nos questions malgré nos multiples relances, avait fermement avancé un audacieux projet, en décembre 2009 : fermer deux cents maisons de retraite. « Plus de 200 établissements continuent de fonctionner en toute irrégularité. Cela signifie que nos aînés sont en risque dans ces établissements-là. » Forte de cet audacieux projet, elle avait demandé à ses services des enquêtes, début octobre, après la découverte de cas de maltraitance présumés dans la maison de retraite Les Colombes, à Bayonne. « Je demande qu'une mise en demeure très ferme leur soit adressée sans délai pour se mettre en conformité, en faisant intervenir en leur sein des services de soins infirmiers ou en signant une convention avec les pouvoirs publics, comme la loi l'exige », a-t-elle poursuivi. À défaut, « ces établissements s'exposeront à une fermeture administrative à compter du 31 mars 2010 », a-t-elle ajouté.

Nora Berra, visiblement, n'a pas été inquiète par l'absence totale de crédibilité de son effet d'annonce. Un « pétard mouillé » en quelque sorte, puisque la fameuse liste noire n'a jamais été publiée. Lors de son enquête sur la maison de retraite Les Colombes, la police a observé des cas « manifestes de maltraitance à personnes âgées, de défaut d'hygiène et même de cas de violences physiques ». Les enquêteurs dénoncent un fonctionnement caractérisé par des coups, des médicaments périmés, une sous-alimentation, des problèmes sanitaires, un manque de personnel, une vétusté des locaux…

Le 19 octobre 2009, en guise de défense, la directrice confiait au magazine *Paris Match* : « Je n'aime pas quand mes employés travaillent mal. Je n'apprécie pas le gaspillage non plus. C'est vrai, je suis sévère à l'encontre de mon personnel et peut-être trop maternelle avec mes mamies. » L'affaire étant en cours, nous rappelons que la directrice bénéficie de la présamption d'innocence.

Nora Berra, convaincue qu'une fois de plus la DDASS avait laissé faire, indique le 3 décembre 2003 : « Il y a un faisceau de présomptions de négligence de la part de la DDASS et des services du conseil général » car « le cas de cet établissement était connu ». Nora Berra désigne une visite approfondie des services d'inspection qui devait avoir lieu en janvier 2009 et qui n'a pas été effectuée. Alors qu'ils sont accusés d'avoir laissé perdurer une grave situation de maltraitance, les employés de la DDASS sortent de leur léthargie pour dénoncer la maltraitance dont est victime leur directrice. Ils manifestent alors leur « indignation et incompréhension » : « La convocation de notre directrice par voie de presse est choquante, estime le personnel. Le ton et les arguments de cette mise en cause publique sont inacceptables. » Ils réussiront à faire plier Nora Berra, qui évoque, dans un communiqué daté du 16 décembre, une rencontre approfondie avec le cadre de la DDASS ayant « permis de mettre en évidence les difficultés objectives et structurelles auxquelles cette chef de service a été confrontée dans l'exercice de ses fonctions. Il a été mis en évidence les limites actuelles du système d'inspection-contrôle qui devra, par conséquent, évoluer. » Le communiqué ajoute que Nora Berra « témoigne toute sa confiance en l'action de la direction de la DDASS ». Christophe Fernandez ne cache pas son écœurement : « S'il fallait une preuve du faible poids du politique et du silence coupable de la DDASS, dont les employés n'oublient pas d'être actifs pour sauver leur peau, c'est celle-ci. »

Avant que Nora Berra parte vers le ministère de Xavier Bertrand, nous avons harcelé ses services pour pouvoir l'interviewer. En vain. Après son départ, son service de presse nous a dirigés vers celui de Roselyne Bachelot qui héritait du « bébé ». Nous l'avons contacté pour lui poser une question : quels sont ses axes de décisions concernant le phénomène de la maltraitance ? Une conseillère presse du ministère nous rappelle. Elle nous donne son portable, nous explique qu'elle était journaliste à TF1 et nous dispense, au passage, une petite leçon de journalisme : elle nous recommande à plusieurs reprises de ne pas généraliser le sujet de la maltraitance – qu'elle ne connaît visiblement pas – à partir de quelques exemples. Merci du conseil ! Puis elle nous propose, comme une véritable faveur, de nous entretenir en *off* avec le conseiller spécial aux affaires sociales de Mme Bachelot. Rendez-vous est fixé mais le temps est compté, nous disposons de quelques minutes au téléphone. Ce dernier, charmant, nous décrit en détail le grand chantier de la consultation, à l'issue duquel une réforme sera sans doute engagée. Le lendemain matin, dans *Les 4 Vérités*, séquence de *Télé Matin*, la ministre annonçait en *on* les confidences de la veille... Mais sur la lutte contre la maltraitance, aucune question n'a été posée.

Ce récit peut paraître anecdotique mais il en dit long sur le sujet de la lutte contre la maltraitance au sein du gouvernement : expédié voire ignoré.

Mais au moment où le livre partait à l'imprimerie, une autre conseillère presse nous a recontacté pour nous donner des indications sur les fermetures d'établissement : « À la mi-juillet 2010, sur 273 établissements non conformes, s'affranchissant des obligations inhérentes à l'accueil des personnes âgées dépendantes, donc vulnérables, qui implique une organisation des soins reposant sur du personnel qualifié, recensés par les ARS et les délégations territoriales à la mi-juillet 2010 : 7 établissements avaient été fermés, 90 établissements étaient désormais en conformité avec la réglementation et avaient soit passé convention avec un SSIAD, soit recruté du personnel infirmier, soit signé une convention tripartite, soit enfin orienté leurs résidents les plus dépendants vers un établissement adapté à leur prise en charge (EHPAD), 23 établissements étaient en voie de régularisation définitive et avaient engagé les démarches susmentionnées, 153 établissements faisaient et devaient faire l'objet d'une surveillance administrative et d'un suivi au cas par cas, dans l'attente de leur mise en conformité. »

À la mi-janvier 2011, 280 établissements sont encore concernés par des mesures de mise en conformité. Ils sont répartis dans 47 départements...

Par ailleurs, le ministère a communiqué les statistiques des taux d'encadrement des personnes âgées selon le type d'établissement : on constate que pour 100 personnes âgées dépendantes, il y a 10 agents de plus dans le public par rapport au privé à but lucratif. C'est donc bien la preuve irréfutable que le secteur privé met moins de personnel à disposition des résidents.

« De toute façon, quand vous êtes secrétaire d'État aux personnes âgées, vous n'avez que le poids d'un secrétaire d'État et quand vous allez demander des financements à Bercy, on vous explique qu'il n'y a pas de sous. Les difficultés que nous rencontrons dans le secteur ne sont réglables qu'au niveau du premier ministre et du président de la République ! Tant qu'il n'y a pas une vraie décision au sommet de l'État de faire bouger les choses, rien ne bougera », analyse avec lucidité Pascal Champvert [1].

Olivier Besancenot, lui, s'engage avec un slogan évocateur : « Nos mamies valent plus que leurs profits. » Le 21 février 2007, avec une vingtaine de sympathisants LCR, il mène une action largement médiatisée dans les locaux de la société Orpea. Situé à la Défense, à côté de Paris, le siège social a été investi par les militants qui y ont collé les fameuses affiches. Le facteur se déclare en faveur d'un « service public du quatrième âge », idée que le candidat trotskiste avait développée le 12 février dans l'émission *J'ai une question à vous poser,* sur TF1. Il y avait dénoncé ces entreprises qui « font des bénéfices monstres sur le dos de nos retraités » et prôné l'abandon du projet de deuxième porte-avions pour améliorer la prise en charge des personnes âgées.

Il n'avait pas ciblé Orpea par hasard : en 2005, cette société cotée en Bourse, qui accueille près de 10 000 personnes au sein de ses 137 maisons de retraite et 37 cliniques, a presque

1. Entretien avec l'auteur.

doublé son bénéfice net par rapport à 2004 à 38 millions d'euros.

Dans cette affaire de maltraitance, l'État est le grand fautif. Il est certes légitime de s'attaquer au secteur privé, surtout si l'on met en relation le sort misérable subi par des personnes âgées délaissées et rackettées avec les bénéfices indécents qu'en retire le secteur. Mais le vrai responsable reste l'État : il n'a pas investi, il n'a pas régulé, s'est désengagé et a fait croire qu'il luttait contre la maltraitance avec des effets d'annonce et des secrétaires d'État qui, on le constate à leurs tristes bilans, ne font que de la figuration.

Pour Florence Arnaiz-Maumé, il est indéniable que l'État (qu'il soit à droite ou à gauche) a fait de gros efforts ces 10 dernières années pour améliorer l'accompagnement, la médicalisation, sur le plan réglementaire mais aussi sur celui du financement : « Ce n'est évidemment jamais assez eu égard à l'ampleur des besoins », constate-t-elle. Par ailleurs, c'est aussi un secteur clairement « à risque » où le principe de l'ouverture de parapluie est parfois trop rapide.

En 1999, nous vivons en France la plus grosse tempête de tous les temps. Quelques morts plus tard, dont 3 en maisons de retraite, le ministère de l'Intérieur qui, par définition, ne connaît rien au secteur des maisons de retraite, impose à tous les établissements, sans distinction des risques géographiques, de s'équiper d'un groupe électrogène, pour pouvoir survivre 3 jours sans trop de danger. Coût global de la mesure : 300 millions d'euros... financements d'État introuvables. « C'est à la personne âgée, par le biais du tarif hébergement, d'éponger cette somme. Je pense sincèrement que ces 300 millions auraient pu servir à des choses beaucoup plus urgentes et quotidiennes. Autant l'obligation généralisée de la climatisation suite à la canicule était une excellente mesure, autant l'obligation de mettre un groupe électrogène, même en plein Paris ou dans des zones géographiques à faible risque, était une mauvaise mesure dans le contexte financier actuel », soupire la responsable patronale qui constate que le décideur politique prend trop souvent des mesures à l'emporte-pièce afin de se couvrir.

17

MÉDIAS

Quand une famille se retrouve confrontée à la maltraitance d'un proche, que la direction de l'établissement cautionne, que la DDASS couvre, et que la justice classe la plainte, il ne reste parfois à la famille que la presse. Les journalistes peuvent être un formidable levier pour exhumer un dossier qui prend la poussière sur le bureau d'un substitut du procureur. En mettant pleins phares sur une affaire de maltraitance, les autorités, prises dans le halo, sont obligées de se positionner. À défaut, elles démontrent leur immobilisme et leur silence coupable. La presse a donc un rôle à jouer. Cette exigence d'investigation n'est pas seulement un combat pour la reconnaissance du rôle de notre profession, c'est aussi celui de l'émanation de la vérité au profit des citoyens, des plus faibles.

Voici comment les choses se passent.

En enquêtant sur l'affaire Zemgor, en septembre dernier, nous avons contacté, compte tenu de la gravité des faits, plusieurs journaux en leur proposant de publier rapidement le fruit de notre investigation. La règle veut que l'on privilégie ses bonnes infos pour l'ouvrage en cours de rédaction, mais après discussion avec Christophe Fernandez, nous avons décidé de tenter de monter au créneau pour appuyer son action en médiatisant sa plainte.

Le site d'informations *Mediapart* a été créé par Edwy Plenel, un journaliste qui a toujours mis en avant l'importance de l'investigation dans la pratique journalistique et qui affiche dans les nombreux débats des positions éthiques claires. Nous pensons que ce combat pour la dignité des personnes en fin de vie devrait intéresser son site. Une rédactrice en chef adjointe nous a répondu par le message suivant : « J'ai bien reçu votre courrier et vous en remercie. Nous ne publions ce genre d'enquête qu'une fois la plainte déposée, sachant d'expérience que beaucoup d'intentions de dépôt de plainte ne vont pas au-delà. N'hésitez pas à me recontacter dès que cette échéance sera effective. Je vous informe seulement que je ne serai pas à Paris la semaine prochaine et si urgence il y avait, vous pouvez contacter le directeur éditorial. »

Dans un mail du 17 septembre, nous lui avons donc indiqué que c'était chose faite depuis le 15 septembre : « La plainte est déposée auprès du parquet par l'avocate d'une association de défense des personnes âgées. J'ai en ma possession une lettre du médecin gériatre de douze pages qui raconte les manquements aux obligations de soins et la maltraitance par négligence, accusations corroborées par le médecin coordonnateur, qui se met à la disposition de la justice pour témoigner. » En effet, nous étions en relation avec l'AFPAP qui nous indiquait avoir entrepris cette démarche de plainte par l'intermédiaire de l'avocate bordelaise Christine Maze. Mais, contre toute attente, *Mediapart* n'a pas souhaité publier l'affaire. Nous avons questionné le directeur de la rédaction sur cette décision mais il n'a pas daigné nous répondre. À sa façon, le site était aussi en train d'enquêter sur une affaire liée à la vieillesse, affaire qui trouvait son point de départ sur l'état supposé de sénilité d'une personne âgée, Liliane Bettencourt, personnage clé de l'affaire Bettencourt-Banier-Woerth. Cette affaire privée qui, de façon collatérale, mettait en cause le ministre des Finances en jetant un regard cru sur d'étonnants effacements d'ardoises fiscales est certes grave. Mais les décès suspects de personnes âgées dans l'affaire Zemgor, la non-administration de médicaments et de traitements de nature à relever de la mise en danger de la vie d'autrui ne sont-ils pas encore plus graves ? Parallèlement, nous avions sollicité *France Soir*, dont le P-DG Alexandre Pougatchev, fils d'un oligarque russe, un banquier milliardaire, voulait relancer avec force les enquêtes. Nous avons donc envoyé une présentation de notre affaire aux rédacteurs en chef actualité et magazine. Ne donnant aucune nouvelle, l'un d'entre eux finira par nous annoncer au téléphone qu'il n'a pas vu notre mail ! En réalité, nous en avons envoyé trois. Attitude surréaliste pour un responsable d'un quotidien censé être en prise directe avec l'actualité, à la recherche de sujets d'enquêtes. « Il ne faut pas rêver. Notre quotidien perd des fortunes à chaque numéro, faute de lecteurs, et s'oriente de plus en plus vers de l'information trash », nous a expliqué un journaliste.

Pour que le sujet ne soit pas enterré, Christophe Fernandez et Thierry Pons, les responsables de l'AFPAP, écrivent rapidement un communiqué dénonçant la situation de Zemgor et informent l'Agence France Presse qu'une plainte a été déposée. L'AFP réagit aussitôt en diffusant une dépêche. Même les journaux qui avaient hésité à monter sur cette affaire vont alors se sentir « couvert » par cette information estampillée AFP, qui sera reprise sur tous les sites des quotidiens et des hebdos le 30 septembre, c'est-à-dire plus de deux semaines après le dépôt de la plainte et la communication d'éléments auprès de plusieurs journalistes. *Le Parisien*, dont un journaliste avait enquêté dès le départ, sortira le sujet sur deux pages.

Enfin, l'année dernière, alors que l'auteur de cet ouvrage travaillait pour *Bakchich Hebdo*, un site d'informations et d'enquêtes qui se voulait iconoclaste, nous avons insisté pendant de longs mois pour sortir une enquête sur la maltraitance des personnes âgées, avec une exploration des magouilles politico-financières qui peuvent l'accompagner. Mais nos argumentations répétées n'ont guère provoqué d'enthousiasme. Ce n'était pas une fin de non-recevoir, mais des sujets plus importants devaient être traités... Finalement, c'est *VSD* qui s'est emparé du sujet et nous y avons publié trois pages comprenant une interview de Nora Berra et le témoignage édifiant de Sophie Lapart. Elle sera invitée par Thierry Ardisson le 12 juin sur le plateau de *Salut Les Terriens*. Après la diffusion de l'émission, Nicolas Beau, le directeur de rédaction de *Bakchich Hebdo,* a regretté d'être passé à côté du sujet et a lancé aux journalistes : « Vous voyez donc les sujets qu'il faut traiter pour intéresser les télés. Il faut leur donner des croquettes. » Des croquettes... Étonnant comme métaphore. Mais, sans le savoir, il n'a peut-être pas tout à fait tort : les vieux sont souvent traités comme des chiens...

Considéré comme un « naufrage » par le général de Gaulle, le sujet « vieillesse » rebute, il fait peur et, même, dégoûte. Il culpabilise aussi. Chacun a dans son « placard » un vieux qu'il va peu voir, ou, en tout cas, pas assez. Parce que c'est loin, parce que c'est triste, parce que... Bref, pour des tas de bonnes raisons que l'on n'a pas forcément envie d'explorer. Ce sujet nous oblige à nous projeter dans nos angoisses de la dépendance et de la déchéance physique, psychologique et intellectuelle. C'est une dernière étape avant la mort, un autre sujet lui aussi très caché dans les sociétés occidentales. Mais qui nous concerne tous.

Pressions

« Si l'on me dit de lâcher les chiens après la sortie de votre livre, je le ferai », lance sans complexe un responsable du secteur. Que signifie cette menace voilée ? Notre interlocuteur se ravise : « Je veux dire que je ferai un communiqué de presse. »

« Sur tous les secteurs sur lesquels j'ai enquêté, c'est celui où j'ai subi le plus de pressions, où vous êtes menacés avant d'avoir écrit une ligne », raconte Lionel Maugain, journaliste à *60 millions de consommateurs*. Poursuivi en justice, il préfère tourner la page après avoir subi pressions, menaces et harcèlement judiciaire.

L'utilisation des caméras cachées

Au cours de cette enquête, nous avons été plusieurs fois invités à visiter des maisons de retraite. Nous avons souvent décliné l'invitation qui, à notre sens, nous place dans la même situation que les agents de la DDASS, qui annoncent leurs visites, ou que les élus. Tout est alors propre, le personnel est en nombre, les cadres polis. Nous sommes alors dans la communication et nous nous éloignons du journalisme. Dans cette configuration, a-t-on le droit, au sens déontologique, d'utiliser les caméras cachées ? Vieux serpent de mer qui agite plus les « victimes » de ces méthodes que notre profession, l'utilisation des caméras cachées est admise par la communauté journalistique dans la mesure où on lui interdit de pénétrer dans un lieu en raison de sa qualité, où que le fait d'invoquer sa fonction est susceptible de changer radicalement les comportements. Pour cette enquête, nous avons utilisé une caméra cachée dans certains endroits visités. La charte des devoirs du journaliste de 1918 nous recommande de ne pas surprendre la bonne foi de quiconque, ni d'invoquer un titre ou une qualité imaginaire, mais ne pas annoncer que nous sommes journalistes permet parfois de mieux percevoir la réalité, d'obtenir des discours naturels et sincères sur des questions sensibles.

À utiliser donc avec précaution et respect.

Les amis de la maison

Dans les journaux, lors du montage d'un dossier sur la maltraitance, il faut choisir les interlocuteurs que nous allons aller interviewer, « les personnes ressources » dans le jargon du métier. Ce sont des interlocuteurs connaissant le secteur : des institutionnels, des associations de défense, des auteurs de rapports, des universitaires. Des personnes « qui font autorité », comme on dit.

Or le réflexe systématique, relevant d'une certaine forme de paresse intellectuelle, de stratégie induite par le manque de temps ou de conformisme, consiste à aller interroger systématiquement les mêmes interlocuteurs. Ces « bons clients » comme disent les animateurs de débat, sont disponibles, c'est-à-dire toujours à moins d'une heure des plateaux et agréables avec les journalistes. Ils font souvent dans le politiquement correct mais sont capables de rendre vivant un débat en vulgarisant un thème prétendument compliqué en donnant de la réplique musclée à un contradicteur ou en interpellant bruyamment et violemment les pouvoirs publics (une recette qui marche). Ils ont donc leurs ronds de serviettes sur les plateaux. Ils fonctionnent avec des discours rodés, simples à comprendre pour le téléspectateur lambda ne connaissant rien au secteur dont ils parlent. On appuie sur certaines touches comme « financement de la dépendance », « maltraitance institutionnelle » et le discours, pas trop long, démarre comme un disque. Ces intervenants respectables sont souvent des membres actifs de lobbies et défendent leur corporation. Ils sont au centre d'intérêts convergents et ont plusieurs casquettes. C'est le cas de Pascal Champvert, président de l'ADPA qui représente à la fois les deux secteurs, privé et public, le maintien à domicile, et est directeur de plusieurs maisons de retraite publiques. Plus fort : il a réussi à se rapprocher de la cause des familles de résidents en créant la FNAPAEF, qui tient un discours assez virulent vis-à-vis des patrons de maisons de retraite, l'association AVVEC qui signifie Association vivre et vieillir ensemble en citoyens. Le but est louable : « Donner aux personnes âgées fragilisées, la place de citoyens qui leur est due au sein de notre société. » Mais dans le cadre du grand chantier de la dépendance, est-ce lui, qui représente des intérêts divergents, qui va aller défendre les revendications des familles et des résidents auprès des ministères et dans la presse aux côtés de Joëlle Legall ? N'est-ce pas une forme d'entrisme ?

Ce sentiment est corroboré par une vidéo dans laquelle Joëlle Legall avance une affirmation troublante : « Plus de 30 % de nos associations sont créées grâce à des directeurs d'établissements qui ont eu le souhait d'aller vers les familles pour leur dire : constituez-vous en associations, parce que les familles sont le soutien des établissements pour demander ce dont nous manquons le plus aujourd'hui : des moyens. » Si la FNAPAEF se fait le porte-voix des directeurs de maisons de retraite, il est à noter que les subventions publiques lorsqu'elles sont octroyées ne sont pas toujours utilisées pour l'embauche de personnel, comme nous le constatons dans plusieurs dossiers sensibles évoqués dans le livre. Nous avons recontacté Joëlle Legall et lui avons demandé quel était le bilan de son organisation dans la lutte contre la maltraitance : « Nous n'avons pas de bilan à proprement parler car nous privilégions la médiation et le dialogue avec les directions des établissements. » Même discours que Pascal Champvert, qui représente les directeurs... Nous lui demandons alors si elle accepte de nous indiquer des établissements dans lesquels règne une maltraitance institutionnelle. Sa réaction est très embarrassée : « Ah non, je ne vais pas le faire. Je ne veux pas me fâcher avec tous les directeurs de France. »

Les directeurs de rédaction, qui aiment frayer avec des décisionnaires, vont aller, instinctivement, dans une sorte de mouvement grégaire intellectuel, vers ce type d'interlocuteur. À l'inverse, Christophe Fernandez est trop souvent considéré comme un « fixeur », c'est-à-dire celui qui va nous aider en entrer en territoire hostile et souterrain. En effet, nous avons pu constater qu'il faisait l'objet de rumeurs infondées. Détesté par le lobby du secteur et les associations concurrentes, il avait pour nous le profil idéal pour être un interlocuteur de cet ouvrage.

Il faut dire qu'il ne mâche pas ses mots pour décrire une réalité atroce, pour mettre en cause la complaisance des services publics censés contrôler le secteur, la cupidité des grands groupes, les effets d'annonce du gouvernement, la complicité des familles, la maltraitance de certains soignants, la paresse de la presse pour enquêter et dénoncer. En d'autres termes, il met chacun devant ses responsabilités. Mais est-ce ce discours que nous avons envie d'entendre ?

Après le récit de notre enquête, il était nécessaire de connaître de l'intérieur, le fonctionnement d'une maison de retraite. Pouvoir effectuer cette plongée au cœur même d'une structure défaillante nous a été possible grâce au témoignage de Sophie Lapart, aide-soignante et référente bientraitance. Ainsi, nous avons pu « décortiquer », mettre à plat la plupart des ressorts de la maltraitance. En dehors du cas évoqué d'un pervers, les personnels travaillent sans avoir conscience de maltraiter : c'est la caractéristique essentielle de la maltraitance institutionnelle, ou « passive ».

Elle est la plus fréquente, elle est aussi celle qui tue le plus...

Loin des reportages sur la maltraitance, ces « focus » souvent rangés dans la rubrique « faits divers », le quotidien de cet « agent près du lit » est édifiant à bien des égards. Il est aussi l'occasion d'appréhender toute la difficulté de ce métier épuisant, tant sur le plan physique que psychologique, déconsidéré et sous-payé : une aide-soignante gagne en moyenne entre 1 100 et 1 200 euros nets.

Partie V

LES JARDINS DE MÉDICIS

18

MA PREMIÈRE JOURNÉE

Les Jardins de Médicis sont une propriété du groupe Dolcea GDP Vendôme située à Ermenonville, dans l'Oise, à proximité de Senlis. Avec un nom qui fleure bon la Renaissance et la ville de Florence, tous les espoirs seraient permis...

On traverse des rues étroites, bordées de maisons en pierre de taille, d'un charmant salon de thé, on laisse le Château et un joli parc. On descend une rue étroite. Vus de l'extérieur, Les Jardins de Médicis ne sont pas un « mouroir » et sont la promesse d'un lieu agréable. Derrière le grand bâtiment aux murs clairs, une tonnelle, des fleurs, des chaises de jardin. L'intérieur est décoré avec soin, comme une résidence de vacances ou un hôtel de province. Le réfectoire ressemble à un restaurant. Cette structure n'est ni meilleure ni pire qu'une autre. Elle est simplement représentative de la fin de vie en maison de retraite en France.

Après avoir travaillé pendant plusieurs années dans le soin à domicile, Sophie Lapart y est restée quinze mois en poste en tant qu'aide-soignante et référente bientraitance. Elle a fini par démissionner afin de ne plus cautionner ces actes de maltraitances, cette accumulation de dysfonctionnements commis dans la plus totale indifférence et dans une tolérance coupable. Il suffit parfois de quelques heures, de quelques jours, pour identifier clairement une structure maltraitante.

Pourquoi est-elle restée si longtemps, pourront légitimement s'interroger les lecteurs ? « J'ai voulu mettre en place cet immense chantier de la bientraitance qui m'avait été confié. Je ne voulais pas capituler, je voulais changer les choses au sein de l'établissement, j'y arrivais parfois, c'était de petites victoires. Je me suis donné le droit de m'opposer au rythme, aux contraintes du planning, de négliger le chronomètre. C'est ce qui m'a permis de durer. Se mettre dans la désobéissance pour aller à l'essentiel : le soin aux personnes âgées. J'ai fini par craquer physiquement et je suis partie. »

« Ma première journée en binôme avec une collègue démissionnaire, aide médico-psychologique, est consacrée aux personnes handicapées. Cette dernière est désabusée et m'explique que la structure n'est pas assez respectueuse de la bientraitance. J'ai un secteur de neuf résidents et je m'aperçois que l'on n'a pas le temps, il faut avancer. Nous arrivons chez madame X., alimentée par sonde. Je vais devoir m'en occuper seule. Pour cette dame imposante ne présentant plus aucune tonicité musculaire, la toilette est effectuée au lit. Plus rien ne bouge : elle a les mains repliées. Pour nettoyer l'intérieur des doigts il faut les écarter un par un. Mais je suis seule, et je trouve que c'est dangereux. Elle a, une fois la toilette terminée, besoin d'être massée. Cette dame est un bout de bois mort, il n'y a que la tête et les yeux qui bougent. »

« On sort du service en chambre et on va faire le service en salle mais avec nos blouses de soignantes qui auraient dû être changées. Là, quelque chose me choque : il y a un problème d'hygiène. Puis je me retrouve à installer une dizaine de personnes au lit. Aujourd'hui, tout va bien et c'est à 19 h 25 que l'on commence à ranger dans l'ascenseur les fauteuils roulants. Trois fauteuils par ascenseur. Certaines se croient sur l'autoroute et les font rouler à cent à l'heure, les personnes âgées ont le tournis, elles viennent de dîner ! Je commence à avoir des montées d'adrénaline, quand je dis que c'était l'horreur, c'était bien l'horreur. Je me demande si je vais tenir. Je commence vraiment à m'inquiéter. Je suis étonnée par l'attitude de l'équipe, très démotivée. »

« Je sors épuisée de cette première journée. Je suis dubitative : vais-je réussir à rentrer dans ce moule ? Je me sens seule. Quelques jours plus tard, je discute avec la directrice, une jeune femme qui n'a pas 30 ans. Au cours d'un rendez-vous, elle me parle de son projet de référente bientraitance. Elle n'a personne en place et je lui semble être la bonne personne… »

19

LES TOILETTES NOCTURNES DE ROSE [1]

Nous sommes en plein hiver. Il fait nuit. Rose est surprise de voir entrer l'aide-soignante de si bonne heure pour faire sa toilette. Il est 4 h 20 du matin. Cette centenaire ne dormait pas cette nuit-là et elle se laisse faire de bonne grâce. De plus, l'aide-soignante est gentille et douce avec elle. Mais comment expliquer cette toilette nocturne ? Qu'est-ce qui peut justifier d'être tiré de son lit au milieu de la nuit pour être lavé ? À partir du 1er janvier, trois nuits de suite, cet étrange manège a recommencé.

La structure dans laquelle Sophie travaille tourne en sous-effectif depuis six semaines et l'équipe de jour délègue des tâches à l'équipe de nuit. Elle n'arrive pas à absorber les tâches de la journée et c'est donc la nuit qu'elles vont être effectuées. « L'ambiance commençait à se tendre, l'équipe de jour commençait à nous détester, la directrice s'énervait », explique-t-elle. La lecture d'une transmission de l'époque est édifiante : « Nous avons encore trouvé des résidents imbibés d'urine, jusqu'au fauteuil, nécessitant une

1. Les prénoms des personnes citées ont été changés.

toilette complète au moment du coucher avec une désinfection des fauteuils ». L'équipe de nuit pallie alors au manque de personnel de l'équipe de jour. Les équipes se retrouvent donc « contraintes » de démarrer les toilettes en pleine nuit afin de pouvoir respecter le planning. Et si elles veulent effectuer le reste du travail, il est nécessaire de démarrer les toilettes à 4 h 20. « Il faut bien commencer par un résident », plaide Sophie.

En réalité, le programme de la journée est privilégié au détriment du respect et du confort des personnes âgées. En pleine nuit, les soignantes font le ménage. Elles remplacent les poubelles dans les chambres remplies de protections souillées. Elles amènent l'eau, les verres ou les « canards » car rien n'a été disposé pour les résidents. Elles approvisionnent les salles de bains en gants et serviettes.

Dans une autre « transmission » que nous avons pu lire [1], Sophie s'indigne : « Nous ne souhaiterions ni pour nous, ni pour ceux de notre famille, être, à ce grand âge, réveillés de si bonne heure alors que l'eau est tout juste tiède pour la toilette. »

La charge de travail devient éreintante. À 6 h 15, il reste deux machines de linge à sortir, les chariots de soins à ranger, les transmissions à finir de rédiger, et tous les documents de soin à renseigner résident par résident… Et il faut répondre aux sonnettes. « Compte tenu de ce planning, nous sommes amenées à faire les toilettes lors de la dernière ronde. Même si les toilettes sont préconisées vers 6 heures du matin, c'est impossible. » « Loin de nous l'idée de vouloir nous opposer à votre demande, mais de notre place de soignante, et compte tenu de l'attachement que nous avons pour notre travail, cette demande ne nous semble pas aller

1. Ces documents servent aux équipes de jour et de nuit à communiquer et à informer de l'état des résidents.

dans le sens du “mieux vivre” en maison de retraite », analysent les aides-soignantes de nuit.

« La grande surprise pour moi est le rythme effréné. Nous ne sommes plus dans une organisation ayant pour vocation le soin mais dans une organisation hôtelière. La pression temporelle devient rapidement insupportable », renchérit Sophie.

Elle explique l'organisation d'une journée type de l'établissement :

8 heures-9h45 : petit déjeuner
9 h 45-11 heures: nursing
11 heures : réunion des résidents
12 h 15 : déjeuner
13 h 30 : installation pour la sieste
15 heures : animation (il s'agit d'occuper les résidents : jeux de société, lecture du Parisien, jeux de dame, jeu de cheval, de temps en temps, les résidents ont droit à une animation extraordinaire type thé dansant avec un groupe de musiciens.)
16 heures : goûter
18 heures : fin de l'animation
18 h 30 : service du dîner.

Cette organisation, liée au souci de rentabilité et à l'obsession de réduire les coûts, a un impact direct, inéluctable, sur la vie, le confort et la santé des résidents. De ce dispositif respectant avant tout le planning, va découler une série de dysfonctionnements plus ou moins graves, parfois tragiques.

« Pas de toilettes approfondies, des soins de bouche rarement faits, idem pour le dentier. Les pieds ne sont pas lavés tous les jours. Les fauteuils roulants sont remplis de débris alimentaires, alors qu'ils devraient être désinfectés, et de cachets (traitements non administrés). Les soignantes ne transfèrent pas du lit au fauteuil les résidents ayant besoin de changer de position. Une soignante s'est électrocutée avec une poire dont les fils étaient dénudés. Il y a trop d'aggravation d'escarres. » Mais ce n'est pas seulement le temps qui fait défaut. Les aides-soignantes manquent tellement de matériel qu'elles en arrivent à commettre des gestes qui ne les choquent même plus. « On vidait les poches urinaires dans les poubelles. Une fois cela m'est même arrivé de vider une poche dans un pot de fleurs vide laissé par la famille ! » raconte Sophie.

Le sous-effectif est tel que lorsqu'une équipe de nuit démarre sa première ronde vers 20 h 30, elle la termine vers minuit. « Pour effectuer le couchage de dix-sept résidents, nous terminons à minuit et demi. Quand nous entrons dans les chambres, l'équipe de jour a laissé des résidents dans le noir, sur les fauteuils, imbibés d'urine. Ils ont terminé leur dîner depuis 19 h 30 et nous attendent dans le froid. Et nous ne sommes même pas à résidence complète. L'attitude des soignants de jour est une attitude démissionnaire. Nous avons retrouvé une dame glacée, ils avaient laissé la fenêtre ouverte ! Dans ce cas, nous ne pouvons qu'aller en priorité vers ceux qui sont le plus dans le besoin. Il faudrait au minimum une personne de plus. Je veux bien comprendre que l'on soit fatigué de sa journée, pressé qu'elle finisse, mais on ne peut pas laisser les gens ainsi. Angèle sonnait fréquemment, mais personne ne venait, elle a fini par tenter de se lever. Elle est tombée, fracture du col du fémur. Elle ne s'en est jamais remise. Ce n'est pas normal. Une autre dame tentait d'attraper le téléphone qui n'était pas à portée de main. Ma collègue était furieuse. »

Outre la carence de personnel, une raison concomitante intervient : obligées ces mauvais traitements, les personnes âgées sont inquiètes à l'approche de la nuit et sonnent toutes pour savoir qui est de service. Elles sont alors rassurées de constater qu'il s'agit d'une aide-soignante compréhensive et dévouée et peuvent raconter leurs déboires de la journée, avec des équipes survoltées, trop souvent agressives.

Petit à petit, Sophie s'enfonce dans un fonctionnement surréaliste. Une « habitude » est rapidement repérée par la soignante : coucher les résidents habillés, pour avancer l'équipe du matin. Cela paraît surréaliste, mais tous les « coups » sont permis pour ne pas perdre de temps : « Il nous est arrivé de trouver des résidents installés pour la nuit avec des bandes de contention. Certains seront levés plus vite que les autres car installés pour la sieste avec les chaussures dans le lit ! » « Chaque soir, nous devions procéder à la décontamination de nos chariots de soin en fin de service. Cela n'était quasiment jamais fait », déplore encore Sophie.

« Trop souvent, nous retrouvions les traitements non administrés sur les plateaux du petit déjeuner, dans les assises des fauteuils, au sol ou dans la table de chevet. Ils prenaient la direction de la poubelle. » Qui prendra le temps de retracer à qui appartient ce traitement non administré ? Le système Manrex est un outil simple et rapide pour la préparation et la distribution de médicaments sans risque d'erreur. Le distributeur est conçu pour les établissements de santé, centres d'accueil. Il est personnalisé pour chaque patient et est préparé pour le temps de la prescription. « Mais il ne peut être fiable que si son protocole d'utilisation est respecté, ce qui n'est pas systématique », précise Sophie Lapart.

L'administration des médicaments demande une très grande vigilance. Concrètement, on retrouve des résidents avec certains traitements pour le cœur à administrer 5 jours sur 7, qui vont « bénéficier » d'un traitement 7 jours sur 7. Étrangement, on retrouve encore sur certaines plaquettes de médicaments le nom de résidents décédés. Interloquée par cette absence de conscience professionnelle, Sophie perd progressivement confiance dans l'équipe et va la tester. « Les protocoles ne sont pas respectés et nous n'avons aucun moyen fiable de les vérifier, insiste-t-elle. Concernant les soins de bouche, j'ai parfois fini par faire des repères sur les flacons mes veilles de repos et je retrouvais mes repères identiques à ma reprise de poste. Les soins de bouches n'avaient pas été effectués, les hydratations cutanées non plus. Les dentiers n'étaient pas retirés ou n'étaient pas placés, les sous-vêtements n'étaient pas changés. Un plaid plié d'une certaine manière et disposé de façon bien précise sur le fauteuil d'une résidente qui nécessitait un transfert lit-fauteuil chaque jour m'a permis de me rendre compte que cela n'était pas fait. Trois jours après, j'ai retrouvé le plaid tel que je l'avais disposé. Les documents de suivi de soins doivent pourtant être renseignés par "oui" sous la forme suivante : "transfert : oui, soin de bouche : oui", les bas de contention sont rarement posés au bon moment ou mal posés, certains ne les portent jamais alors qu'ils sont prescrits… »

Tout est à l'avenant et, dans ce contexte général de « je-m'en-foutisme », difficile d'invoquer des cas sporadiques d'oubli. Les suivis de poids ne sont pas réalisés. « On cherche les retours de résultats de bilan sanguin et, soudain, on commence à se demander si le résident a été prélevé.. "Mais où est la fiche de suivi des prélèvements ? La voici, oui, mais elle n'est pas à jour." Ce jour-là, le médecin attend, observe notre recherche en croisant les bras et finira par rire nerveusement du désordre et du temps qu'il nous faut pour chercher ce bilan. Nous trouverons la prescription qui attend depuis trois semaines. C'est l'été et depuis six mois nous n'avons que des infirmières remplaçantes », se remémore la soignante.

« J'ai connu deux infirmières et un infirmier extraordinaires : Valérie, Sylvie et Rachid. Dévoués à l'infini, gais et toujours de bonne humeur, très proches des résidents. Valérie nous a quittés après 4 ou 5 mois, Sylvie et Rachid, qui faisaient des vacations, ont fini par ne plus souhaiter venir. Ils ne partaient jamais à l'heure et se faisaient rappeler à l'ordre par la direction car ils dépassaient régulièrement leur temps de présence. »

Conséquence directe de cette organisation cadencée, la dernière soignante de l'équipe de jour se retrouve seule vingt bonnes minutes le soir en attendant la première de l'équipe de nuit. Seule pour 51 personnes lorsque la résidence est complète. « Lorsque des résidents rentrent d'hospitalisation, nous n'avons pas à disposition leurs fiches de sortie. Très souvent, à mon arrivée à 20 h 30, pour ma prise de poste de nuit, je cherche à prendre connaissance des nouvelles de la journée mais les pages de transmissions sont totalement blanches ! Il ne s'est donc rien passé aujourd'hui ! J'ai l'habitude de passer par l'office saluer notre plongeuse qui est encore là et lancer notre café. C'est elle qui m'informe des incidents de la journée : untel est hospitalisé, une telle est tombée, Mme D. ne va pas bien. Les surprises de la journée nous attendent souvent dès notre première ronde… »

Visiblement le triste bilan de la canicule n'a pas servi à en tirer des leçons puisque Sophie Lapart retrouve très souvent jusqu'à trois bouteilles d'eau non ouvertes en chambre… Sans verre. « Dans les défauts de soin, nous pouvons, en premier, évoquer l'absence de suivi, explique Sophie Lapart. Par exemple, les fiches de suivi d'hydratation n'étaient jamais remplies. Ainsi, on ne peut se rendre compte si une personne âgée boit une quantité d'eau suffisante. Or, on assiste encore trop souvent à des décès qui ont pour cause la déshydratation. De même, le mécanisme de tension des matelas anti-escarres est souvent déréglé, le résident se retrouve donc sur un matelas complètement à plat qui le met dans un inconfort total, contrarie le sens de la prescription médicale et, pire encore : dans cette situation un patient qui était épargné peut en quelques heures déclarer une escarre ou aggraver un stade déjà déclaré. »

« Ce qui me faisait hurler, c'était mon impuissance. » Mais un événement va définitivement fissurer la confiance que Sophie place dans l'établissement, dans ses collègues.

20

Ovnis

Une après-midi, Blanche est assise dans sa chaise longue, la tête baissée. Une sieste ? Comme d'habitude, un agent l'emmène à la table du goûter. Mais Blanche est morte. Elle est partie en silence, sans que personne s'en aperçoive. « Je raconte cet exemple simplement pour montrer, et je n'en veux absolument pas à ma collègue, que les conditions de travail font qu'à l'instant où cette personne a été descendue en salle à manger, en quelques minutes, il n'y a pas eu un regard pour elle. L'objectif est de rassembler rapidement tous les résidents pour le goûter. Tout simplement. Et lorsque je la vois et que je m'aperçois qu'elle est morte, je l'évacue en m'adressant à elle de manière naturelle pour ne pas choquer les autres résidents. » Cet événement paraît fictionnel mais il a eu lieu et signe l'acte ultime du manque d'humanité.

Sophie va vivre d'autres moments au cours desquels son respect de l'être humain va être mis à mal. Une autre vieille dame, Françoise, est décédée. « La directrice me demande alors d'aller débarrasser la chambre de la dame », raconte Sophie Lapart. Que fait-on des effets de la dame ? « La famille a appelé : ça part à la benne » répond, imperturbable, la cadre. « Il n'y avait pas beaucoup de choses à ramasser. Mais il y avait des petits mots pliés en quatre comme des secrets d'écolier ; elle notait tout : des choses importantes comme les plus insignifiantes. J'ai lu ces petits mots, ces petits gribouillis, quelqu'un les aura lus si personne ne s'y est intéressé, me suis-je dit. »

Ainsi, même après leur mort, les vieux ne suscitent pas plus de respect. En faculté d'ethnologie, on apprend que dans les grandes étapes de notre civilisation, outre la maîtrise du feu et de l'outil, l'un des actes qui donne sens à la notion d'humanité et de vie en société est l'acte d'enterrer ses morts, avec l'expression d'un respect consistant à ajouter aux sépultures des offrandes. À quoi eut droit Françoise ? Ses effets personnels, ses petits papiers ont été négligemment jetés dans des sacs poubelles.

Au cours de notre enquête nous avons entendu le terme d'ovni pour qualifier les personnes âgées. Il s'agit des objets vivants non identifiés. « Concrètement, nous explique Christophe Fernandez, ce sont ces vieux qui n'intéressent plus personne, qui errent dans les couloirs, qui sont parqués, que l'on ne voit plus et à qui l'on ne parle plus. » « La fille va passer cinq fois devant la dame sur la chaise, elle ne l'entend pas, n'adresse pas un regard », complète Sophie Lapart.

Des fantômes en quelque sorte.

21

MICHEL

Camisole chimique, n.f. : mot familier, péjoratif, Thérapeutique médicamenteuse par psychotropes calmant le malade.

Michel arrive à la maison de retraite d'Ermenonville au mois de décembre 2009. C'est la trajectoire classique : départ du domicile pour l'hopital puis la maison de repos et enfin, arrivée aux Jardins de Médicis. Michel est d'abord hospitalisé pour des troubles mentaux. Pendant ce temps, sa femme décède. « À l'hôpital, on lui appose l'étiquette Alzheimer mais, en réalité, il n'est pas atteint par cette maladie. Les étiquettes de ce genre, c'est très pratique car cela permet de mettre les gens dans des cases mais parfois, l'écart avec la réalité médicale du patient est important. »

Michel est agressif. « J'apprends qu'il n'a pas été informé du décès de sa femme ! Sa fille s'est trouvée dans l'incapacité psychologique de l'informer, c'est du moins ce qu'elle explique à la directrice. Cette information, il va bien falloir la lui donner. », plaide Sophie Lapart. Michel pose la question, lancinante, du matin au soir : « Où est ma femme ? Je veux la voir. » « Nous, aides-soignantes, n'avons pas le pouvoir de lui délivrer cette terrible nouvelle. Il est alors dans l'errance et dans l'ignorance. Cela l'enferme dans une situation d'agressivité, l'empêchant de s'adapter à la structure, à ce nouveau monde », constate l'aide-soignante. Dans cet enchaînement dramatique, Michel se met à voler du matériel et constitue un stock dans sa chambre. « On faisait attention à nos chariots de soins car tout disparaissait : jus d'orange, thermos, etc. Malgré tout, je me disais qu'il faisait quelque chose, il était occupé et nous étions dans le positif. Mais, règlement oblige, une descente a été organisée et son stock confisqué », se remémore Sophie. En réalité, il reconstituait son domicile de façon très ordonnée. Pour tenir, il devait se raccrocher à un univers familier. Sophie Lapart l'observe et commence alors à faire circuler l'information : « Vous n'avez pas compris, il se remet chez lui. » Tous ces stratagèmes, mis sur le compte d'une cleptomanie empreinte de sénilité, constituaient un appel à retourner chez lui, auprès de sa femme.

« De mon côté, lorsqu'il manquait un thermos “emprunté” par Michel, je me rendais à son “domicile” et je venais lui demander avec gentillesse s'il pouvait me dépanner d'un thermos car j'allais en manquer pour le service. Ce dernier abandonnait alors toute agressivité et, radieux, s'empressait de me rendre service : “Ah oui, les thermos, mais bien sûr, chère Sophie, je ne sais pas où je les ai rangés mais prenez-les.” La partie était alors gagnée, la communication établie sur un mode complice… » Mais, contre toute attente, la relation que la soignante tisse avec Michel va être détruite par le reste de l'équipe, qui n'y voit que des complications inutiles. Lancée dans le rythme effréné de la productivité, l'équipe détruisait ce mécanisme de défense qui permettait à Michel de se raccrocher à quelque chose de familier, lui rappelant *sa* maison, et lui permettant de ne pas s'écrouler. Le vieil homme finit par lever la main sur une soignante. La réaction a été immédiate : il devient dangereux.

« Je m'obstinais malgré tout dans mon hypothèse, mais l'infirmier a donné raison à l'équipe : il faut qu'on le calme. La seule réponse qui est alors apportée à Michel est la camisole chimique, modérée. Je m'y suis opposée car je reste convaincue que ce n'est pas la bonne méthode. L'institution répond à l'agressivité par l'agressivité », déplore la soignante qui en appelle à une voix plus humaine pour aider Michel.

Le problème demeure néanmoins entier, Michel n'est toujours pas au courant du décès de son épouse. Une réunion est organisée avec la psy mais elle part en congés. La directrice décide finalement de lui annoncer la triste nouvelle dans son bureau avec sa fille et son gendre. Le pauvre homme entre alors dans un état d'abattement auquel succèdent l'agitation et la douleur. Sentiments légitimes pour qui vient de perdre la compagne d'une vie… Pour lui, c'est terrible, il n'a pas vu le corps, n'a pas assisté à l'enterrement. Tout s'est passé à son insu, il ne peut intégrer le décès, « Où est ma femme ? On m'a dit qu'elle est morte mais ce n'est pas vrai. Non, elle n'est pas morte, elle arrive tout à l'heure. » La réalité est trop angoissante, il s'enferme dans cette croyance. « Quand vais-je la revoir ? Pourquoi me cache-t-on ma femme ? »

« Un soir avec une collègue, nous entrons dans la chambre. Sur le haut du lit, une affichette est scotchée, et chaque phrase est séparée par des tirets, comme une liste de courses :

– ta femme est morte,

– tu n'habites plus chez toi,

– tu vis désormais en maison de retraite à Ermenonville », se souvient Sophie.

Un format A4 réalisé et scotché par la fille, qui résume ce qu'est devenue la vie de Michel en trois sentences. Elle l'a fait dans l'idée de bien faire. « À la fin ce monsieur n'avait plus d'âme, il ne faisait plus rien, tout le monde était tranquille. Il ne sortait presque plus de sa chambre, dormait beaucoup, ne voulait plus se laver, ne criait plus, ne prenait plus ses repas en salle à manger, ne chipait presque plus, ne parlait plus que rarement. On l'avait rendu inexistant. Pour autant, avait-il intégré le décès de son épouse ? Je ne crois pas… Au petit matin, quand je suis repartie, il a fallu, comme beaucoup de fois, aller chercher des ressources très loin au fond de moi. Mais parfois, j'arrêtais la voiture au bord de la nationale. Je voulais hurler, cracher tout cela, sortir toute cette détresse », se rappelle Sophie Lapart.

Un système de santé qui pousse à « calmer les vieux », constate le docteur Michel Mazeirat, chef du service de soins et réadaptation à l'hôpital public de La Souterraine, dans la Creuse. Les prescriptions médicamenteuses sont trop importantes avec beaucoup de calmants, de psychotropes. Dans le film *Maisons de retraite, du scandale à l'espoir*, réalisé par Hervé Brèque, ce docteur barbu au visage sympathique rejette ces pratiques d'injections massives de médicaments qui assomment les personnes âgées. « Ce sont des êtres humains. Ils ont des aspirations, souhaitent vivre une vie normale, avoir des relations avec les autres, se promener », rappelle le docteur avec un bon sens et une humanité rassurante. Le médecin, opposé à l'utilisation systématique des neuroleptiques, défend une autre conception : « Les personnes âgées doivent être en pleine possession de leurs moyens. » Les ordonnances complètement délirantes avec une dizaine de médicaments, les rendent somnolents et les plongent dans un état second. Par ailleurs, la position consistant à étourdir les personnes âgées de doses massives de psychotropes – outre le fait de faire marcher le commerce des laboratoires pharmaceutiques – est souvent indéfendable médicalement. Les *shooter* entraîne des risques de chute. « Ils passent ainsi dans un état d'indifférence jusqu'à leur mort », avertit le professionnel qui se bat pour redonner un maximum d'autonomie à ses patients qu'il doit souvent soumettre à une « désintoxication ».

Dans son livre *On tue les vieux* [1], Christophe Fernandez explique que la plupart des EHPAD comptent au moins dix pensionnaires considérés comme perturbateurs, c'est-à-dire agressifs ou déambulateurs, qui ont besoin de locaux adaptés, sinon, ils risquent de fuguer, de se blesser : « La gestion efficace de ces risques consiste à assommer les pauvres vieux à coups de neuroleptiques (...) On croise des résidents hagards, abrutis par les drogues. » Une aide-soignante explique les méthodes utilisées pour « contenir » une personne difficile : « On fait venir le neuropsychiatre et il prescrit. »

Le professeur Jacques Soubeyrant, un gériatre qui connaît (trop) bien ce problème est coauteur de cet ouvrage : « Il faut dire qu'un malade grabataire dément qui n'exige que des soins de nursing, peu de médicaments et d'interventions médicales, est le résident idéal. Un dément turbulent est trop chronophage pour être rentable. »

Finalement, rien de tel qu'un petit cocktail chimique pour avoir la paix, notamment dans les structures fonctionnant en sous-effectif. On pourrait adapter aux résidents des maisons de retraite cette phrase des hôtesses de l'air : « Un bon passager est un passager qui dort. » Mais attention, pas un vieux mort. Car là, il cesse de rapporter à la structure !

---

1. Fernandez (C.), Pons (T.), Prédali (D.), Soubeyrand (J.), *On tue les vieux, op. cit.*

Les pensionnaires des maisons de retraite sont les plus grands consommateurs de calmants en tous genres : 65 % en institution contre 35 % à domicile. « L'application thérapeutique est la même qu'en prison : calmer les agités », cite Christophe Fernandez.

Dans certaines structures, le sirop d'Atarax [1] coule à flot. Fernandez va plus loin : la situation serait encore pire dans les maisons non médicalisées. Elle fait partie du *modus operandi* de la plupart d'entre elles qui imposent l'exercice illégal de la médecine au personnel. Plus il est réduit, plus la consommation de psychotropes augmente. « On les bourre de médicaments. La camisole chimique, c'est très facile et cela permet d'avoir la paix », dénonce un infirmier. Avec une image plus que frappante, le docteur Jérôme Avorn [2] explique que les drogues les calment de la même manière qu'un coup de barre de plomb sur la tête.

Il est à noter que la surmédication est classée comme acte de maltraitance dans la catégorie « violence physique ». Mais elle reste le meilleur moyen pour alléger la charge de travail du personnel confronté à des comportements parfaitement normaux comme l'agitation, la déambulation, l'angoisse et le refus de coopérer.

Cinq ans après la sortie de *On tue les vieux*, ces pratiques perdurent.

---

1. Atarax, nom commercial de l'hydroxyzine, utilisée, entre autres, comme sédatif et anxiolytique.
2. Professeur de médecine sociale à l'université de Harvard.

22

COLETTE

L'homme est hagard, menaçant, il hurle. En face de lui, assise, sa victime, une petite dame âgée prénommée Colette, le regard dans le vide, un gant de toilette à la main. Elle finit par regarder le gant mais ne sait pas quoi faire avec. L'homme redouble ses cris.

Cyril est un des plus anciens aides-soignants de la structure, présent bien avant le rachat par le groupe Dolcea GDP Vendôme. Il est issu du milieu ouvrier. Il a été employé pendant plusieurs années dans une usine de Crépy-en-Valois. C'est malheureusement un bassin d'emploi sinistré, de nombreuses usines ferment leurs portes, jetant sur le marché de l'emploi des gens peu qualifiés. Qu'importe, le secteur du soin aux personnes âgées recrute a minima. Une formation *low cost* permet d'accéder rapidement à la fonction d'aide-soignant. Cyril se reconvertit donc. « Mes premières impressions sont plutôt négatives », explique Sophie Lapart. Il travaille dans la contre-équipe de Sophie, c'est-à-dire dans l'autre équipe de six agents, mais effectue parfois des remplacements dans son groupe. Intuitive, sans doute, l'aide-soignante se méfie de lui. Elle entend alors plusieurs soignantes se plaindre : « Au début, j'y accorde peu de crédit car ce ne sont que des propos rapportés et correspondant à une époque où je n'étais pas présente. » Mais très vite, une résidente de 70 ans, Colette, qui a la maladie de Pick, se plaint de lui. Sa maladie est terrible : il s'agit d'une démence associée à la détérioration des lobes frontal et temporal du cerveau. Les symptômes peuvent comprendre un déclin du comportement social, une désinhibition, un manque de tact, de l'apathie, des modifications du comportement alimentaire, des troubles de l'attention, des problèmes de langage et des difficultés à reconnaître les physionomies. Cette dame qui paraît très incohérente dans ses propos, répète que « Cyril est méchant » avec elle. En fait, on ne peut pas vraiment parler de méchanceté intentionnelle. Avec Colette, il est complètement à côté de la plaque. Avec en tête l'idée de bien faire, il la terrorise totalement.

Colette ne présente aucun souci de mobilité. Au moment de sa toilette, si le soignant lui demande de prendre le gant, elle répond par l'affirmative mais ne le fait pas. Alors il ordonne, parle fort, mais elle ne peut s'exécuter car elle ne comprend plus les demandes simples. En réunion de santé en tant que référente bientraitance, Sophie Lapart évoque ce problème : « J'ai avancé l'hypothèse qu'il n'était pas formé et ne savait pas s'y prendre. Je plaidais que, dans le cadre du maintien d'autonomie, il pensait bien faire mais encore faut-il être capable d'évaluer cette autonomie. »

Il existe un outil d'évaluation du degré de dépendance : la grille AGIR, remplie par un médecin.

« Une autre dame me dit que Cyril est très méchant avec elle mais cette dame présente une névrose. Elle ne marche pas, elle court parce qu'elle a peur, elle demande à ce que quelqu'un lui donne le bras pour aller dans le réfectoire, mais il lui refuse », raconte Sophie. L'aide-soignante commence à recueillir des témoignages. Elle identifie clairement des propos injurieux à destination d'une personne âgée : « Cette vieille, qu'est-ce qu'elle pue ! » Il s'agit de maltraitance verbale.

Cyril est un ancien ouvrier et le travail à la chaîne, il connaît. Dans cette « usine à vieux », il va parfaitement répondre aux attentes de la direction. De ce point de vue, c'est un employé modèle. Les changes sont effectués, toilettes comprises, en quinze minutes. Pour cela, il lui arrivera de se comporter comme une brute : il rentre dans une chambre, attrape une vieille dame corpulente, la retourne, change sa protection. La dame lui dit qu'elle a mal, mais lui, impassible continue le change sans la prendre en compte.

Un matin, très tôt, il va faire pire. Sa victime, cette fois, sera un pauvre homme atteint de la maladie d'Alzheimer. Il est en plein sommeil. Cyril rentre, l'arrache de son lit et procède à son change debout. Le vieux monsieur, encore endormi, ne tenant pas sur ses jambes, ne comprend même pas ce qui lui arrive. Le maltraitant déchire la protection et en met une propre. « Avec la directrice, nous avons incité l'aide-soignante qui avait été témoin des faits à témoigner mais elle n'a pas osé », déplore Sophie Lapart. La directrice de l'établissement va alors consigner les faits dans un dossier sur Cyril. « En tant que référente, je fais un signalement écrit concernant les propos des résidents brutalisés et insultés. Une autre soignante témoigne aussi. »

Devant la gravité des faits, Cyril fait l'objet d'une mise à pied conservatoire de la part de la DRH et le chef de secteur est contacté. Mais, malheureusement, Cyril a pensé à se couvrir. N'ayant aucun goût particulier pour le travail qu'il effectue, aucun sens du travail en équipe, il n'a cependant pas oublié d'exercer la fonction de délégué représentant du personnel. C'est donc un personnel protégé, à l'abri d'un licenciement « simple ». Il faut en passer par l'inspection du travail pour qu'elle valide la procédure

Arrive deux inspecteurs, qui manifestent très peu de connaissances. « Ils posent des tas de questions sur la prise en charge de la personne âgée, sur mon rôle de référente, mais ils partent d'emblée sur l'hypothèse d'une possible coalition contre Cyril car c'est le seul soignant masculin. Je leur explique que ce n'est pas le cas. » Les inspecteurs tentent de coller une grille de lecture simpliste et inadaptée à la situation. « Cyril se défend en invoquant le rythme de travail imposé par la structure, il ne reconnaît à aucun moment qu'il a été maltraitant et ne paraît pas s'engager dans une remise en cause. Je continue donc de m'inquiéter », avance la référente.

Mais ce qui inquiète le plus Sophie Lapart, c'est la totale impunité, devant témoins, avec laquelle agit Cyril : « Je me mets en colère et je pressens que nous ne savons pas le quart de ce qu'il a fait. Je démonte cette défense auprès du contrôleur, nous avons à ce moment une directrice assez ouverte au dialogue et à la communication, je suis encore pleine d'espoir avec elle, sauf que ce que je dis, je vais le regretter, nous passons un été catastrophique. »

Le licenciement va alors être refusé par l'inspection du travail ! Elle base son refus sur des nuances procédurières. La lettre de licenciement a été mal ficelée, le terme précis de faute professionnelle n'apparaît pas.

Cyril peut réintégrer son poste immédiatement.

La directrice dépose alors plainte auprès du procureur de la République. « En juillet 2009, les gendarmes m'appellent. Ils veulent m'entendre le lendemain. Le moins que l'on puisse dire c'est qu'ils ne se sentent pas concernés par le problème. Assez agressifs, comme si j'étais moi-même en faute, ils me demandent de répondre par oui ou par non », affirme Sophie.

Finalement, c'est l'argent qui va permettre de résoudre le problème. Cyril signe une transaction. En clair, on lui verse plusieurs mois de salaires pour qu'il quitte la structure. La DRH a trouvé cette solution pour préserver ses résidents. Soulagement dans l'équipe. Sur un plan judiciaire, l'individu, malgré les nombreux témoignages et la gravité des faits, n'aurait écopé que d'un simple rappel à la loi. Selon les dernières informations le concernant, il aurait ensuite entrepris une formation destinée à valider ses « acquis » d'aide-soignant.

23

GRAZIELLA (L'OBSESSION DE LA RENTABILITÉ)

Dignité, n.f. : respect dû à une personne, une chose ou à soi-même.

La vieille femme est là, au milieu du couloir, sur sa chaise roulante, en pleurs, la tête baissée, comme honteuse. Les autres résidents passent, ils remontent du réfectoire, certains s'écartent ostensiblement d'elle en faisant la moue. Une odeur de matières fécales flotte au-dessus du fauteuil. Pour la énième fois, la poche de colostomie de Graziella a éclaté ou a fui.

Cette vieille dame originaire d'Espagne est arrivée d'une maison de retraite qui a fermé. Elle est peu entourée familialement. Lorsque la famille est très présente, on constate généralement une propension moins grande à la maltraitance. Elle est amputée d'une jambe mais est autonome. « Très rapidement va se poser un souci. Nous ne lui fournissons pas les fournitures médicales auxquelles elle est habituée. Graziella a un anus artificiel, c'est-à-dire que son intestin est désormais relié à un tuyau débouchant dans une poche de stockage de ses excréments. Ainsi, de temps en temps, les poches explosent, les matières fécales se retrouvent sur elle », explique Sophie Lapart.

La dépendance est un état difficile à vivre, angoissant. Un téléphone placé hors de portée de la main, ce sont des conversations avec sa famille que la personne âgée ne pourra avoir. Une fenêtre laissée ouverte la nuit, c'est un coup de froid qui peut aller jusqu'à l'hospitalisation. Si celui dont la mission est d'aider ne remplit pas sa tâche, la personne âgée délaissée peut sombrer dans un état dépressif.

L'aide-soignante, choquée par la situation, interpelle l'infirmière. « Celle-ci me répond qu'elle va s'en occuper », se rappelle Sophie. Mais rien ne se passe. Graziella est toujours en difficultés. « Je vois cela avec l'infirmier remplaçant à l'été 2009 qui ne comprend pas et m'affirme que la bonne commande a été faite. J'interpelle ensuite la directrice : ce n'est pas admissible que cette dame soit laissée seule, en but à des tracas insoutenables. Elle me répond de ne pas m'inquiéter, les poches adaptées seront là, la semaine prochaine », résume Sophie. L'aide-soignante lui fera répéter pour être sûre d'avoir bien entendu l'échéance. De son côté, Graziella la supplie de faire quelque chose pour elle : « Je lui en donne ma parole, puisque j'ai reçu l'assurance par la direction que les bonnes poches seraient là la semaine suivante. » Sauf que la semaine suivante les poches ne sont toujours pas là.

La directrice part alors tranquillement en vacances alors que rien n'est réglé. Sophie Lapart est furieuse : « Je vais voir l'infirmière qui me répond qu'elle en a marre de cette histoire. Il y a là un stock de poches et il va falloir les écouler ». Évidemment, ce sont des poches non adaptées. « J'ai rétorqué à l'infirmière que sa réponse ne me donnait pas satisfaction, je lui ai rappelé que dix jours avant, les poches étaient en commande. L'infirmière m'a répondu que c'était ainsi. » Fin de non-recevoir. « Quand j'ai démissionné de la structure en mars 2010, Graziella avait toujours le même souci. » Soit plus de six mois après s'être plaint du problème. Les produits de soins passent par un seul fournisseur. Il suffit qu'il n'ait pas le bon modèle de poche pour que la situation perdure. Prétendant nous occuper d'une grand-mère malade, et en possession d'une prescription, nous avons contacté une pharmacie au hasard. Elle nous apprend que si les poches ne sont pas en stock, 24 à 48 heures suffisent pour les obtenir ! Si l'on se place dans une logique comptable, financière, ne peut-on pas attendre d'une maison de retraite qui reçoit 2 500 euros par mois par résident un service impeccable ?

« Quand quelqu'un décède, il n'y a même pas de remplacement de matelas. J'ai vu des gens installés sur des matelas marron. Quand la DDASS fait une inspection, elle ne voit rien. Les inspecteurs ne vont pas se déplacer à 4 h 20 pour constater que les toilettes sont effectuées en pleine nuit », conclut Sophie Lapart. « J'ai sans doute un respect démesuré pour cette dernière partie de notre vie. Elle devrait se passer dans la paix, le confort, le soin, la bonne humeur, l'écoute et le bonheur, avec tout ce que ces vieux n'ont peut-être pas eu la chance d'avoir dans leur vie. Ce serait un moment où l'on se mettrait en quatre pour eux. Cette génération n'a pas eu une vie facile : ces personnes ont connu la guerre, ont parfois eu des histoires de vie compliquées, ont déjà perdu un conjoint, des enfants. Est-il impossible de leur offrir une fin de vie digne ? » s'interroge l'aide-soignante.

Possible, oui. Envisageable financièrement ? Pas sûr. Dans cet établissement, le souci de l'économie est omniprésent, jusqu'aux assiettes… « Les résidents dépendants ont une alimentation mixée. Ils sont parqués dans un réfectoire du dernier étage, raconte Sophie Lapart. On se retrouve à leur servir une texture alimentaire qui a une telle densité qu'ils ne peuvent pas la manger ou bien en quantités tellement ridicules que j'étais obligée de redescendre en cuisine pour les resservir. Ils sont abonnés au régime sans sel, sans forcément qu'une prescription médicale le rende incontournable. Un soir, j'ai fini par me mettre en colère. J'ai pris une assiette, j'y ai mis une cuillère, elle tenait debout ! Je suis descendue voir la directrice qui est allée demander des explications au cuisinier. De la même façon, certains sont au régime sans sucre mais le cuisinier faisait le même gâteau pour tout le monde. La viande était aussi souvent inmastiquable ! Le souci d'économie était permanent. Certains matins, j'ai vu les filles couper le lait avec de l'eau. Un jour, j'ai pesé une part de fromage : 10 grammes ! On nous demandait de leur refuser deux parts mais je désobéissais car la nourriture est souvent leur dernier petit plaisir. Comment peut-on être assez inhumain pour refuser cela ? »

23

GEORGES
(LE SUICIDE DES PERSONNES ÂGÉES)

Georges est un homme alerte. Bien que résident d'une maison de retraite, il possède toujours sa voiture et l'emprunte parfois pour aller déjeuner avec ses enfants, le week-end. Georges est veuf. Médicalement, il présente des problèmes de tension artérielle. Selon les aides-soignantes interrogées, c'est un homme en forme, de bonne compagnie. Il a cependant parfois du mal à supporter les contraintes de cette vie en collectivité si particulière, où les valides qui ont toutes leurs têtes sont parqués avec des grabataires atteints d'Alzheimer. La structure fonctionne en sous-effectif chronique, les aides-soignantes agissent dans l'urgence et vont vers les résidents qui en ont le plus besoin. Georges se plaint parfois des retards dans l'apport des repas. Sa voisine, elle, est atteinte d'un syndrome dépressif aigu. Elle hurle toute la nuit. Georges ne trouve plus le sommeil, passe des nuits grises et parfois blanches, s'épuise et sombre dans une forme de dépression. Il se confie à Sophie Lapart, lui livre son désespoir face à ses conditions de vie. Celle-ci tente de le rassurer, de le réconforter. Georges demande à changer de chambre. Mais pour des raisons d'intendance et d'organisation, alors qu'il y a des chambres libres dans l'établissement, cette demande n'aboutit pas. La déprime s'installe.

« Vers une heure du matin, je perçois une silhouette dans la cour. Georges monte dans sa voiture et démarre, puis stoppe son véhicule devant la grille. Je m'approche. Georges demande à partir, il veut quitter cet endroit qui transforme sa fin de vie en cauchemar. » « Je ne peux pas prendre ce risque pour vous. Il y a du brouillard, il fait nuit, c'est dangereux », lui explique Sophie. Après quarante-cinq minutes de négociations, Georges remonte, le dos un peu plus voûté, vers sa chambre. L'aide-soignante signale dans les documents de transmission cet incident. « Le lendemain, je l'ai revu au petit matin, il prenait généralement son café très tôt, vers 6 heures. » En début d'après-midi, Georges prévient qu'il va au restaurant avec son fils. Pour l'occasion, il est bien habillé. On ne reverra jamais Georges.

Vers 23 heures, la brigade de gendarmerie appelle la maison de retraite. En cet après-midi d'automne, Georges s'est garé le long de la voie ferrée Laon-Paris. Et a attendu un petit moment. Tranquillement. Il ne passe pas beaucoup de trains sur cette artère. Il faut connaître les horaires. À l'approche du train Corail, Georges s'est jeté sur les rails. Il avait planifié cet acte terrible. Il avait bien rangé ses affaires, fait ses repérages. « Je reste persuadé que ce sont ses conditions de vie qui ont entraîné ce geste », explique l'aide-soignante, qui s'avoue profondément marquée par l'histoire. Peu de temps après, elle quitte l'établissement. En son sein, personne ne se remettra en cause. Cet acte en relation directe avec les conditions de vie du résident n'est pas interprété comme tel. Le suicide de Georges sera mis sur le compte de sa déprime. Pourtant, la dame qui hurlait dans la chambre d'à côté et rendait la vie impossible à

Georges, sera rapidement adressée à un hôpital psychiatrique. « La directrice m'a affirmé que le docteur avait estimé cela nécessaire. Elle m'a dit que si l'hôpital la renvoyait, je devais me débrouiller pour l'adresser aux urgences, sous le prétexte qu'elle était encombrée », raconte Sophie. « Je crois surtout que d'un seul coup, il était urgent que cette dame quitte la structure. »

Plus tard, à l'occasion d'une nouvelle affaire de maltraitance passive – une vieille dame que l'on retrouve régulièrement le visage tuméfié –, nous sommes retournés dans cet établissement. Dans le bureau de l'infirmière, il y avait au mur la photo de Georges. Un homme aux cheveux blancs, souriant, un papy qui avait l'air heureux. Extérieurement.

La parente d'une résidente nous montre sa photo : « Alors, lui, vous voyez ce monsieur, eh bien, il a fini par se suicider. Ah non, vous savez, les conditions de vie ici, c'est terrible. » L'infirmière est étonnée et nie la tragédie.

Déni de la responsabilité de la maison de retraite, déni du respect que l'on aurait dû manifester à Georges avant sa mort, aucune remise en cause pour une meilleure prise en compte de la parole et des demandes des résidents.

Le suicide des personnes âgées existe, dans une proportion inquiétante, mais c'est un sujet tabou. Lorsqu'on interroge Jean-Louis Terra[1], professeur de psychiatrie à l'université Claude Bernard de Lyon sur les facteurs de risques, il désigne immédiatement les hommes veufs

1. Le professeur Jean-Louis Terra est psychiatre, chef de service à l'hôpital du Vinatier, membre du conseil scientifique de l'INPES (Institut national de prévention et d'éducation pour la santé), initiateur avec la Direction générale de la santé de la stratégie nationale d'action face au suicide, chargé de mission sur la prévention du suicide en prison par Dominique Perben et Jean-François Mattéi.

comme étant la population la plus exposée. Comme Georges.

Un autre facteur qui amène à ce passage à l'acte est le sentiment de ne plus avoir de famille. Le facteur dépressif joue évidemment un rôle prépondérant. Pour ce chef de service au centre hospitalier du Vinatier, la prévention du suicide chez les personnes âgées doit devenir une grande cause nationale. Il faut exclure les personnes âgées, notamment les hommes, de ces taux de suicide qui paraissent effrayants au regard de certains pays européens. Jean-Louis Terra note même que dans certains départements, le taux de suicide des personnes âgées est aussi élevé qu'en milieu pénitentiaire.

Alors que les moins de 25 ans représentent 5 % des suicides, les plus de 65 ans en représentent 30 %. Et, il existe un gros différentiel entre hommes et femmes. On trouve 4,5 hommes qui se suicident pour une femme chez les 75-84 ans et sept hommes pour une femme chez les 85-94 ans. Dans la *Revue d'épidémiologie et de santé publique*, datée de février 2003 [1], des chercheurs se sont penchés sur le suicide des personnes âgées à domicile et en maison de retraite en France. Pour les deux sexes, les taux sont plus importants en maison de retraite qu'au domicile. Pour les hommes, les taux de suicide en maison de retraite sont du même ordre que les taux enregistrés pour les personnes isolées. Au contraire, pour les femmes, la maison de retraite apparaît comme un risque spécifique avec des taux de suicide qui se détachent nettement des autres situations étudiées. En maison de retraite, contrairement aux hommes, ce sont les femmes les plus jeunes (65-74 ans) qui ont les taux de suicide les plus élevés.

1. Casadebaig (F.), Ruffin (D.), Philippe (A.), *Revue d'épistémologie et de santé publique*, février 2003.

Le mode du suicide par pendaison est le plus utilisé, au domicile et en maison de retraite. Le saut d'un lieu élevé constitue la seconde cause de décès par suicide en maison de retraite. Par nature, les suicides par arme à feu et par absorption de substances sont beaucoup moins fréquents.

La France est très mal placée par rapport à certains pays comme l'Autriche et la Hongrie. Même s'il y a eu une réduction des suicides de 22 % entre 1980 et 2000. En 1985, on comptait 12 500 suicides contre 10 571 en 2007. Dans le même temps, au Danemark, les suicides ont baissé de 54 %. En France, cela a surtout baissé dans les régions qui avaient un plan régional de santé-suicide.

24

VALÉRIE
(LE PERSONNEL)

« Valérie, pendant longtemps, travaillait de 8 heures à 19 heures. Quand je la croisais à 18 h 30, elle avait l'habitude de me dire, un peu comme un avertissement : "À 55 je suis dans le vestiaire, à 19 dans ma voiture, à 02 je passe le portail." Traduction : il peut se passer n'importe quoi, à la seconde près, je quitte le service. J'espérais parfois qu'en cas de problème, elle resterait mais au fond je n'y croyais pas trop. Cette attitude était typique du je-m'en-foutisme ambiant. »

Pour Sophie Lapart, ce manque de réflexion, d'investissement personnel, de regard bienveillant sur la personne âgée constitue le terreau de la maltraitance institutionnelle. « Je n'y ai décelé aucune vocation : c'est un travail comme un autre. Quelques-unes viennent de l'usine et pourraient retourner dans ce secteur sans avoir appris grand-chose. Elles travaillent de façon mécanique et ne savent pas déterminer les urgences. »

Il est difficile pour un profane de comprendre comment des équipes peuvent être amenées à franchir la ligne jaune, à transgresser l'interdit de la maltraitance, en agressant verbalement puis physiquement les personnes vulnérables placées sous leur protection. Plusieurs acteurs du secteur interrogés sur la maltraitance verbale, nous ont expliqué qu'en dehors des pervers, il n'y a pas d'autres explications à donner. Comme l'ouvrier qui finit par détester les objets qu'il fabrique, l'aide-soignante épuisée, mal considérée, rémunérée au minimum légal, finit par détester les vieux dont elle doit s'occuper.

Il y a d'abord les cas individuels. Certains psychologues avancent parfois que l'amour que l'on peut transmettre à l'autre, c'est l'amour que l'on a reçu. Selon eux, les aides-soignantes maltraitantes auraient un rapport à l'autre défaillant, quelque chose de l'ordre de l'attachement qui ne se serait pas accompli au moment de l'enfance. Des paramètres socioculturels liés à la qualité de la formation reçue, à son niveau scolaire, au niveau moral et éthique du personnel, à la stabilité psychologique et à l'attachement au respect entrent aussi en ligne de compte. Mais seule une analyse systémique de la « chaîne des responsabilités » peut identifier tous les facteurs de maltraitance. Parfois, certains éléments réagissent de façon salutaire. Ainsi, Élodie, une aide-soignante des Jardins de Médicis, a brisé le secret médical et a fait lire les documents de transmissions à son médecin traitant, souhaitant obtenir son avis. « Sortir des documents, évidemment, ce n'est pas bien, ni déontologique, mais c'est le système en place qui nous pousse à faire cela », explique Sophie Lapart. Dénoncée par un collègue qui a fait savoir qu'elle imprimait des documents, Élodie passe en équipe de jour. Elle n'arrivait plus à tenir le rythme et finissait par présenter des symptômes dépressifs.

Collectivement, le personnel des établissements a un rôle essentiel : au-delà des soins médicaux, il est garant de la sécurité, du confort et de la bientraitance. Il accepte ou refuse des conditions de travail potentiellement maltraitantes. Une désobéissance civique est possible, un engagement moral en faveur des personnes âgées, qui consisterait à dénoncer tous faits de maltraitance, à ne pas accepter des rythmes conduisant inévitablement au *burn out*.

Ainsi, en octobre 2010, La Saison dorée, une structure située à Lyon appartenant au Groupe Korian, s'est mise en grève. Les grévistes demandaient des moyens supplémentaires. Avec un objectif : ne pas tomber dans cette maltraitance faite de négligences, de manque de soins, d'épuisement. Malheureusement, les exemples d'équipes qui se révoltent sont encore trop rares.

« Le secteur a massivement eu recours à de la main-d'œuvre non ou mal formée, parfois issue de l'immigration, peu informée de ses droits et évidemment sous-payée », avance Christophe Fernandez. Le responsable confie avoir eu connaissance de cas d'aides-soignantes illettrées mais parlant le français : « On les retrouvait en train de tenter un rapprochement entre le nom inscrit sur le pilulier de médicaments et le nom marqué sur le vêtement de la personne. Le problème, c'est que souvent, on ne remet pas aux personnes âgées leurs propres vêtements, d'où les erreurs médicamenteuses qui peuvent se révéler dramatiques. » Dans ce secteur, tous les moyens sont employés pour réduire le poids de la masse salariale. « En remplacement la structure a reçu des jeunes aides-soignantes de 17 ans à peine, incapables de gérer des problèmes liés à la sécurité. Elles ne savent même pas où se trouve le bouton "coup-de-poing" pour couper le gaz », déplore Sophie Lapart.

Employer de la main-d'œuvre sous qualifiée est donc la règle, mais comme le travail doit malgré tout être effectué, il existe une tactique très simple : le glissement de tâche. Il s'agit de faire effectuer par une personne non qualifiée des actes que devrait effectuer la personne située au-dessus d'elle dans l'échelle des compétences. « Dans le médical, cela marche d'autant mieux que l'on a l'habitude de dire que les agents de service hospitalier se prennent pour des aides-soignantes, les aides-soignantes pour des infirmières, ces dernières pour des médecins, eux se prenant... pour Dieu ! » raille Florence, une aide-soignante qui a abandonné le secteur de la gériatrie.

Concrètement, de quoi s'agit-il ? « Déléguer l'aspiration d'une dame encombrée à une soignante non habilitée à pratiquer l'acte est un glissement de tâche très grave mais fréquent », nous explique Sophie Lapart. Et l'aide-soignante de nous donner un exemple précis. Monsieur B. était sous pouce seringue. C'est très proche de la pompe à morphine, on le cale sur un débit, la substance passe suivant une dose estimée. Suivant le calage, il y avait un risque que le pousse seringue stoppe durant la nuit. « Donc, en cas d'incident, il nous était demandé d'administrer de la morphine Oramorph, par voix buccale, à raison d'une ampoule toutes les deux heures. C'est pourtant un acte qui relève du rôle propre de l'infirmier et qui ne peut être délégué. Pour Monsieur B., il aurait fallu logiquement que nous appelions une infirmière libérale la nuit, ce qui n'a jamais été fait, par souci de rentabilité car il aurait fallu payer son déplacement. Ainsi, nous nous promenions sur le chariot avec, sur le chariot, une vingtaine d'ampoules de morphine. Ce stupéfiant exige un contrôle pointu de son administration, un suivi vraiment spécifique. La morphine, on ne plaisante pas avec car on ne sait jamais comment la personne va réagir », s'emporte Sophie. « De retour de formation, j'informe la directrice de ce problème. Elle me répond : "On n'a pas d'infirmière la nuit. S'il y a quoique ce soit, adressez Monsieur B. aux urgences." »

Mais les directions des établissements n'encouragent malheureusement pas les comportements consciencieux. Au contraire. « Pour certains soignants, être à l'heure dans le timing prévu fait plaisir à la direction : j'ai 10 résidents à nurser. C'est le syndrome de l'employée modèle : les autres n'y arrivent pas, mais moi, j'y arrive », raconte Sophie. Il faut voir dans quelle condition elles y arrivent : « C'est de l'abattage, commente notre aide-soignante. On retrouve une dame avec la même robe depuis 3 jours, des traces d'excréments sur les jambes. Évidemment, le nursing n'a pas été fait correctement ! De mon côté, je n'ai jamais pu quitter la structure à 20 h 15, c'était plutôt 20 h 45 ou 21 heures, car je ne voulais pas stresser mes résidents. »

Plusieurs soirs de suite, Sophie retrouve une résidente glissée au fond de son lit avec un pied bloqué par un crochet. Cette dame souffrait en plus d'une fragilité cutanée extrême. « En conséquence, et pour son mieux-être, nous sommes donc montées, ma collègue et moi, au grenier où nous avons trouvé un coussin de positionnement. Nous avons récupéré deux grands traversins, les avons entourés de draps pour qu'elle ne puisse plus basculer et se heurter aux ridelles de protection. » La protection se révèle efficace. Elles laissent alors une transmission écrite de la situation en remerciant l'équipe de bien vouloir prêter une attention toute particulière au confort de positionnement de la résidente. Elles le précisent également le soir de façon verbale. « Le lendemain, au cours de notre première ronde, nous avons retrouvé Mme B. de nouveau coincée, une jambe dans la ridelle. La pression prolongée lui avait provoqué une blessure à la cheville... De surcroît, tout notre matériel avait été jeté en vrac sur le fauteuil. Comment ne pas avoir envie à ces moments-là de se taper la tête contre les murs ?

Dans ces moments-là, on ne comprend plus, et les bras nous en tombent », soupire l'aide-soignante.

S'est aussi présenté le cas d'une sonde fissurée depuis plus d'un mois sans que cela émeuve personne : « La résidente avait sa nourriture qui se répandait partout, cela me rendait folle : j'ai fini par trouver une solution : nous avons tout séché avec ma collègue et l'avons réparée avec un sparadrap. » De telles réparations artisanales sont indignes de structures dans lesquelles les résidents et leurs familles doivent payer plus de 2 000 euros par mois. « Il existe pire ailleurs, toujours, mais je n'arrive pas à trouver d'explications rationnelles à de telles attitudes », commente Sophie.

Si elle reconnaît que certaines soignantes rencontrées lui ont redonné foi dans l'existence de certaines vocations, elle n'en demeure pas moins choquée par beaucoup de ses collègues : « Quand on gère de l'humain malade, cela ne peut pas être carré. Où est-ce écrit que parce que tu es vieux, tu dois être obéissant, accepter une toilette à 9 heures, quand tu n'as pas fini ton petit déjeuner ? Quand on est vraiment avec les personnes âgées, il faut savoir se baisser, se mettre à leur portée, échanger des regards. Elles ne savent pas faire car elles n'ont pas été formées, elles deviennent psychorigides, enfermées dans leurs schémas de travail ou, parfois, dans le jugement, quand elles arrivent à être au courant de l'histoire de famille. »

L'aide-soignante constate aussi que les représentations de la personne âgée sont faussées : « Elles pensent qu'elles n'ont plus de besoin, plus d'amour, plus de sexualité, plus de projet, plus d'envie, ce qui est totalement faux. En fait, pour elles, ce ne sont presque plus des personnes. »

Sans doute la seule façon de s'en sortir avec sa conscience, consiste-t-elle à se dire précisément que ce ne sont plus des êtres humains.

Mais Sophie Lapart a une autre vision des choses : une maison de retraite peut fonctionner en prenant en compte la personne âgée. La situation de blocage avec une personne âgée, *in fine* fait perdre plus de temps. « Nous étions très peu de soignantes, deux ou trois sur douze, à être respectueuses de cela. Les autres n'imaginent pas l'importance de cette prévention. Elles sont emportées par le respect de la programmation de la journée. Proposer à boire de façon régulière est quelque chose qui leur échappe totalement. Elles sont capables d'attendre la fin d'un repas pour les faire boire. Il m'est arrivé de trouver des résidentes totalement assoiffées. »

Sophie Lapart a eu beaucoup de difficultés à mettre en place le chantier de la bientraitance. La bientraitance se définit par l'ensemble des procédures et usages destinés à respecter au mieux les personnes âgées. S'agit-il d'un artifice de communication, un concept destiné à valoriser les structures à moindre coût en rassurant autorités et familles ?

« La réalité c'est qu'il faut vraiment être motivé et avoir des ressources intérieures pour supporter ces conditions de travail. Alors que je suis en plein service de repas en salle, dans le réfectoire du bas, la directrice vient me chercher pour faire la toilette d'un mort. Il s'agit de déshabiller complètement la personne, lui faire une toilette complète comme s'il allait partir en promenade, les yeux doivent être fermés, on pose une bande pour que la mâchoire soit fermée, on le débarrasse de toute assistance technique, on le rend présentable pour la famille, on refait un lit propre, on fait une chambre accueillante. À Ermenonville, beaucoup de filles avaient peur des morts, cela m'a toujours étonné. Même la directrice avait du mal à rentrer dans les chambres des morts. C'est pourtant un métier où l'on peut y être confronté à tout moment. Je retourne ensuite servir à manger avec une sensation étrange car je viens de m'occuper d'une personne décédée et je dois enchaîner naturellement avec des gestes banals, comme servir de la purée. »

Officiellement, GDP Vendôme envoie en formation son personnel pour améliorer la prise en charge. « Ils peuvent le prouver car les employés en ressortent avec une attestation de stage. En fait, les filles vont à Paris, à côté du Père Lachaise, c'est très sympa, cela les repose de la structure pendant une semaine, et elles n'ont pas forcément les moyens de s'y réinvestir. Si les moyens humains ne sont pas présents, cela ne servira à rien car le rythme et les mauvaises habitudes auront repris », déplore la référente.

Dans son livre *La vie doit continuer* [1], Annie Duponcelle, consultante et formatrice en gérontologie, adopte et préconise la bonne attitude à avoir : « Il s'agit de mettre en place le respect de l'identité. On n'a pas le droit de s'occuper de quelqu'un sans connaître la personne, sans savoir ce qu'elle aime. Chez les patients Alzheimer, il y a des thématiques que l'on ne doit pas aborder, des gestes que l'on ne doit pas faire. Serrer un bras avec le pouce ou commencer une toilette par le visage sont ressentis comme une agression. Les attitudes, les regards, le réconfort d'une main participent à la dignité et au bien-être de la personne. C'est aussi du soin », explique cette ancienne directrice de maison de retraite communale. Une attitude simple, remplie de bon sens et d'humanité, parfois si rare dans les structures !

1. Annie Duponcelle, *La vie doit continuer*, Paris, Éditions Chronique sociale, 2010.

25

Retour d'expérience d'une aide-soignante écœurée

« Je suis parfois décontenancée par ce paradoxe : l'immense plaisir que j'ai eu à travailler dans cet endroit, qui reste un lieu où j'ai parfois donné la main à l'horreur.

Après un décès, les familles nous remerciaient. Je me disais : “Mais mon dieu si tu savais, merci de quoi ?”. Les familles ont tellement besoin de se rassurer, elles veulent s'en convaincre. C'est une forme de politique de l'autruche, tu entends mais tu ne vas pas chercher au-delà. Certains sont ensuite dans un remords terrible.

Je n'ai pas envie qu'on me traite et qu'on traite les miens comme cela un jour.

Avec ce livre, je voudrais combattre une idée reçue et changer notre regard sur les vieux. Il y a cette idée, ce cliché, que le vieux n'a plus de besoin. Par exemple, ils n'ont même plus le loisir d'avoir quelques pièces de monnaie, alors que c'est une façon pour eux de se dire qu'ils sont encore autonomes. »

« En réalité quand on est vieux on a les mêmes besoins : de reconnaissance, de voir ses douleurs soulagées, d'avoir des projets, mais ils ont surtout besoin de cette même potion magique, unique et essentielle à chacun : aimer et être aimé.

Je voudrais que nos lecteurs comprennent mieux ce métier si particulier. En société, les gens nous renvoient une image tellement négative de notre métier, pensant que nous sommes là uniquement pour nettoyer les personnes âgées et leur changer leurs protections. On ne se rend pas compte de l'énergie que nous déployons, de la patience qu'il faut trouver, de la capacité d'adaptation qu'il est nécessaire de déployer. »

« Personne ne mérite les traitements infligés, personne ne mérite de vivre sa fin de vie ainsi. Mon sas de décompression, c'était le trajet entre Ermenonville et chez moi. J'ai parfois arrêté la voiture pour hurler, j'avais envie de plonger dans des profondeurs abyssales.

J'ai donné sept années de soins aux personnes âgées. Certains encore valides, d'autres malades, atteints d'Alzheimer ou d'une de ces pathologies dites du "grand âge", pour beaucoup en fin de vie, et j'ai eu la chance d'avoir pu les accompagner jusqu'à la fin.

Sept années de bonheur, de satisfaction et de joie ! Il m'arrive parfois de penser à eux. C'est toujours avec le sourire que je me les remémore. Il y a eu beaucoup de joie partagée car les personnes âgées sont bien autre chose que ces vieux grincheux, moches, sourds, qui n'ont plus leur tête, à qui l'on va devoir faire des visites embarrassantes car on ne sait même plus de quoi parler, et à qui l'on ne sait plus quoi offrir. Ils ont juste besoin de nous. »

« Très vite je me suis rendu compte que mon activité professionnelle intéressait peu de monde et effrayait. Lorsque j'étais interrogée sur mon travail, je recevais en retour la réaction suivante : "Quel courage, moi je ne pourrais pas !" Je n'y vois pas de courage, mais et il est vrai que tout le monde ne peut s'y épanouir. La personne âgée fait peur, car nous avons peur de l'état dans lequel nous serons demain. On ne veut pas trop savoir ce qui se passe dans ces endroits-là et, en même temps, c'est rassurant de rencontrer des aides-soignantes motivées et heureuses de leur travail.

Les soignants qui choisissent de s'orienter vers le "grand âge" sont rares et l'on retrouve toujours la même passion chez ces derniers, des années après.

Nous sommes bien conscients que nous intervenons à un moment particulier du cycle de la vie, la dernière partie... c'est sans doute pour cela que nous avons tellement envie de les accompagner du mieux possible sur ce "bout de chemin" avec, pour nous soignants, un paradoxe : dans le même temps, nous "encourageons" ceux qui sont vieux mais bien encore dans la vie, et nous aidons celui ou celle qui la quitte. De jour comme de nuit, nous allons de la vie à la mort ; cet exercice nous entraîne à une grande et rapide capacité d'adaptation ! Je n'ai jamais eu l'impression de ressentir "une routine", que cela soit en service de jour ou de nuit : il faut nous mettre en relation avec chacun, les considérer comme des êtres à part entière, uniques et précieux. »

« Pourquoi ne parle-t-on pas davantage de ces problèmes ? Les témoignages restent rares sur le sujet car la loi du silence règne, parce que la maltraitance institutionnelle peut être considérée comme quelque chose qui n'est pas gravissime.

J'ai passé des moments extraordinaires dans cette structure mais ce qui a été le plus dur dans mon travail, c'était toutes ces colères dues à mes conditions d'exercice.

Lorsque l'on faisait part aux médecins de douleurs persistantes, c'est vrai qu'ils n'y étaient pas toujours sensibles.

Les médecins ne sont pas à l'écoute de la personne vieillissante. Sur la structure, nous n'avions pas de gériatre. Seul un généraliste était présent deux matinées par semaine. Il était très agréable avec le personnel. Plutôt à notre écoute, il semblait bien au fait de nos problèmes de fonctionnement. »

« Alors, de chambre en chambre, de jour en jour, et parfois d'heure en heure, je vais devoir m'adapter, être au plus juste, trouver comment je vais réussir là, maintenant, à entrer en relation avec Monsieur X., pour lui faire accepter un acte lui étant désagréable, et l'on pressent le rapport de force… Mais, surprise ! Aujourd'hui il veut bien. C'est la base de notre travail que d'aller à la rencontre de l'autre, et, à chaque nouvelle prise en charge, c'est une histoire qui commence, et c'est toujours à nous, soignants, de trouver la porte, de trouver "ce qui bloque", de nous imposer le moins possible, d'établir une relation de confiance, de trouver ce que veut Mme T., ce qui lui tient tellement à cœur.

Est-ce que nous les aimons ? Oui ! Pour ma part, c'est certain, d'un amour sincère mais qui reste professionnel. Nous ne mettons pas en place un attachement démesuré, nous sommes forcément obligés de mettre une distance pour rester compétents et disponibles.

Lorsque je les quitte, ma "mission est terminée". Jusqu'à mon retour. J'ai souvent été insultée, giflée, mordue, frappée, mais ça ne fait rien, j'ai toujours réussi à trouver un petit quelque chose de sympathique et de plaisant avec ces personnes-là… »

« Cette expérience m'a révélée de façon cruelle le sort que notre société réserve aux personnes âgées. Je me suis interrogée sur les raisons pour lesquelles je n'étais pas tombée dans cette routine maltraitante, comme beaucoup de mes collègues. Peut-être suis-je partie lorsque j'avais atteint mes limites ?

Peut-être ai-je un respect démesuré des personnes âgées ? Il est vrai que, dès mon enfance, j'ai vécu un rapport particulier avec eux. Pour moi, le mot "vieillard" n'est pas péjoratif, il est même "noble". Le vieillard, c'est celui qu'on écoute, le sage. C'est aussi celui que l'on doit protéger.

En devenant moins bienveillante à l'égard des anciens, notre société a perdu cette notion essentielle. Il n'y a plus ce regard admiratif du jeune vers l'ancien. »

« On ne devient pas soignant au service des personnes âgées par hasard, pour ma part, cela vient de mon enfance. J'ai toujours senti que j'avais une prédisposition naturelle. Ce que je cherche à apporter à "mes" résidents, c'est ce que je voudrais pour tous les mourants, pour ma grand-mère. Elle a toujours émis le souhait de mourir chez elle, c'était une femme extraordinaire, elle a toujours pris soin de moi. Lorsque je vois le jour, mes parents sont très occupés et mon père demande à mes grands-parents paternels qui habitent dans la région bordelaise s'ils peuvent s'occuper de moi. Ainsi, ils vont marquer ma petite enfance. Je regardais les mains vieillies de ma grand-mère, et ces mains ne m'ont donné que de l'amour. À 6 ans, je suis partie pour l'Afrique avec mes parents pour de longues années, cette période a sans aucun doute développé en moi ce sens de la solidarité propre à l'Afrique : on prend soin du plus faible et du plus vulnérable ; les grands-parents ne sont pas abandonnés. J'ai vécu aussi une cohabitation merveilleuse avec mes arrière-grands-parents. Mon grand-père s'occupait de mon arrière-grand-mère. C'était un devoir. »

Dans cette suite de rencontres tendres, amicales, parfois douloureuses, aux Jardins de Médicis, Sophie Lapart garde-t-elle un souvenir particulier, un visage, une personne, une histoire ?

« L'une d'elles a retenu mon attention : Mme K. Toutes mes collègues me demandaient même comment j'avais autant de plaisir à prendre soin d'elle. Mme K. était une Polonaise presque centenaire. Une toute petite bonne femme, toute maigre, avec des yeux bleus perçants et malicieux, des cheveux blancs, une coupe au carré. Ne marchant plus, elle vivait du lit au fauteuil et du fauteuil au lit. Elle avait l'air si sage : une poupée installée dans ce si grand fauteuil. En fait, c'était un vrai démon ! Et je ne sais pas pourquoi nous nous sommes si bien entendues ! Elle était si légère que je la prenais toujours dans mes bras pour la transférer. Elle était si contente, mais lorsque je l'installais dans son lit, elle se mettait à me taper encore et encore. De toutes ses forces. Et elle en avait encore ! Elle donnait des coups de pieds, je la laissais volontairement se défendre puis j'attrapais ses bras et les croisais, la regardant bien dans les yeux avec un "non" bien ferme pour aussitôt après, radoucir ma voix, et lui dire : "non, la main est gentille". Et en même temps que je la lui caressais… elle comprenait, soupirait et se laissait faire. Il faudra répéter ce rituel chaque soir pendant très longtemps !

Un soir, la déposant sur son lit, avec son regard malicieux j'entends "la main est gentille", et Mme K. me caresse le visage avec un beau sourire. Elle semblait très contente d'elle ! Voilà, c'est cela le bonheur de notre travail. Elle m'appelait toujours "Marie" en roulant ses r, "Marrrie, viens ! " Elle m'interpellait aussitôt qu'elle m'apercevait. Si je venais et lui demandais ce qu'elle voulait, elle me servait un "va-t'en !" bien articulé, et me rappelait dès que je m'éloignais… c'était un jeu, je le savais, et elle savait que j'étais prête à y entrer.

J'ai souvent eu du plaisir à la voir si joyeuse ! Puis, pendant quelques jours, elle est devenue très tranquille, n'a plus voulu manger. Elle fermait les yeux dans son fauteuil, les ouvrait ; elle tordait ses doigts les uns dans les autres, sa mâchoire bougeait sans cesse. Un soir, alors que je l'installais au lit, elle s'est recroquevillée d'elle-même en position fœtale. Elle est morte le lendemain matin. »

Préparer un défunt, est un moment précieux. En prendre soin une dernière fois. Préparer la chambre au mieux pour la famille, qui arrivera bientôt, et qui dira « merci ». Ces gestes ultimes, Sophie n'a pas eu le temps de les prodiguer à Marie-Thérèse, une femme atteinte d'une pathologie cardiaque qui brusquement ne peut plus se déplacer. C'est une perte de liberté insoutenable et c'est pour elle le début de la fin. Elle se dégrade physiquement et mentalement très rapidement. « Elle fait un syndrome de glissement, plus grand-chose ne l'intéresse. Mais sa pathologie cardiaque ne la met pas en danger. Les semaines passent et elle refuse de se nourrir. Elle ne veut plus descendre dans la salle à manger, elle est à nouveau hospitalisée et revient chez nous avec des escarres. Une sonde de confort est placée, on sait qu'elle va rester au lit », se remémore Sophie. En réalité, Marie-Thérèse veut se mettre en repli pour mourir. Elle refuse de prendre ses médicaments ainsi que les compléments alimentaires.

« Le matin, c'est moi qui distribue les médicaments. Elle me dit alors : “Sophie, vous me décevez profondément, je pensais que vous, vous auriez compris, je VEUX mourir.” » Sophie insiste pour qu'elle prenne ses médicaments puis continue sa ronde alors que la dame âgée lui demande de prier avec elle. Dix minutes plus tard, la résidente décède. Sophie en a gardé le souvenir amer d'une main tendue qu'elle n'a pas pu saisir car il fallait, avant tout, suivre le rythme effréné de la journée.

« Tous les vieux, malades, nous épuisent souvent, mais ils font aussi de nous des êtres différents, ils nous apprennent et nous forcent à chercher toujours plus loin en nous, à écouter, à être patient, à savoir maîtriser nos émotions, à rechercher et à donner du sens à notre travail. Le mourant nous demande à sa manière de ne pas avoir peur, c'est lui qui meurt, alors il semble nous dire : "Toi qui vas rester, peux-tu m'aider du mieux possible ? Toi qui me soignes, si je lis la peur dans tes yeux je n'aurai pas confiance et, pourtant, j'ai tellement besoin que tu m'aides à vivre ce dernier moment." Dans ces services-là, ce n'est pas le corps que l'on soigne le plus. D'ailleurs, les jeunes infirmiers perdent leur technique car ils ne font que de la "bobologie". Finalement, c'est plus l'âme que l'on soigne. »

« Nous sommes parfois amenés à avoir des attitudes qui sont interdites par nos manuels de formation. Le but officiel est de nous protéger. Par exemple, il ne faut pas embrasser les personnes âgées, ne pas les appeler par leurs prénoms. Mais, parfois, la personne âgée nous le demande. Ce n'est pas cela qui va nous traumatiser. Lorsqu'ils sont prêts à partir, on a l'habitude de faire comprendre aux familles qu'une présence rapprochée va devenir nécessaire. On peut assister à des choses choquantes. Les préoccupations de la famille passent après celles de la personne âgée. Je peux avoir une oreille pour l'environnement familial mais ce qui m'importe, c'est le résident et rien ne doit venir interférer dans ma relation entre le patient et le résident. »

« À Ermenonville, j'ai comptabilisé, sur quinze mois, vingt-neuf décès. J'ai toujours vécu comme un manque le fait de ne pas être là au moment du "passage". Aurais-je la chance d'être là au moment ? Si je ne suis pas là, je rebondis moins facilement, il va me manquer cet instant ultime. Après un séjour à l'hôpital, le patient revient parfois avec la mention "réadressé pour soins d'hygiène et de confort". C'est une formule "élégante" qui nous fait comprendre que la personne rentre en fin de vie. Notre fonction est alors d'entourer au mieux ses derniers jours. Les pronostics sur la mort se révèlent largement inexacts. Comment peut-on savoir ? C'est impossible. On retrouve un peu la même attente qu'autour d'une naissance. Je n'ai jamais entendu de propos déplacés des équipes dans ces moments. Une sorte de respect s'installe, même maladroit.

Il est très rare que la personne verbalise directement : "Je vais mourir." C'est généralement une question qui veut dire comment vais-je mourir ? Mon attitude consistait à reformuler, mais c'est un peu au cas par cas, en fonction de la personne qui est là. Il ne faut pas s'échapper. J'attends qu'il mette d'autres mots derrière. »

« J'ai voulu tenir, rester, ne pas lâcher l'affaire, malgré tout ce qui me dérangeait dans l'organisation de la structure. Nous sortons de l'été 2009 exténués. Je sens que je ne suis plus en harmonie avec ma démarche de soignante. À la fin de l'été, je prends une semaine de congés et je demande mon transfert en nuit. Je me dis que je subirai moins tous ces dysfonctionnements. C'est une erreur car tous les dysfonctionnements m'apparaissent de façon plus flagrante.

La jeune directrice, a quitté la maison et nous sommes dans l'attente d'une directrice suppléante. Elle était assez déstabilisée suite à l'affaire du maltraitant.

Arrive ce 6 janvier. Nous arrivons chez Paul. Il est 23 heures. La première ronde nous a pris du temps. Nous le trouvons dans un état catastrophique, encore dans cette marre d'urine. Il a eu un souci intestinal, il est recouvert de ses selles. Il est installé au fauteuil sans le filet réglementaire qui lui permet de le transférer avec le lève-malade. Cet homme est amputé des deux jambes. Nous ne savons même pas par où le prendre. Dans le mouvement, au moment où nous le prenons par portage, il glisse et nous échappe. Je bascule, me démets l'épaule droite et m'abîme les cervicales. La fatigue a évidemment favorisé cet accident.

Je termine malgré tout ma nuit. Le lendemain, je procède à une déclaration d'accident de travail. Je suis arrêtée, je mets beaucoup de temps à me réparer mécaniquement. Pour autant, le filet qui aurait évité la chute n'est toujours pas installé. Pourquoi n'ai-je pas repris mon travail ? Au fil des semaines, l'idée de retourner dans ce contexte de travail devient compliquée : je ne peux plus continuer à travailler ainsi. La médecine du travail me dit que c'est mon mental qui empêche ma guérison.

Puis arrive une opportunité de changer de secteur, que je saisis. Je fais part à la nouvelle directrice des raisons de mon choix. Elle me répond que cela ne l'étonne pas car elle a déjà rencontré ce profil de soignant. Cela me révolte. J'ai travaillé dans le soin à domicile et j'ai rencontré des situations de maltraitance. Dans un cas le fautif était le fils de la personne âgée et dans l'autre, une soignante. J'ai dénoncé à chaque fois ces situations. Dans ces deux cas, ma hiérarchie a fait son devoir en intervenant et m'a soutenu. En maison de retraite, ça ne se passe pas toujours comme ça… »

« Aujourd'hui, les vieillards me manquent. Quand je passe devant un hôpital, j'ai parfois envie d'aller les voir au service des soins palliatifs, de façon bénévole. Mais je ne suis pas encore prête à retourner dans le secteur du soin aux personnes âgées.

Ma démission m'a cependant permis de témoigner en toute liberté. Ce témoignage n'est pas un règlement de comptes : je n'ai rien contre notre P-DG, et, plus largement, je n'ai rien contre celui qui gagne de l'argent, qui investit. Mais lorsque l'on a de tels moyens, on doit les utiliser sans attendre les subventions de l'État. On ne doit pas regarder à la dépense. Je repense à ma cuillère à dessert, aux portions de 15 g de fromage, au fait de vider les sondes urinaires dans des pots de fleurs parce qu'on n'avait pas de pot à diurèse. Le pire, c'est que tout cela ne coûte pourtant pas cher.

Même si ce témoignage a parfois emprunté les chemins de la critique en pointant du doigt l'attitude révoltante de certains soignants, j'en ai croisé d'autres motivés, respectueux, très humains, dévoués. Ce chapitre est aussi l'occasion de leur rendre hommage. Merci à eux ! »

Nous avons sollicité Jean-François Gobertier, le P-DG de Dolcea GDP Vendôme, propriétaire des Jardins de Médicis, afin de lui soumettre tous les éléments critiques contenus dans ce témoignage et d'obtenir une version contradictoire des faits. Une cadre du groupe nous a d'abord répondu que GDP Vendôme était en train de fusionner avec le groupe Domus Vi et que « compte tenu de cette actualité financière, le groupe ne souhaitait pas communiquer ». Nous avons insisté, car nous ne souhaitions pas que cette partie soit perçue comme étant « à charge ». Nous avons finalement reçu, au moment où nous bouclions l'ouvrage, une réponse du responsable de secteur, que nous livrons intégralement au lecteur. Il s'agit d'une réponse formelle, qui n'aborde pas les points critiques en particulier mais uniquement le dispositif en personnel.

Voici la réponse de M. Boulant, chef de secteur à GDP Vendôme : « L'établissement Les Jardins de Médicis à Ermenonville a poursuivi son processus d'amélioration de prise en charge des résidents (démarche engagée depuis plusieurs mois), en particulier au niveau des soins. L'établissement est dirigé depuis l'automne 2010 par une directrice qui a su donner un nouvel élan à la résidence.

L'équipe soignante est animée par nouveau médecin coordonnateur, par ailleurs médecin gériatre à l'hôpital de Senlis. Il s'appuie sur une équipe renforcée, composée de trois infirmières (2 temps-plein et un mi-temps d'infirmière coordinatrice financé par Dolcea) et de six aides-soignantes (dont quatre agents de services hôteliers (ASH) en cours de formation pour passer le diplôme d'aides-soignantes ou d'aide médico-psychologique), pour 40 résidents. »

26

QUI VA PAYER LA FACTURE DE LA DÉPENDANCE ?

Le gouvernement, sous la responsabilité de Roselyne Bachelot, ministre des Solidarités et de la Cohésion sociale a lancé un grand chantier de consultation sur le financement de la dépendance en 2011. Même si certains murmurent que « les jeux sont faits », c'est-à-dire que le financement sera privatisé avec le recours à l'assurance privée, le conseiller de la ministre avec qui nous avons eu l'autorisation bienveillante de parler en *off* pendant 5 minutes nous a assuré que toutes les pistes étaient possibles.

Aujourd'hui, environ 1,2 million de personnes âgées ne peuvent plus réaliser les actes de la vie quotidienne de manière autonome. Elles bénéficient de diverses aides afin de pouvoir rester à leur domicile ou être accueillies dans un établissement spécialisé. Si on inclut la prise en charge des soins, l'effort public à destination des personnes âgées dépendantes s'élève à 22 milliards d'euros, soit un peu plus d'1 % de la richesse nationale.

Malgré les aides, beaucoup de personnes âgées doivent supporter un reste à charge important et n'arrivent pas ainsi à faire face aux coûts qu'implique leur perte d'autonomie. « Celles qui restent à domicile (62 % des personnes dépendantes) doivent en moyenne supporter des coûts de 1 800 euros par mois, alors que leur pension ne dépasse pas les 1 000 euros et que les aides s'élèvent à 450 euros », analyse Emmanuel Masset-Denèvre, économiste à l'Institut national de la consommation.

Pour les personnes qui sont en établissements spécialisés, la situation est également critique puisque le reste à charge est évalué à 2 200 euros par mois en milieu rural et périurbain, et à 2 900 euros en milieu urbain. Habitué à mettre en lumière les choix politiques et leur impact sur les consommateurs, l'économiste évoque de douloureuses perspectives pour les familles des résidents : « Elles sont souvent mises à contribution au titre de l'obligation alimentaire, ce qui peut conduire à mettre la descendance en difficulté financière. »

La dépense pour l'autonomie des personnes âgées va devoir inéluctablement augmenter ces prochaines décennies, d'une part parce que la génération des baby-boomers entre progressivement dans son grand âge ; d'autre part parce que les progrès de la médecine permettront de vivre encore plus longtemps. Les quatre branches de la Sécurité sociale (maladie, vieillesse, maladie professionnelle et accident du travail, famille) ne sont pas en mesure de faire face à ce défi démographique. « Il est donc urgent d'organiser un système efficace permettant de répondre à un cinquième risque social, celui de la perte d'autonomie. Mais, dans un contexte particulièrement difficile pour les finances publiques, la question du financement de ce système est un enjeu majeur », prévient l'économiste. Mais alors, financement privé ou public ?

Pour éviter à la personne âgée et à sa famille (que ce soit par une contribution directe ou par un prélèvement sur la succession) de devoir assumer seule le financement de sa dépendance, plusieurs options sont possibles. « Soit on oblige ou on incite les individus à souscrire une assurance privée, soit on fait appel exclusivement à la solidarité nationale en intégrant éventuellement la perte autonomie dans le giron de la Sécurité sociale, soit on crée un système mixte entre financement socialisé et assurance individuelle. » Emmanuel Masset-Denèvre indique que c'est cette dernière voie qui semble être privilégiée puisqu'elle permet de conserver un socle solidaire sans dérapage des prélèvements obligatoires, avec, malgré tout, une bonne couverture grâce à un niveau complémentaire de type assurantiel à la charge des individus. « Néanmoins, les modalités de cette articulation sont à trouver », souligne-t-il.

Faudra-t-il créer un système unique de prise en charge des personnes âgées et des personnes handicapées ? « Le risque à couvrir étant celui de la perte d'autonomie, il pourrait être tentant d'unifier les modalités de prise en charge des personnes handicapées avec celles des personnes âgées dépendantes. Néanmoins, les objectifs n'étant pas complètement les mêmes, en particulier celui de l'insertion sociale et professionnelle qui est spécifique à la population handicapée, il est préférable de maintenir deux systèmes indépendants de couverture du risque », assure le cadre de l'INC.

Qui paie quoi ?

La représentation patronale des maisons de retraite planche aussi sur la question. Florence Arnaiz-Maumé évoque le tarif d'une journée d'accueil en établissement pour personne âgée dépendante : « Cela coûte en moyenne 110 € par jour et cela quel que soit le statut, public ou privé, de l'établissement. »

En revanche, une distinction entre public et privé s'opère historiquement dans la répartition des payeurs. Dans le secteur privé, la personne âgée va payer environ 65 €/jour, le département 15 € et l'Assurance maladie 30 €. Dans le secteur public, la personne âgée va payer 55 €/jour, le département 20 € et l'assurance-maladie 35 €. C'est ce qui explique les différences de tarifs d'hébergement entre le secteur public et le secteur privé. L'Assurance maladie et les conseils généraux financent plus le secteur public que le secteur privé.

Dans cette optique, quand l'État évoque le cinquième risque « dépendance », il entend en fait opérer une réforme permettant un meilleur calibrage des financements de l'Assurance maladie, de l'aide à la dépendance qu'est l'APA (Aide personnalisée à l'autonomie) et un meilleur calibrage de ce que doit payer la personne âgée...

« C'est donc une partie de billard à trois bandes qui risque de coûter très cher », prévient la responsable. Des pistes de réflexions ont été données par différents parlementaires. « Il faudra que tout le monde paye un peu plus : les personnes, les familles, les conseils généraux et l'Assurance maladie... soit au final toujours les Français, mais soit en individuel, soit en solidarité nationale, soit les 2 », annonce Florence Arnaiz-Maumé. Nous sommes donc bien dans un secteur qui a un vrai besoin de financements, et, eu égard à la démographie, ce n'est que le début... d'où l'idée d'une refonte du « risque dépendance » que Nicolas Sarkozy souhaite traiter entre 2011 et 2012.

En 2004, après l'épisode dramatique de la canicule, l'État avait déjà demandé un effort considérable aux Français et aux entreprises à travers la journée de la solidarité. Le dispositif était efficace et original, le salarié acceptait de travailler sept heures supplémentaires (lundi de Pentecôte ou journée de RTT) et l'entreprise était, quant à elle, soumise à une cotisation supplémentaire de 0.3 % de sa masse salariale (la CSA ou Contribution solidarité autonomie).

Cela a permis de dégager 2 milliards d'euros. Sur ces 2 milliards, 800 millions ont été dévolus au secteur du handicap et 1.2 milliards au secteur des personnes âgées. Sur ces 1.2 milliards, 400 millions sont partis vers les conseils généraux pour le financement de l'APA, et 800 millions ont été alloués à la médicalisation, la création et la rénovation d'établissements.

« Cette journée de solidarité a eu un vrai impact sur le secteur, mais aujourd'hui elle est intégralement dépensée, constate Florence Arnaiz-Maumé. Il est clair que pour parvenir aux ratios d'encadrement soignants évoqués précédemment, il faudrait à nouveau dégager 800 millions de crédits de l'Assurance maladie sur cinq à six ans, par tranche de 150 millions annuels... mais nous craignons, bien sûr, que ce ne soit pas le moment. Une solution pourrait être de réduire certains crédits mal employés aujourd'hui par l'Assurance maladie et de les réorienter vers le secteur des personnes âgées. Quand on pense qu'aujourd'hui une journée d'hospitalisation coûte à l'Assurance maladie 1 500 euros à l'hôpital, 250 euros dans un établissement de soins de suite, et 25 euros dans une maison de retraite... cherchez l'erreur... Il y a certainement des fongibilités à opérer. C'est un enjeu majeur ! »

L'autre solution consiste à développer le maintien à domicile. Les pistes de développement pour faire face aux besoins ne résident pas forcément exclusivement dans la création de nouveaux EHPAD. « Il est indispensable de réfléchir à l'établissement de demain, encourage la responsable. Il faut aller vers des plateformes de services dédiées au grand âge, décloisonner les activités et les opérateurs :

offrir aux Français des palettes de services multiples et évolutifs facilement accessibles. Mélanger l'accueil permanent, temporaire, de jour, de nuit, de week-end mais aussi le domicile, la télé-assistance, la domotique. Il est aussi nécessaire d'apporter des solutions dans le cadre du maintien à domicile. Ces services sont peu nombreux, mal répartis et de surcroît en déficit chronique. Le secteur de l'hébergement sécurisé (qui n'est pas aujourd'hui dans le secteur médico-social) est sans doute également à développer. Il s'agit de résidences en formule "appartement" qui permettent de choisir des services d'aide et d'accompagnement à la carte en fonction de la perte progressive de son autonomie. Les Français aiment ce concept beaucoup moins collectif que l'établissement. Bref, des décisions (ou des non-décisions) forcément difficiles vont devoir être prises… il n'y aura pas de solution miracle », conclut Florence Arnaiz-Maumé.

Conclusion

COMMENT LUTTER CONTRE LA MALTRAITANCE ?

L'exigence de prise en charge des plus vulnérables peut-elle cohabiter avec la logique industrielle qui s'est engouffrée dans le secteur de la vieillesse depuis le désengagement du public ? La question se pose de façon cruciale.

Faut-il créer des indicateurs positifs des maisons de retraite, plutôt que d'agiter la menace de sanctions qui, au demeurant, existent à dose homéopathique ? François Bouniol, directeur de plusieurs structures, veut prendre le problème à revers. Il croit en des indicateurs de bientraitance : « Cela fait des années que je crie qu'il faut arrêter de considérer ces maisons comme des établissements à part et qu'il faut instaurer des marqueurs ou indicateurs de qualité, comme on le fait pour l'hôtellerie, l'informatique ou l'industrie. C'est simple à mettre en place, ça ne coûte rien, ça s'appelle la transparence et pourtant aucun des responsables des pouvoirs publics, présidents de conseil général et autres médecins de la DDASS que j'ai contactés ne m'a jamais entendue. Mon idée, aujourd'hui relayée par la Fédération hospitalière de France, aurait pu être concrétisée depuis longtemps. » François Bouniol replace l'humain au centre du dispositif : « On a beau beaucoup parler des personnes âgées, en vérité, on s'en fout ! Il y a un vrai manque de réflexion et d'expérience sur le terrain : les décisionnaires des ministères n'ont jamais géré une maison de retraite de leur vie. Et puis c'est beaucoup plus simple pour l'administration, en termes d'effort et d'argent, de s'occuper de grabataires que de les maintenir dans leur autonomie. On aborde cette question comme un problème financier, alors que c'est un problème humain. »

Selon lui, il faudrait instaurer cinq critères : le GMP [1] de l'établissement (plus il est élevé moins l'endroit est bien), son taux de remplissage (les lits vides ne sont jamais bon signe), le *turnover* des résidents (leur fort renouvellement indique qu'ils meurent plus facilement qu'ailleurs), le *turnover* des personnels (dans les bonnes maisons, ils restent) et, enfin, le nombre d'arrêts de travail de moins de quinze jours (plus le personnel est épanoui, moins il est en congé maladie). « C'est d'autant plus simple à mettre en œuvre que ce sont des données chiffrées, bien plus faciles à contrôler que des problématiques de propreté, toujours aléatoires, ou les on-dit, souvent irrationnels et difficiles à prouver. De plus, chaque établissement dispose de ces données, tout comme les conseils généraux. Dans un souci de réactualisation, ces derniers pourraient exiger qu'on les leur communique trois fois par an », annonce le chef d'entreprise. Faut-il se tourner vers une forme de certification ? « La multiplication des contrôles inopinés que prévoient les plans gouvernementaux ne sert à rien. Ce n'est pas un passage aléatoire de la DDASS qui va régler le problème de la maltraitance. Les marqueurs, eux, instaurent un contrôle sur le long terme. C'est l'avenir, car c'est un dispositif intelligent

1. Groupe iso-ressources moyen pondéré : il s'agit de la moyenne des indicateurs de dépendance des personnes âgées d'un même établissement. Voir Annexe II.

qui obligera les maisons de retraite à se surveiller, à améliorer le qualitatif. Et c'est crucial, car ne pas prendre soin de ses vieux n'est vraiment pas valorisant pour une société. »

Au Québec, la ministre responsable des aînés, Marguerite Blais, a annoncé à la mi-décembre la création d'une chaire de recherche sur la maltraitance des aînés à l'université de Sherbrooke, la première du genre dans le monde. Une étude sur les mauvais traitements que subissent les personnes âgées révèle, entre autres, que 6 % des aînés sont victimes d'abus, (alors que les Québécois estiment cette proportion à 35 %). La ministre Blais a cru utile de préciser, néanmoins, que 6 % des aînés victimes d'abus, « ce n'était pas négligeable ». Le but annoncé de cette chaire, une première dans le monde, est de se documenter sur ce sujet tabou, avec une attention particulière au suicide. Comme en France, une ligne d'écoute et de référence pour les aînés a été submergée d'appels dès son lancement. Dès le début de 2011, Mme Blais nommera également des coordonnateurs régionaux, qui auront pour mandat de faire l'inventaire des services offerts aux aînés dans les régions et de détecter les lacunes à ce sujet.

Un ornithologue célèbre, André Dion, s'est insurgé contre ce plan. Dans une lettre envoyée à la ministre déléguée aux aînés [1], l'octogénaire affirme que le fait de dénoncer ce genre d'abus est un acte insuffisant pour l'enrayer. « Qu'est-ce que ça donne si rien ne change après ? Je me rends compte qu'on devient anonyme en vieillissant. Et les prédateurs se pointent ! On pousse de hauts cris pour défendre les espèces menacées, comme je l'ai fait toute ma vie pour mes chers oiseaux. Ici, répondez donc à ma question : Êtes-vous pour le massacre des aînés et de leurs œuvres ? Révoltant n'est-ce pas ? » lance-t-il à l'élue.

1. Visible sur son site internet : www.fondationdesdion.com.

Mais pour éradiquer ce « massacre », il est primordial que l'État se sente porté par l'opinion publique. Malheureusement, en France elle fuit devant le fléau de la maltraitance. Faut-il utiliser, pour les mobiliser, un argument qui touchera forcément les Français : aujourd'hui, le vieux, c'est l'autre, c'est celui que vous ne voulez pas voir. Mais demain, le vieux, c'est vous. Alors, n'est-il pas temps d'exiger des conditions de prise en charge dignes ?

Au risque de passer pour politiquement incorrect, nous avons, au terme de cet ouvrage, la certitude que seule la répression peut éradiquer le phénomène de la maltraitance. Pas seulement une répression exercée sur ceux que l'on appelle communément les « fusibles » : les soignants qui se retrouvent parfois dans des situations intenables, mais aussi des condamnations très lourdes des directeurs de groupe ou de structures. Tout comme les radars automatiques ont « éduqué » les automobilistes à une circulation dans le respect de la réglementation de la vitesse, seule la justice pourra, si elle le veut bien, infléchir la tendance avec des sanctions qui tiendront lieu de pédagogie.

« Seul l'État peut garantir la fin de vie dans la dignité des personnes âgées, mais il faut aussi que les associations, comme dans le domaine du racisme, puissent avoir la capacité juridique de prendre l'initiative de procès et de ne pas attendre que les familles plaignantes les accompagnent pour monter au créneau car, dans la majorité des cas, elles se résignent, ce qui fait le jeu de la maltraitance », avance Christophe Fernandez. « Le problème, poursuit le responsable de l'AFPAP, c'est que l'État ne joue pas son rôle d'arbitre dans ces affaires de maltraitance. Il est aux abonnés absents, il protège le secteur. Il s'efforce de comparer la maltraitance au domicile avec la maltraitance en maison de retraite pour minimiser cette dernière, alors qu'il ne s'agit pas du même public ni des mêmes situations. »

En 2002, alors qu'Hubert Falco était secrétaire d'État aux aînés et qu'il tenait un discours offensif concernant la lutte contre la maltraitance, l'AFPAP a été invitée à intégrer le comité de vigilance contre la maltraitance. Depuis, une fois par mois, Thierry Pons, coordonnateur de l'association se réunissait avec des acteurs du secteur, des associations et des fonctionnaires. Bref, des gens de bonne volonté. « Mais très vite, je me suis rendu compte que cela tournait en rond, nous avions dépassé le stade de la prise de conscience et à l'AFPAP, nous étions déjà dans la lutte alors que le comité avait pour perspective le fait de monter des plaquettes de communication. Nous avons donc participé à un reportage sur Canal plus [1], dans lequel nous avons aidé le journaliste. Une responsable de la DDASS a été filmée en caméra cachée. Cette séquence démontrait l'inaction de ce service de contrôle. » Les conséquences ne se sont pas fait attendre : dans un courrier, Hubert Falco vire l'AFPAP : « J'ai été informé qu'accompagné d'un représentant de l'association que vous présidez, et tenant compte du fait que celle-ci est membre du Comité national de vigilance, vous avez obtenu un entretien avec des agents des services de la DDASS de la Haute-Garonne, entretien qui a été filmé en caméra cachée, à l'insu des agents précités. De telles pratiques remettent en cause la relation de confiance instaurée avec l'Association française d'aide et de protection des personnes âgées. Elles rendent désormais impossible sa participation au Comité national de vigilance et à ses réunions ultérieures. »

En France, il ne fait pas bon dénoncer la maltraitance des vieux. Mais surtout, il ne fait pas bon être vieux.

---

1. « Personnes âgées, le business des mouroirs », *Lundi Investigation.*

L'Or gris

Avec son manifeste *Indignez-vous*, l'ancien résistant Stéphane Hessel, jeune homme éternel âgé de 93 ans, propose que chacun s'empare d'un sujet d'indignation et en fasse un combat pour un monde meilleur. La maltraitance des personnes âgées : voici un sujet d'indignation parfait…

ANNEXES

Annexe I

CHARTE DES DROITS ET LIBERTÉS DE LA PERSONNE ÂGÉE DÉPENDANTE

La vieillesse est une étape de l'existence pendant laquelle chacun doit pouvoir poursuivre son épanouissement.

La plupart des personnes âgées resteront autonomes et lucides jusqu'au dernier moment de leur vie. L'apparition de la dépendance, quand elle survient, se fait à un âge de plus en plus tardif. Cette dépendance peut être due à l'altération de fonctions physiques et/ou à l'altération de fonctions mentales.

Même dépendantes, les personnes âgées doivent continuer à exercer leurs droits, leurs devoirs et leurs libertés de citoyens.

Elles doivent aussi garder leur place dans la cité, au contact des autres générations, dans le respect de leurs différences.

Cette Charte a pour objectif de reconnaître la dignité de la personne âgée devenue dépendante et de préserver ses droits.

Article I – Choix de vie

Toute personne âgée dépendante garde la liberté de choisir son mode de vie.

Elle doit pouvoir profiter de l'autonomie permise par ses capacités physiques et mentales, même au prix d'un certain risque. Il faut l'informer de ce risque et en prévenir l'entourage.

La famille et les intervenants doivent respecter le plus possible son désir profond.

Article II – Domicile et environnement

Le lieu de vie de la personne âgée dépendante, domicile personnel ou établissement, doit être choisi par elle et adapté à ses besoins.

La personne âgée dépendante ou à autonomie réduite réside le plus souvent dans son domicile personnel. Des aménagements doivent être proposés pour lui permettre de rester chez elle.

Lorsque le soutien au domicile atteint ses limites, la personne âgée dépendante peut choisir de vivre dans une institution ou une famille d'accueil qui deviendra son nouveau domicile.

Un handicap mental rend souvent impossible la poursuite de la vie au domicile. Dans ce cas, l'indication et le choix du lieu d'accueil doivent être évalués avec la personne et avec ses proches. Ce choix doit rechercher la solution la mieux adaptée au cas individuel de la personne malade.

Son confort moral et physique, sa qualité de vie doivent être l'objectif constant, quelle que soit la structure d'accueil.

L'architecture des établissements doit être conçue pour répondre aux besoins de la vie privée. Un espace doit être organisé pour favoriser l'accessibilité, l'orientation, les déplacements et garantir les meilleures conditions de sécurité.

Article III – Une vie sociale malgré les handicaps

Toute personne âgée dépendante doit conserver la liberté de communiquer, de se déplacer et de participer à la vie de la société.

Les urbanistes doivent prendre en compte le vieillissement de la population pour l'aménagement de la cité.

Les lieux publics et les transports en commun doivent être aménagés pour être accessibles aux personnes âgées, ainsi qu'à tout handicapé, et faciliter leur participation à la vie sociale et culturelle.

La vie quotidienne doit prendre en compte le rythme et les difficultés des personnes âgées dépendantes, que ce soit en institution ou au domicile.

Toute personne âgée doit être informée de façon claire et précise sur ses droits sociaux et sur l'évolution de la législation qui la concerne.

Article IV – Présence et rôle des proches

Le maintien des relations familiales et des réseaux amicaux est indispensable aux personnes âgées dépendantes.

Le rôle des familles, qui entourent de leurs soins leurs parents âgés dépendants à domicile, doit être reconnu. Ces familles doivent être soutenues dans leurs tâches notamment sur le plan psychologique.

Dans les institutions, la coopération des proches à la qualité de vie doit être encouragée et facilitée. En cas d'absence ou de défaillance des proches, c'est au personnel et aux bénévoles de les suppléer.

Une personne âgée doit être protégée des actions visant à la séparer d'un tiers avec qui, de façon mutuellement consentie, elle entretient ou souhaite avoir une relation intime.

La vie affective existe toujours, la vie sexuelle se maintient souvent au grand âge, il faut les respecter.

Article V – Patrimoine et revenus

Toute personne âgée dépendante doit pouvoir garder la maîtrise de son patrimoine et de ses revenus disponibles.

Elle doit pouvoir en disposer conformément à ses désirs, sous réserve d'une protection légale, en cas de dépendance psychique.

Il est indispensable que les ressources d'une personne âgée soient complétées lorsqu'elles ne lui permettent pas d'assumer le coût des handicaps.

Article VI – Valorisation de l'activité

Toute personne âgée dépendante doit être encouragée à conserver des activités.

Des besoins d'expression et des capacités d'accomplissement persistent, même chez des personnes âgées qui ont un affaiblissement intellectuel sévère.

Développer des centres d'intérêt évite la sensation de dévalorisation et d'inutilité. La participation volontaire à des réalisations diversifiées et valorisantes (familiales, mais aussi sociales, économiques, artistiques, culturelles, associatives, ludiques, etc.) doit être favorisée.

L'activité ne doit pas être une animation stéréotypée, mais doit permettre l'expression des aspirations de chaque personne âgée.

Une personne âgée mentalement déficitaire doit pouvoir participer à des activités adaptées. Les activités infantilisantes ou dévalorisantes sont à rejeter.

Article VII – Liberté de conscience et pratique religieuse

Toute personne âgée dépendante doit pouvoir participer aux activités religieuses ou philosophiques de son choix.

Chaque établissement doit disposer d'un local d'accès aisé, pouvant servir de lieu de culte, et permettre la visite des représentants des diverses religions.

Les rites et usages religieux s'accomplissent dans le respect mutuel.

Article VIII – Préserver l'autonomie et prévenir

La prévention de la dépendance est une nécessité pour l'individu qui vieillit.

La vieillesse est un état physiologique qui n'appelle pas en soi de médicalisation. La dépendance physique ou psychique résulte d'états pathologiques, dont certains peuvent être prévenus ou traités. Une démarche médicale préventive se justifie donc, chaque fois que son efficacité est démontrée.

Les moyens de prévention doivent faire l'objet d'une information claire et objective du public, en particulier des personnes âgées, et être accessibles à tous.

Article IX – Droit aux soins

Toute personne âgée dépendante doit avoir, comme toute autre, accès aux soins qui lui sont utiles.

Aucune personne âgée ne doit être considérée comme un objet passif de soins, que ce soit au domicile, en institution ou à l'hôpital.

L'accès aux soins doit se faire en temps utile en fonction du cas personnel de chaque malade et non d'une discrimination par l'âge.

Les soins comprennent tous les actes médicaux et paramédicaux qui permettent la guérison chaque fois que cet objectif peut être atteint.

Ces soins visent aussi à rééduquer les fonctions et compenser les handicaps.

Ils s'appliquent à améliorer la qualité de vie en soulageant la douleur, à maintenir la lucidité et le confort du malade, en réaménageant espoirs et projets.

L'hôpital doit donc disposer des compétences et des moyens d'assurer sa mission de service public auprès des personnes âgées malades.

Les institutions d'accueil doivent disposer des locaux et des compétences nécessaires à la prise en charge des personnes âgées dépendantes, en particulier dépendantes psychiques.

Les délais administratifs abusifs qui retardent l'entrée dans l'institution choisie doivent être abolis.

La tarification des soins doit être déterminée en fonction des besoins de la personne âgée dépendante, et non de la nature du service ou de l'établissement qui la prend en charge.

Article X – Qualification des intervenants

Les soins que requiert une personne âgée dépendante doivent être dispensés par des intervenants formés, en nombre suffisant.

Une formation spécifique en gérontologie doit être dispensée à tous ceux qui ont une activité professionnelle qui concerne les personnes âgées. Cette formation doit être initiale et continue, elle concerne en particulier, mais non exclusivement, tous les corps de métier de la santé.

Ces intervenants doivent bénéficier d'une analyse des attitudes, des pratiques et d'un soutien psychologique.

Article XI – Respect de la fin de vie

Soins et assistance doivent être procurés à la personne âgée en fin de vie et à sa famille.

Certes, les affections sévères et les affections mortelles ne doivent pas être confondues : le renoncement thérapeutique chez une personne curable constitue un risque aussi inacceptable que celui d'un acharnement thérapeutique injustifié. Mais, lorsque la mort approche, la personne âgée doit être entourée de soins et d'attentions adaptés à son état.

Le refus de l'acharnement ne signifie pas un abandon des soins mais doit, au contraire, se traduire par un accompagnement qui veille à combattre efficacement toute douleur physique et à prendre en charge la douleur morale.

La personne âgée doit pouvoir terminer sa vie naturellement et confortablement, entourée de ses proches, dans le respect de ses convictions et en tenant compte de ses avis.

Que la mort ait lieu au domicile, à l'hôpital ou en institution, le personnel doit être formé aux aspects techniques et relationnels de l'accompagnement des personnes âgées et de leur famille avant et après le décès.

Article XII – La recherche : une priorité et un devoir

La recherche multidisciplinaire sur le vieillissement et la dépendance est une priorité.

Seule la recherche peut permettre une meilleure connaissance des déficiences et des maladies liées à l'âge et faciliter leur prévention.

Une telle recherche implique aussi bien les disciplines biomédicales et de santé publique que les sciences humaines et les sciences économiques.

Le développement d'une recherche gérontologique peut à la fois améliorer la qualité de vie des personnes âgées dépendantes, diminuer leurs souffrances et les coûts de leur prise en charge.

Il y a un devoir de recherche sur le fléau que représentent les dépendances associées au grand âge. Il y a un droit pour tous ceux qui en sont ou en seront frappés à bénéficier des progrès de la recherche.

Article XIII – Exercice des droits et protection juridique de la personne

Toute personne en situation de dépendance doit voir protéger non seulement ses biens mais aussi sa personne.

Ceux qui initient ou qui appliquent une mesure de protection ont le devoir d'évaluer ses conséquences affectives et sociales.

L'exercice effectif de la totalité de leurs droits civiques doit être assuré aux personnes âgées y compris le droit de vote, en l'absence de tutelle.

La sécurité physique et morale contre toutes agressions et maltraitances doit être sauvegardée.

Lors de l'entrée en institution privée ou publique ou d'un placement dans une famille d'accueil, les conditions de résidence doivent être garanties par un contrat explicite, la personne âgée dépendante peut avoir recours au conseil de son choix.

Tout changement de lieu de résidence ou même de chambre doit faire l'objet d'une concertation avec l'intéressé(e).

Lors de la mise en œuvre des protections prévues par le *Code civil* (sauvegarde de justice, curatelle ou tutelle), il faut considérer avec attention que :

– le besoin de protection n'est pas forcément total, ni définitif ;

– la personne âgée dépendante protégée doit pouvoir continuer à donner son avis chaque fois que cela est nécessaire et possible ;

– la dépendance psychique n'exclut pas que la personne âgée puisse exprimer des orientations de vie et doive toujours être informée des actes effectués en son nom.

Article XIV – L'information, meilleur moyen de lutte contre l'exclusion

L'ensemble de la population doit être informé des difficultés qu'éprouvent les personnes âgées dépendantes.

Cette information doit être la plus large possible. L'ignorance aboutit trop souvent à une exclusion qui ne prend pas en compte les capacités restantes ni les désirs de la personne.

L'exclusion peut résulter aussi bien d'une surprotection infantilisante que d'un rejet ou d'un refus de la réponse aux besoins.

L'information concerne aussi les actions immédiates possibles. L'éventail des services et institutions capables de répondre aux besoins des personnes âgées dépendantes est trop souvent méconnu, même des professionnels.

Faire toucher du doigt la réalité du problème et sa complexité peut être une puissante action de prévention vis-à-vis de l'exclusion des personnes âgées dépendantes et peut éviter un réflexe démissionnaire de leur part.

Annexe II

LE GIR, QU'EST-CE QUE C'EST ?

Les personnes âgées qui sollicitent le bénéfice de l'APA sont classées dans les six groupes iso-ressources que compte la grille nationale, en fonction des aides à la personne ou techniques commandées par leur état. Ainsi :

– le groupe iso-ressources 1 comprend les personnes âgées confinées au lit ou au fauteuil, dont les fonctions mentales sont gravement altérées et qui nécessitent une présence indispensable et continue d'intervenants ;

– le groupe iso-ressources 2 concerne les personnes âgées confinées au lit ou au fauteuil, dont les fonctions intellectuelles ne sont pas totalement altérées et dont l'état exige une prise en charge pour la plupart des activités de la vie courante. Ce groupe s'adresse aussi aux personnes âgées dont les fonctions mentales sont altérées, mais qui ont conservé leurs capacités de se déplacer ;

– le groupe iso-ressources 3 réunit les personnes âgées ayant conservé leur autonomie mentale, partiellement leur autonomie locomotrice, mais qui ont besoin quotidiennement et plusieurs fois par jour d'être aidées pour leur autonomie corporelle ;

– le groupe iso-ressources 4 intègre les personnes âgées n'assumant pas seules leurs transferts mais qui, une fois levées, peuvent se déplacer à l'intérieur de leur logement. Elles doivent parfois être aidées pour la toilette et l'habillage. Ce groupe s'adresse également aux personnes âgées n'ayant pas de problèmes locomoteurs mais devant être aidées pour les activités corporelles et pour les repas ;

– le groupe iso-ressources 5 comporte des personnes âgées ayant seulement besoin d'une aide ponctuelle pour la toilette, la préparation des repas et le ménage ;

– le groupe iso-ressources 6 réunit les personnes âgées n'ayant pas perdu leur autonomie pour les actes essentiels de la vie courante.

Seuls les quatre premiers GIR de la grille nationale ouvrent droit à l'APA, que les bénéficiaires se trouvent à domicile ou en établissement, à condition qu'ils répondent aux critères d'âge et de résidence.

Les personnes âgées classées en GIR 5 et 6 peuvent néanmoins prétendre au versement des prestations d'aide ménagère servies par leur régime de retraite ou par l'aide sociale départementale.

Annexe III

PATHOS ET INCIDENCE BUDGÉTAIRE

La grille GIR évalue la dépendance de la personne âgée et la grille PATHOS son besoin en soin technique.

L'établissement, après avoir établi sa moyenne GIR (GMP) et sa moyenne PATHOS (PMP), reçoit son budget annuel en soin et en dépendance qui est maintenant globalisé.

Cette nouvelle tarification dite de convergence tarifaire met tous les établissements sur le même pied d'égalité en terme de calcul des forfaits. Les établissements qui n'auront pas un GMP supérieur à 600 et un PMP supérieur à 170 risquent de n'avoir pas assez de moyens pour assurer des soins de qualité.

Remerciements

Christophe Fernandez. Président de l'AFPAP, il a soutenu notre enquête, a facilité notre entrée en contact avec certains témoins essentiels, nous a ouvert ses archives. Rendons hommage au courage et au travail essentiel de son association de bénévoles, ainsi qu'à son coordinateur, Thierry Pons.

Isabelle Godicheau. Cette infirmière courageuse et consciencieuse a immédiatement donné l'alerte en découvrant les effroyables conditions de vie des résidents de Château-Lamothe. C'est grâce à son action civique que la directrice de l'établissement a pu être traduite en justice et condamnée.

Florence Arnaiz-Maumé. La déléguée générale du principal syndicat patronal des maisons de retraites privées, le SYNERPA, a pris le temps de répondre à toutes mes questions au cours de longues conversations.

Catherine Michelon. Fille d'une résidente de Château-Lamothe, elle nous a permis d'avoir accès au dossier juridique.

Jacqueline Briand. Après la mort de son oncle, elle continue de lutter contre la structure maltraitante incriminée, pour le bien-être des autres résidents.

Sophie Charnavel. Mon éditrice, qui a publié en 2006 mon premier livre d'enquête, et qui a immédiatement cru en l'importance de cet ouvrage ainsi que Virginie Plantard.

Emmanuel Masset-Denèvre. Économiste à l'Institut national de la consommation. Il nous a livré son analyse du financement de la dépendance.

Merci aussi à nos témoins anonymes qui, en nous alertant et en nous remettant des documents, soutiennent la cause des personnes âgées.

Table des matières

Partie IV
Un secteur sans contrôle

Partie V
Les Jardins de Médicis

Mise en page par Meta-systems
59100 Roubaix

Cet ouvrage a été imprimé
en avril 2011 par

CPi
FIRMIN-DIDOT

27650 Mesnil-sur-l'Estrée
N° d'édition : L.01ELKN000350.N001
N° d'impression : 104495
Dépôt légal : avril 2011

Imprimé en France